怠け狐に傾国の美女とか無理ですから!
～妖狐後宮演義～

福留しゅん Shun Fukutome

アルファポリス文庫

https://www.alphapolis.co.jp/

古《いにしえ》の時代。まだ神が地上を見守っていた頃。

華《か》と呼ばれる地域には数百もの国があり、それらを夏《か》という大国が治めていた。夏国による統治は数百年もの間続き、人々は平和に暮らした。

しかし、長きに渡る安穏とした時の流れは、大国の根を腐らせていく。

いつしか夏国に君臨する大王は自らを天の代理人、即《すなわ》ち天子と名乗った。天に代わって華の地を支配しているのだ、と驕《おご》ったのだ。

やがて太平の世を築くという建国時の理念は失われた。大王とそれに群がる臣下達は富と人を全て己の手中にすべく横暴を働いた。民は平和を奪われ、笑顔は消えた。

神は憤《いきどお》った。華の地が、民が嘆き悲しみ、恐れおののき、苦しむ地獄と化したことを。

神は三名の腹心に命じることとした。地上に降りて世を正すように、と。

一人目には夏国を内側から堕落させてその権威を失わせろ、と命じた。

二人目には夏国に代わる新たな国の王となる者を見つけて導け、と命じた。

そして三人目は……とある意図をもって地上へ送り出すこととした。

「さあ、私の可愛い女狐達よ。その魅力を華の地で示せ」

神は願った。華の地に光差す未来への道標を与え、民に幸せと救いを、と。

□□□

「末喜《モオシイ》。今すぐ地上に行き、華を治める国を滅ぼしてこい」

「はい？」

太陽の光が優しく照りつけるある日。軒下で寝転びながらお菓子をつまんでいたら、突然我が主が私の屋敷に来襲した。そして私が起き上がる暇も無いまま理不尽な命令が下されてしまう。

思わず手にしていた菓子を落として見上げると、我が主が凍えるぐらい冷たい眼差しで私を見下ろしていた。あいも変わらずの凛々《りり》しさと美しさながら、その威圧感に圧《お》されて顔が引きつったのも仕方がない。

「あの、我が主。もう一度だけ仰《おっしゃ》っていただけますか？」

「華の地の国を滅ぼしてこい、と命じた」

「え、と。どのようにして？」

「それを考えるのもお前の仕事だ」

なんて理不尽な！　まさか我が主が私のぐーたら生活に立ちふさがるなんて！

仕方なく私は姿勢を正して座り、我が主と向き合う。一方の我が主は用意されていた敷布団には目もくれず、立って腕を組んだまま私を見下ろし続けてくる。包容力のある豊かな胸が強調されて……げふんげふん。無表情な面持ちはいつものことだけど、今日はいつになく無駄口を許さない迫力があった。

「私、地上に追放されるような何かをしましたでしょうか？」

「いや。お前の仕事ぶりは可もなく不可もなく、だ。何かをしたことへの罰ではない」

「ではどうしてこの私を地上に派遣しようとお思いになったので？」

我が主は地上に度々《たびたび》干渉している。時には豊穣を授け、時には飢饉《ききん》をもたらす。男女の縁結びから親子間の血で血を洗う争いにまで介入し、人の営《いとな》みを調整してきた。全ては歴史を良き流れに導くために。今よりもずっと先、神の加護が不要となる時代が来るまで。

けれど、直属の配下を派遣して介入させるのはとても珍しい。これまでを振り返っても片手で数えられる程度の数でしょう。生活環境を改善させる発明、人生の導きとなる思想、そして新たに地上を治める君主の誕生、といったように、いずれの場合も歴史の転換点となってきた。

それほどまでに今の地上には天の干渉が不可欠だと、我が主は考えているのか。

「お前も知っているだろう。私は華を治める国が成熟するまでは地上を見守り続けると決めている、と。しかし人とは難儀なもので、平和が続くと停滞し、堕落し、結局は腐るものだ。華の地の国々も例外ではない」

「はあ……」

「やがてはそれを良しとせぬ者が立ち上がり、腐敗を一掃し、大地に新たな芽吹きがもたらされるだろう。だが、それでは遅い。民は今まさに理不尽な仕打ちに苦しみ、悲しんでいる。自然な流れを悠長に待っていられん。一刻も早い新陳代謝が必要だ」

ここ、蓬萊界《ほうらいかい》は神のおわす領域。今、私を見下ろしている我が主が何を隠そうその創造女神こと女媧《ニュウワァ》様と仰《おっしゃ》る。言うならばこの世界は神の箱庭であり、神が歴史の道標で、全てが神の思し召しのままなのだ。

で、この私は女媧様のしがない眷属《けんぞく》。名を末喜と申す。こう見えてもそれなりに徳の高い存在なのだけれど、やることはただのしがない使いっぱしりに過ぎない。我が主にやれと言われたら二つ返事で従うしかないのよ。

「つまり、私に本来の時代の流れを早めろ、とのご命令で？　地上に降りて？」

「その通りだ。現在華の地を治めている夏国という器は既にヒビだらけになっている。修復したところで水は漏れる一方だな。なら器ごと交換しなければいけない」

「ちなみにお断りしたら？」

「今すぐ地上に蹴落とした上で、任務完了まで蓬萊《ほうらい》に戻ることを禁ずるまでだ」

「げっ⁉」

僅かな希望は瞬《また》く間に一刀両断された。容赦無さすぎます、我が主。

「準備期間も無いなんて酷すぎます！　分かりました、分かりましたから折檻《せっかん》だけは何卒《なにとぞ》ご勘弁を……！」

「ならいい」

私がせめてもの抵抗とばかりに抗議の声を上げた途端、我が主は戯言《ざれごと》は許さんとばかりに目を細めて睨んできた。慌てて床に額をこすりつける勢いで土下座してご機嫌を取る。どうせ我が主は私の考えなんてお見通しなんだから、態度だけでも従順に振る舞わないと。

僅かな間、静寂が辺りを支配する。私は平伏し、見えないけれど我が主は私を無表情で見下ろしているのでしょう。

やがて沈黙に飽きたのか、我が主は踵《きびす》を返してその場を後にする。

「ああ、そうそう。出発は明日だ。準備するなら急げよ」

「そんなご無体な……！」

私に無慈悲なぐらい冷酷な通告を残して。

よよよ、こんな理不尽な上司にこき使われて、なんて可哀想な私！

いいですよー、だ。いかに我が主とて私の怠惰《たいだ》な人生計画を阻《はば》むなら容赦しない。

こうなりゃさっさと夏国を滅ぼして、その後に有休貰ってやるんだから！

私はその日のうちに出発し、月が輝く夜の世界へと降り立った。

蓬萊《ほうらい》と地上を結ぶ道は限られている。大抵は龍穴《りゅうけつ》と呼ばれる、大地の力が吹き出る凄い場所に通じていた。人も感覚的に自然の力を感じ取るのか、龍穴《りゅうけつ》は神のおわす場所ってみなして社《やしろ》を建てたりする。人々はそうした特別な場所で神に祈りを捧げる。豊穣を、健康を、安寧を願って。

私が降り立った場所もそんな風に人が築きし社《やしろ》の敷地だった。

この時、私がどう感じたかって言うと、別にどうということはない。単純に高台から地面にひょいと飛び降りるのと同じ感覚だ。昼間だったら大空からの絶景を眺めながらの降下だったんでしょうけれど、月明かりだけの暗黒の世界じゃあ風情《ふぜい》も何もありゃしない。

しかし、地上の人々が天より使者が降り立つ光景を目の当《ま》たり《あ》にしたら、全く違う感想を抱くらしい。

本殿の屋根から辺りを見渡すと、もう人々は夢の世界に旅立っているようで、大地に築かれた家々の明かりはほぼ見られない。例外があるとすれば、有力者のお屋敷を守るために夜番が起こした火ぐらいか。夜まで働くなんてご苦労様。私はまっぴらごめんだわ。

「美しい……」

それは一体誰の声だったか。

周囲一帯の観察が終わり屋根から飛び降りようとしたところで、山の中で流れるせせらぎのように透き通った声が私の耳をくすぐった。あまりに不意だったものだから驚いて足を滑らせて屋根から落ちそうになった。

声の主、私を見上げる殿方がいたのはすぐ下だった。

年はかなり若そう。成人したてかしらね。顔は悪くない。背も高いし、整えられた髪や髭がきちんと剃られた清潔感のある身なりから察するに、相当な立場を持つ家のお坊ちゃま、または若主人ってところか。

「そなた、名をなんと申すのだ?」

彼は一人だけで同行者はいないようね。確か一人で社《やしろ》にお参りに来るのは神へ願い事をするなら単身でって古《いにしえ》の決まりがあるからだって記憶してる。日が沈んだ真夜中にお参りするのは世界が眠りについた刻限ならより神に自分の声を届けやすくなる、と信じられているから、だったっけか。神に仕える私が言うのもなんだけれど、本当かしらね？

　青年の瞳は私だけを映しているようだ。いたずら心が働いて少し動いてみてもその眼差しは私を追って離れない。丁度私の後ろで月が輝いているのもあってより幻想的に映ったのが理由かもしれない。

　でもねえ、今の私に見惚《みと》れたのならちょっとドン引きなんですけど。何しろ今の私は人の姿じゃない。この身は狐。狼や熊よりも大きい、純白の妖狐だもの。人々が恐れおののく、自然の猛威の化身なのだから。

「頼む、天より舞い降りし方。どうかこの俺にそなたの名を教えてくれ」

　青年は心震わせるような切ない声で私に頼んできた。あまりにも必死なものだから思わず私の心も揺れ動く。

　どうしよう。このまま無視してしまうか。どうせこの場を立ち去れば最後、この広大な華の地において彼とはもう二度と会わないでしょう。この姿でいるのは近くの人里に着くまでの間だけだし。むしろこれ以上彼と見つめ合っていると私の正体を見破られる可能性が高まって、この先仕事がやりにくくなっちゃう。

　けれど、そんな慎重に事を進めようとする理性は、この出会いに運命を感じてしまった私の衝動を抑えるには足らなかった。

この邂逅《かいこう》は偶然では片付けられない。それこそ神の思し召しじゃないかしら、と。

「我が名は末喜」

であれば、無下《むげ》にするのは無粋《ぶすい》。

この私の姿、言葉、在り方を、折角出会ったこの男に知らしめるとしましょう。

「天がそなたに微笑むのなら再び会うこともあろうな」

と、まあ、意味深だけど実際はなんの意味もない台詞《せりふ》を送り、私は青年をその場に残してさっさと駆け出した。

(もう深夜だし、さっさと落ち着ける場所で寝たいのよ！　夜更かしはお肌の天敵だし、早く惰眠《だみん》を貪《むさぼ》りたいし！)

そうして一人取り残された社《やしろ》の境内《けいだい》にて、青年は去っていく私の背をただ見つめていた。私の言葉、そして私の名を噛みしめるように繰り返し、心に刻みつけていたのだろう。彼が、ただの家のしきたりに過ぎなかったお参りで運命的な出会いを果たしたのだ、と私が知ることになるのはかなり後になる。

「末喜……」

それが私こと傾国の女狐となる末喜と、青年こと夏国の王子である癸《グィ》との初めての出会い。

そして、夏国を終焉に導く二人の運命が動き出した瞬間だった。

□□□

身体を文字通り小さくして木の上でぐっすり寝た……否、爆睡しすぎてしまった。

目を覚ましてみたらなんとお天道様《てんとさま》がほぼ真上まで昇ってるじゃないの！

慌てふためきながら私は木から降りて、自分に人化の術を施す。

「よいしょ、と」

私ぐらいに年数を重ねた妖狐なら人に化けるなんてお茶の子さいさい。老若を問わず、小汚い浮浪者から絶世の美女までなんでもござれだ。服や靴だってお手の物。私が思い浮かべた通りに自分の姿を変えられるのよ。

とはいえ、命令を果たすまで目立つべきじゃない。私は地味な村の小娘に扮《ふん》して社《やしろ》の麓《ふもと》にある町へと乗り込むことにした。町は盗賊対策にぐるっと囲いが施されていて見張りもいたけれど、人目に付かないところでえいやと飛び越える。

「さて。まずは情報収集ですかねえ」

目的は、我が主が仰《おっしゃ》っていた堕落とやらがどこまで影響を及ぼしているのか、この目で確かめることだ。何せ私は地上を監視する仕事についてなかったので、夏国の治世で人々の暮らしがどんな風に形作られているか全く分からないからね。

大通りに出ると丁度お昼時なのか、行き交う人で賑わっていた。使用人、昼休憩中の職人、旅人など通り過ぎる様々な客を店の人が元気よく声を上げて呼び込もうとしている。並んでいる野菜や雑貨などの売り物も目移りしちゃうぐらい種類に富んでいた。

（……あら、意外に活気づいてるじゃないの。もしかして頭の挿《す》げ替えって必要ないんじゃないでしょうかね？）

我が主が懸念するぐらいだもの。民は税を搾《しぼ》り取られて貧困に喘《あえ》ぎ、町は衰退して活気を失い、畑は枯れ果てて土が割れ、権力者が贅沢三昧《ぜいたくざんまい》、って想像してたけど。もしかして我が主の取り越し苦労だったりする？

とりあえず茶屋で一服することにした。代金？　社《やしろ》に奉納される物の中に貨幣が含まれていることもあるのよね。銅貝《どうばい》って言うらしいんだけれど。天への貢物は従属神である私がありがたく使わせていただく。

「お姉さん、お姉さん。ちょいとお尋ねしたいんですが、時間あります？」

「え？　はい、大丈夫ですよ」

ついでに店の娘に世間話として最近の状況を聞いてみることにする。

「最近景気はどうなんですか？　この様子だとお客さんには困ってないでしょう」

私が質問を投げかけると、娘は訝《いぶか》しげに眉をひそめた。その反応から察するに、どうやらこの賑わいは日常的なものではないらしい。

娘が言うには、どうも今は中央の王都からやんごとなき方、即《すなわ》ち天上人がいらっしゃっているから、一目見ようと近隣の村々から多くの人が詰めかけている状態なんだとか。なのでこの活気は所詮一時的なもので、すぐに閑古鳥《かんこどり》が鳴く寂しい日常に戻っちまうだろう、とさ。

やんごとなき方の来訪目的は、私が昨夜降りた社《やしろ》へお参りするためらしい。神を祀《まつ》る社《やしろ》は数多くあれど、神のおわす場所へと通じる天道があると信じられている社《やしろ》は数えるほどしかない。私も地上に降りるのに選んだほどだし、夏国の中心である王都から一番近いのはここなのだ。

そんな社《やしろ》が近くにあるおかげで、この町は近隣の村と比べてまだ栄えて……いや、人の営《いとな》みが保たれている方なんだそうだ。

「わたしはこの町で生まれ育ってるんで、これは旅人からの又聞きなんですけど……他の村とか町だと若い人達が大勢王都に連れ去られてるそうなんですよ」

「ほうほう。それは人さらいが横行してるってことで？」

「いえ、どうも軍が差し向けられて連れていかれるんだそうで。おかげで奥の村なんかは人手が足りなくなって畑も満足に耕せないんですって」

成程。どうせさらった男は奴隷として無駄に豪華な建造物の労働力にしてるんでしょう。女の方は男の欲望を満たす道具にされる、とか？　いやはや、これは相当な荒れ具合ですねえ。

情報代とばかりに駄賃をちょいと娘に握らせて再び町を歩く。町の中央に向かうにつれて段々と人が多くなっていくのに気付いた。何かあるのかと足を運んでみたら、広大な敷地に鎮座する領主のお屋敷の周囲に集まってるみたいね。

なんの騒ぎなのかと尋ねたら、野次馬の一人が天上人がここに滞在してるんだと教えてくれた。物珍しさもあるんでしょうけれど、中にはありがたやありがたやとお屋敷に向けて手を合わせて拝んでる老婦人もいる。そんな自分達を苦しめる天の代理人じゃなく、天そのものの我が主に祈ればいいのに、と思ってしまった。

「しかし別に姿が見えるわけじゃないのにどうして集まってるんでしょうね？　まさか同じ空気を吸えれば幸せだとか？　その天上人が我が子を連れていくかもしれないのに？」

「天災だと思い息を潜《ひそ》めて目をつむっているのさ。どうか自分だけはお助けくださいって祈りながらな。火の粉だって我が身に降りかかってこないと払わないだろう？」

私が声をかけたのは壁にもたれかかった従僕風の格好をした若い男だ。粉塵《ふんじん》避《よ》けなのか髪と口に布を巻いている。それでも見えている目元だけでも他の男衆より顔立ちは端整かな、と分かる。

何より、何かをやり遂げようという強い意志を感じさせる目がとても気に入った。

そんな彼は領主の屋敷じゃなく、その周りに集《つど》う民衆を観察してるようだった。あくまで私の想像に過ぎないけれど、おそらく一般庶民が天上人に対してどんな印象を抱いているのかを確かめるために。

そして、わざわざそんな酔狂な真似をする人間といえば……

「それで、せっかくこのようにお話しするのも何かの縁。ついでにこの光景について貴方様が抱いた所感をお聞かせ願えれば、と」

——この地にいらしているという天上人その人しかいないでしょう。

お忍び姿をした殿方は面白いとばかりにくっくと笑った。

「中央が圧政を敷いていて地方が苦しめられている、と聞いていたが……思っていたより民の不満は溜まっていなさそうだな、と」

「それほど皆様にとって中央の大王様は手の届かぬ場所にいる御方。貴方様も仰《おっしゃ》ったように嵐や火事を天災だと諦めるのと同じ感覚なのでしょう」

「だからと大王が天子などと自称して民を虐《しいた》げていいわけがない。手遅れになる前に政《まつりごと》は正されるべきだ」

「それはそれは。頑張ってくださいまし」

私は殿方に慇懃《いんぎん》なお辞儀をしてその場を立ち去ろうとしたけれど、不意に手を取られた。ぱっとしない小娘に変化した私の小さな手は殿方の鍛えた無骨な手に包まれる。大きくて硬いな、と率直な感想を抱き、次に強く握られたせいで鈍い痛みを覚える。

「何をなさるんですか。お離しください」

「そなたに名乗られたのに俺は名乗っていなかったから」

「はあ？　私、貴方様のお名前を聞いた覚えは――」

いえ、ちょっと待って。

地上に来たのはこれが初めて。この姿になってからは一切自分の名は口にしていない。名乗った相手はそれこそ地上に降り立った際、参拝に来ていたあの青年にだけだ。

……まさか、この人は昨晩の青年？　そして彼が参拝しに来たという天上人なの？

ううむ、あいにく昨晩は月明かりと彼が持っていた松明《たいまつ》だけが頼りで、容姿の細部までは確認出来なかったからなぁ。言われてみれば確かにこんな風貌だったような、そうでなかったような……記憶が曖昧《あいまい》すぎて確信が持てない。

「俺は履癸《ルウグィ》。癸と呼んでくれ」

「癸様、ですか……。これはこれはご丁寧に。私は――」

「知っている。末喜だろう？」

この男、全く疑うことなく断言したわね。私が昨日遭遇した天からやって来た使者だって。思わずとぼけるのも忘れて顔を引きつらせそうになってしまったわ。

だいたい、あの時私は妖狐の姿だったでしょうよ。それに今は彼がしているような変装とは根本的に違う原理で見た目を人に変えている。いかに妖怪は人に化けるものって常識として知られていようと、妖狐と町の小娘を結びつける要素は何一つ無いはず。

「人違いをなさっておいでては？」

「いいや。昨日の晩、天より舞い降りるそなたと俺は出会った。あのとても美しかったそなたを見間違えやしない。あれほどの衝撃はこれまで受けたことがなかった」

彼の眼差しは真剣そのもので、私を捉えて離さない。どういったわけか今の私はあの純白の狐と同じ存在だと確信しているようだ。

直感か、それとも何かしらのからくりがあるのか。判断がつかない。

私は強がる意味も込めて鼻で笑ってやった。しかし目の前の男は全く気分を害する様子がない。それがまた癪《しゃく》に障ったので、小馬鹿にした口調で反論する。

「おやまあ。癸様は天からの遣いがいらっしゃる場面を目の当《ま》たりにしたと。このような見苦しい小娘に過ぎぬ私をその御方と見間違えるとは恐れ多い限りです」

「天よりなんらかの使命を与えられて降臨したのだろう。そしてそれが何かもおおよそは察せられる。俺なら力になれる」

「お離しくださいませ。それ以上の戯言《ざれごと》に付き合ってる暇はございません」

「この手を離せばすぐに離れていき、もう掴めなくなるのだろう？ 断る」

ええい、強情な。まさかこの私を気に入って連れていこうとしてるの？ このまま彼に連れていかれる先はおそらく夏国の中央、即《すなわ》ち王都。妻にされるのか愛人にされるのかは知らないけれど、彼にすり寄ったって私が仕事をこなせるとは思えない。

どうやってこの国を滅ぼすかって言うと、やっぱ腐敗を促進させて政《まつりごと》が成り立たなくなるまで堕落させるのが一番手っ取り早い。でもそれって大王本人を誘惑して言いなりになるぐらい骨抜きにしなきゃいけない。彼の立場は知らないけれど、彼の寵愛を得たところで国をすぐ動かせるようになるとは思えなかった。もっとこう、下準備だけ済ませたら後は滅亡へと真っ逆さまに転がり落ちるばかりっていう手段を取りたいのよね。

振りほどこうにもこの姿のままだと力負けして無理。仕方がない。ちょっと派手に驚かせるとしましょう。

「ふっ」

「……⁉」

私は唇に指を当てて軽く息を吹いた。すると息吹はたちまちに火を伴って彼に襲いかかった。

これは地上に住む人々が方術と呼ぶ、自然の力とは異なる様々な現象を起こす術だ。一般的には祭祀、卜占《ぼくせん》、煉丹術などが知られているかしら。けれど私のような神に直接仕える従属神は自然の理《ことわり》を超越した、地上に生きる人々が奇蹟と呼ぶような現象も起こせる。火種や油も無いのに火を吹くのもほら、ご覧の通り造作もない。

彼は迫る炎をとっさにもう片方の手で振り払ったけれど、気を取られたおかげで私を捕まえていた手の力が緩む。

「では、ごめんあそばせ」

「あっ！　待て……！」

待てと言われて待つ馬鹿がおりますか、っての！

私は彼の束縛を振りほどいてから人混みを縫うように逃げて距離を離していく。そして彼の姿が見えなくなった人気《ひとけ》のない裏手で変化を解いて、今度は猫と同じぐらいの大きさの狐に化けた。ほんの僅か後に彼が裏手にやって来たものの、隅で縮こまった私を視界に捉えることは出来なかった。

後は町が寝静まるまで木の上で隠れて、真夜中に出発すればいいか。

それにしても彼、癸って名前だったっけ。どうして人に化けた私の正体をひと目で見破ったのかしら？　そこまで下手な化け方はしてないはずなのだけれど。勘が鋭いのか、それとも別の何かが見えているのか。

彼が天上人である以上、夏国を崩壊へと誘う過程で再会するかもしれない。警戒に値するわ。

「ま、考えても仕方がないし。今日は十分働きましたからおやすみー」

もういい、寝る！　今日はかなり頑張ったもの。

明日のことは明日考えるとしましょう。

□□□

夜も更けてきたところで私は木から飛び降りて、町からおさらばする。勿論、門なんて使わないで塀をひょいとひとっ飛びして。それから見回りに見つからないように素早くその場を離れた。こうして旅するなら人の姿でいるより元の妖狐の方がずっと速く走れる。

街道から少し距離を保ちながら夜を駆け抜けていく。うーん、風が気持ち良い。天上でごろごろしてばかりだったけれど、たまにはこうして運動するのもいいかもね。疲れるのは勘弁願いたいけれどさ。

「あら……？」

どれだけ走ったかしら。月の傾きが結構変わってるから相当時間が経ったと思う。とにかく出発した町がとっくに見えなくなった地点で、私はその一団を見かけた。

それは若い男女を連れていく武装した兵士達だった。茶屋の娘さんが言っていた中央への労働力の運搬ってところか。奴隷達が車輪付きの檻に所狭しと積み込まれている。

気に入らない、と率直な感想を抱いて眉間にしわが寄った。

牢屋の中の者達は薄い布の服一枚だけだからか、夜の肌寒さに身を震わせている。男衆は抵抗して罰を受けたのか、かなりの打撲痕と思しき青いアザが出来ていた。女衆は身を寄せ合ってまだ幼い子供が不安からすすり泣くのを元気づけている。

この武装集団は装備から察するに夏国の正規兵ってところかしら。国が率先して民を虐《しいた》げるなんて……確かに我が主の仰《おっしゃ》る通り、未来を先細りさせかねない愚策だ。

「さて、これを見て私はどうすれば良いでしょうねぇ？　彼らを助けたところでその場しのぎに過ぎませんが」

なんてことを呟き漠然と考えていたら、若者達が閉じ込められた牢屋の一つで怪しい動きが見られた。目を凝《こ》らすと、どうもまだ諦めていない青年が網目状に組まれた檻の木を結ぶ紐を切ろうとしているみたい。

巡回する兵士は闇夜の作業に気付かない。やがて木を動かせるぐらいまで紐が緩み、人一人が抜け出られるまで隙間が広がった。そして監視の目を掻《か》い潜《くぐ》って一人ずつ側の森へと姿を消していく。

兵士達が異常に気付いたのは牢屋の中の半分ほどが脱出した頃だった。続けて抜け出ようとしていた女性が矢で射貫かれて倒れ、直前に逃げていた少年も投げつけられた石を肩に受けてその場で転んでしまった。

「ああ、もう！」

手を出す意味はあまりない。余計な仕事はしたくない。

でも、どうして私の足は動いているんでしょうね？

疾走、跳躍。素早く人化の術を自分に施す。

兵士達は集団脱走が発生した檻の車を残った者達もろとも処分しようと、火矢を一斉に放った。放物線を描いて迫る脅威。残された者達は悲鳴を上げ、愛する者の名を叫ぶ。それは命が尽きる最後の嘆きのようで——

「起風！」

そんな車の上に降り立った私はすかさず風を起こし、火矢をお返しして差し上げる。進行方向を変えた火矢は射ってきた兵士達の側に降り注いだ。まさかの反撃に兵士達がみっともなく慌てふためく姿はとてもお笑いだった。

誘拐犯共、そして檻の中にいる被害者達、この場にいた全員が乱入者である私に注目する。

「貴様、何者だ⁉」

指揮官らしき豪華な鎧を身にまとう偉そうな中年男が居丈高《いたけだか》に吠えてきた。うろたえまくる部下達の手前だから虚勢を張ってるのもあるでしょう。けれどそれ以上に邪魔されたことへの怒りで頭に血が上っていると見受けられた。

「貴方達小悪党に名乗る名などございません！」

そんなろくでもない輩《やから》に対して私は大見得を切った上で格好つけてみた。少しでも多くの視線が私に向けられるように。逃げおおせた人に意識が向かないように。

「ふ、ふざけおって……！」

狙い通り、指揮官らしき者は癇癪《かんしゃく》を起こして部下達に私を討つように叫んだ。指揮官からの指令が下って我に返った部下達が矢をつがえたり剣や槍を手にしたりしてこちらへと迫ってくる。乱入が相当気に入らなかったのか、ほとんど血気にはやっての突撃だった。

さあて、ここで火や風を起こして彼らを退《しりぞ》けるのは容易《たやす》い。けれど大立ち回りはそんなに得意じゃないし、何よりこの者達が帰還しないことで後で騒ぎになっても困る。ここは穏便に済ませるとしましょう。

「幻惑」

私の術は何も自然現象を起こすだけじゃない。相手の精神にも作用する。

ちょっと認識を塗り替えてやれば、ほらご覧の通り。私の虜《とりこ》、傀儡《くぐつ》共の誕生だ。

兵士達は次々と武器を取り落として呆然と私を見つめるばかり。私が無言のうちに後方を指し示すと、兵士達はよろけた足取りで解散し、各々《おのおの》の配置へと戻っていった。

その間に私が奴隷として捕まった人々を解放していくのに全く気付く様子も無い。

それも当然。もう彼らは脱走も妨害も無かったものとして認識しているから。

「あ……あの……」

助かったうちの一人の男性が意を決した様子で私に話しかけてきた。彼の娘さんは超常現象を起こした私が怖いのか、目に見えて怯えている。けれど彼は不安を抑え込むように両手を握りしめて私を見つめてくる。

私がやったことは明らかに体制への反逆。刃向かった輩《やから》は決して許されず、国を挙げて追いかけてくるのは明らか。そんな危険を顧《かえり》みずに助けた命の恩人に見えるのでしょうね。

「助けていただいてありがとうございました。どのようにお礼すればいいか……」

「不要です。私がやりたくてやっただけであって、決して善意からの行動ではありません。それに故郷に送り届けるつもりはこれっぽっちもありませんからね」

「じゃあせめてお名前を……！」

用が済んだのでそのまま飛び去ろうとしたところ、食い下がるように声を張り上げてきた。彼一人だけかと思ったら他の救われた人々も私を見つめているじゃないの。これだと下手にごまかさない方がいいかもしれない。

「で、あれば、私ではなく天の采配《さいはい》に感謝することですね」

というわけで、全部我が主の思し召しってことにしましょう。

それぐらいは許してくれますよねえ、我が主？

上手くごまかしたところで私は跳躍。闇夜の中へと姿を消したのだった。

自己満足も済んだので、呼び止める彼らのことはもう頭の中から消えていた。

「……我らの主、二人目様へ報告。三人目が動き出した、と」

そのため、残された娘の呟きなんて耳に入らなかったし、二人目だの三人目だのの意味が分かるのも、二人目とやらが動かしていた壮大な計画に感づくのはしばらく後になる。

■■■

履癸がその地にやって来たのは天へと通じていると伝えられる社《やしろ》に赴《おもむ》くためだった。とはいえ癸は天に祈りを捧げて何かをしてもらうつもりはなく、自分の意志、覚悟を天に向けて宣言するために足を運んだのだが。

現在華の地を治める国、夏の政治は腐り果てていた。私利私欲を貪《むさぼ》る文官、横暴を働く武官。彼らが自らの栄華を誇示するために地方から民を奴隷として中央にかき集め、過酷な環境で働かせるのが日常の風景と化している。

そしてそれを率先して行う者こそ天の代行者、夏国を統《す》べる大王に他ならなかった。現在の大王には世の中を良くしようという気は微塵《みじん》も無い。美しい妃を侍《はべ》らし、輝く金銀財宝を集め、己を讃《たた》える詩を書かせるなど、その限りない欲望を満たすばかりだった。大王の周りにはおこぼれに与《あずか》ろうとする愚臣が集まり、苦言を呈する忠臣はとっくの昔に主のもとから去るか始末されている。もはや大王に物を申す者は皆無に等しい有様だった。

これではいけない、と癸は危機感を抱いている。このままでは不満を抱く民が、臣下が反乱を起こし、夏国が滅んでしまうだろう。一刻も早く政《まつりごと》を正さねばならない。だが、大王がなおも聞く耳を持たなければ、地方の惨状に何も感じていないなら、いっそ……

「末喜、か」

そんな時、彼は出会った。運命の相手とも言うべき存在に。

姿に見惚《みと》れた。声に聞き惚れた。微笑みが目に焼き付いて離れない。

しかし何よりも彼の心を掴んで離さなかったのは、魂の在り方だった。

とても純粋で、触れると消えてしまいそうで、惹きつけられてやまないと同時に恐れ多かった。

彼はその日まで天の采配《さいはい》など信じていなかった。運命とは自分で掴むもので、天に縋《すが》って与えられるものではない。そう考えていたのだ。もし天が本当に自分達を見ていたとしても、介入はしてくれるな、と願っただろう。

しかし、彼女と出会ったことで彼は初めて天に感謝した。

猛烈に彼女が欲しい。振り向かせたい。こちらを意識してもらいたい。そして、自分の名を想いを込めて口にしてもらいたい。そんな欲求が生じた。

「俺にもこんな感情が芽生えるとは、な……」

未知の感覚だが悪くない。むしろ愛おしさすら感じられる。

次はどこで会えるだろうか。いや、きっと近いうちに会える。

不思議と癸にはそんな確信があった。

「すまなかったな。突然足を運んだのに持て成してもらって」

「いえいえ、他ならぬ殿下のためでございますから」

末喜と出会った日の夜、癸はその地の領主と酒を交わしていた。

酒の席に座るのは二人だけではなく周辺の村々からも有力者が集まっている。彼らは普段は口に出来ない豪華な料理と酒に舌鼓《したつづみ》を打つ。そんな彼らの前では舞子が踊り、楽器が奏でられ、一同の目と耳を楽しませた。

しかし、これは決して中央から来た天上人を持て成す宴ではない。勿論その一面もあるし、抑圧された日常から解放されたいという皆の願いを叶える場でもあったが、主目的は全く別であった。

これは、宴を装《よそお》った密談の席だ。

「それで、ここ最近の調子はどうだ？」

宴が盛り上がった辺りで癸は声を落として切り出した。途端に周りで彼を持て成していたこの地の有力者達が一斉に表情を曇らせた。そんな重苦しい空気をごまかすかのように舞と演奏は続けられる。

「芳《かんば》しくはありません。中央に人手を取られていまして、作物や家畜を育てるのもままならず……」

「それだけじゃねえですだ！　子供やジジババまで連れてかれちまって、誰もいなくなっちまった村だってあるぐれえだ！」

「中央の人狩りは激しさを増す一方です。なのに相変わらず税は重くのしかかり……大王様はあっしらを殺すつもりなんです！」

　酒も回って自制が利かなくなった彼らは次々と本音を吐き出した。中央の役人が耳にすれば直《ただ》ちに不敬罪で牢屋に入れられるだろう反感の声も、この場においては咎める者はいない。報告を受ける癸を含めて。

「殿下、もう我慢出来ないですだ。少し遠くじゃまた中央にさらっていく兵士共が来てるって話で、おらもう怖くて怖くて……」

「もはや限界です。ただ死ぬのを待つなんてまっぴらごめんです。こうなりゃ刺し違えてでも抵抗をして……」

　有力者達は癸へと縋《すが》る。否、有力者ばかりではない。領主も、彼らを持て成す従者達も、自分達の芸を披露し続ける演奏家や舞子すらも何かを語りかけるように癸へと視線を投げかけていた。

癸には彼らの願い、悲痛な叫びが痛いほどよく分かった。分かったが……

「待ってくれ、もう少しの辛抱だ。準備は進めている。ここが堪《こら》えどころだ」

「おら達、殿下を信じてていいんだな？　結局やらずじまいなんてならねえよな？」

「口を慎め！　この御方は――」

「いや、いい。そう言われても当然だ。俺の見立てではあと二年……いや、一年ほどで行動に移せるはずだ」

「頼みましたぞ。この地域は天の社《やしろ》があることから多少大目に見てもらっておりますが……それもいつまで続くのやら」

癸は有力者達からの悲痛な願いをただ受け止めるしかなかった。

（やはり民はもう限界だ。華の地には流れを一変させる大きなうねりが必要だな）

一つの決意を秘めながら。

□□□

「全く、節操が無いったらありゃしませんねえ」

私はあの後、中央の王都に向けて走っていった。

その道中、いくつもの町や村を巡ってみた。癸と出会った社《やしろ》近くの町はまだマシで、他は多くの若者や子供が連れ去られて活気が失われていた。お先真っ暗だと嘆く老人、我が子を返してと嘆き悲しむ女もちらほら見かけた。

そして、人さらいの部隊にも何度か出くわして、その度《たび》に苛立って兵士達を蹴散らしてしまった。どうせ捕らわれた人々を逃がしたところで改めて部隊が派遣されて連れていかれるのがオチ。言わば私の手助けは時間稼ぎに過ぎないけれど、自己満足上等、だからなんだって話よ。

「ふうむ。もはや末期ですね。私が出しゃばらずともそのうち滅ぶんじゃないですか？」

とはいえこの国がしぶとく生き残り続けるからこそ、我が主は私の派遣が必要だと判断なさったのでしょう。

「さて」

そして夏国の中央、大王のいる王都が見えてきた。

私が滅ぼさなきゃならない、天に見限られた哀れな都が。

王都はさすがに夏国の中心だけあって遠目で見ても立派な様子だった。歴史上何度も拡張しているらしい。都市を守る城壁が外側だけでなく内側にも張り巡らされた多重構造だが、一番外側なんて簡易な堀と柵がある程度に過ぎない。

さすがに私でも人間の背丈の何十倍もある城壁を飛び越えるのは無理。闇夜に紛れて侵入する手は使えない。壁抜けのような術は習得してないし、土を掘って隧道《ずいどう》を作ったら侵入がすぐばれちゃう。

「あらよっと」

そんなわけで人化の術で旅の少女に扮《ふん》して門を堂々と通ることにしましょう。

これまで私は行く先々の村、町で都度別の姿になってきた。それは私の足跡を絶対に追えないようにするため。追跡者なんて厄介この上ないし、日々不安に過ごすなんてまっぴらごめんだもの。

なので今回も初めての姿。私はさしてこだわりも無いので、外見は美醜老若なんて問わない。ただし我が主が母神なのもあって女性である点だけは譲れない。もっとも、その制限があっても今のところ特に困ってはいないから些事《さじ》なのだけれど。

役人に幻術をかけて門を通過し、王都の中心街に入る。さすがに天子のお膝元だけあってそれなりに栄えている。人や物の往来もあるし、子供も元気にはしゃぎまわっている。住人の顔、着ている服から窺うに、活気に溢れているようだ。

ただ、これが上っ面だけなことは既に分かっている。

何しろ城壁のすぐ外の家屋群は内部と違って、地方の村や町より明らかに寂れていた。畑が耕されている様子もなく、家屋も屋根や壁がところどころ壊れていた。肉が削《そ》げ落ちて骨と皮だけの浮浪者が町をさまよっているほどで、大王のお膝元でさえ生活が成り立たなくなりつつあるようだ。

変化の術でただの子狐に成りすました私は表通りから外れた街を散策する。思った通りに城壁外と同じように貧困に喘《あえ》ぐ者で溢れ返っていた。既に蝿《はえ》がたかっている躯《むくろ》も片付けられずに道端に放置されている惨状。王都でこれなのだから、想像以上に事態は深刻ね。

再び人の姿に戻って表通りを歩く。国全体が衰弱してるわけじゃなく、富が権力者のもとにかき集められている、との表現が正しいようで、豪奢《ごうしゃ》な服と無駄に多くの宝飾品を身に着けている者も見かけた。

一部の人間が好き放題するために大勢の民が苦しめられる世の中なんて、許されるべきじゃない。自然と拳に力がこもるものの、私はその憤《いきどお》りを呑み込み握りしめた拳を袖の下に隠した。

「若い女子をあまり見かけませんが、どうしたんでしょうか？」

小休止がてら足を向けた茶屋で私が質問を投げかけると、店の主は愛想笑いを引きつらせた。そして視線だけ動かして周りの様子を窺って何も起きないのを確認し、胸を撫でおろす。それから困り顔で私へと近づき、声を落として語りかけてくる。

「……想像の通りですよ。少しでも顔が綺麗だったらすぐに連れてかれちまいます。おかげで目を付けられないよう子や妻を表に出さない家も少なくないって話でして」

「それはそれは、不便ですねぇ」

店の主曰《いわ》く、少女達が連れていかれる先は文官や武官の屋敷だったり、時には大王に献上されたりするらしい。そんな国中の女を侍《はべ》らせてどうするのよ、と思うのだけれど、つまみ食いを好む下衆《げす》な輩《やから》もいるでしょうしねぇ。

情報料として駄賃を多めに渡して広場へと向かう。大きな看板には文字が彫られた木の板が貼り付けられていて、周りには人がたかっていた。目を細めて人だかりの隙間から覗くと、それはどうやら求人案内のようだ。

ざっと宮廷に関する募集を調べてもやはり武官、文官共に条件は男子限定だった。

女性の姿に固執する限り、政《まつりごと》に携《たずさ》わって内部から国をかき回すのは無理か。じゃあ女の武器で男を骨抜きにして今以上に国を崩壊させるしか手段は無いだろう。

「えー、超面倒くさいんですけど。そんなの『彼女』が適役じゃないですかねえ」

とはいえ、そうと決めたのなら早速実行に移すとしましょうか。

え、と。まずは大王が手を付ける女子が集《つど》う場所に入り込まないと駄目よね。

「おい、また運ばれてくぞ」

「一体あそこには何人の女がいるんだよ……」

ふと、話し声が聞こえてきたので大通りの中央へ視線を向けると、車輪付きの檻に入れられた少女達が宮廷の方へと運ばれていた。すすり泣いたり呆然とうつむいていたりと、誰もが悲嘆に暮れている。

……彼女達はこれまでの日常を突如としてめちゃくちゃにされて、好きでもない男の相手をするために連れ去られてきたわけか。親元から離されて、身も心も汚されて、飽きられたらポイ捨てされる。そんな絶望的な未来が彼女らを待ち受けている。

さすがに城壁を抜けた王都内だからなのか、檻を守る物騒な兵士達、つまり見張りが少ない。これは好都合とばかりに私はまた子狐に変身して人混みの中を駆け抜け、車に飛び移ることに成功した。

檻の車はそのまま宮廷内に運び込まれ、そこで少女達は降ろされる。私も少女に変化して彼女達に交ざった。どうやら複数の村から連れ去られてきたらしく、見知らぬ顔がいても特に気付かれる様子はなかった。

「連れてきました」

「ご苦労」

少女達はそこで全員衣服を脱がされ、一人ひとり身体と顔を検《あらた》められた。事務的に記録する役人もいれば品のない緩んだ顔で舐め回すように確認する役人もいて、恐怖や気持ち悪さで泣き出す少女が続出した。

それでも乱暴沙汰は起こらず、役人達は粛々《しゅくしゅく》と『中の下』やら『下の中』やらと少女達を評価していく。そして『上』とされた娘が部屋から連れ出され、次に私を含む『中』と見なされた娘が呼び出された。

「あ、あの……」

「はい？」

隣にいた娘が話しかけてきた。役人には聞かれないよう、声を潜《ひそ》めて。

その少女は役人共に『中』と見なされただけあって中々に可愛い。もう少し成長したらきっと男にモテる……いや、もしかしたら地元では若い男衆から人気だったかもしれない。笑顔になったら更に素敵なんだろうなぁ、と思っただけに、絶望に彩《いろど》られて沈んだ表情は残念だ。

「怖く、ないんですか……？」

「いえ、別に。鍛えた男であれ人には変わりありませんから」

「でも、これからどんなひどい目にあうか……」

「ま、大丈夫じゃないですか？」

後ろを振り返る。残された『下』呼ばわりされた娘達が身を寄せ合って怯えていた。警備兵や役人達が舌なめずりしながら彼女達を取り囲んで距離を縮めていく。無抵抗で非力かつ助けが来ない少女を飢えた男衆の中に放り込めば、その先は想像に難《かた》くない。欲望にまみれたその形相は醜悪そのものだった。

「残された人達、どうなるんでしょうか……？」

「大王や有力者の女に出来ず、女官のような世話係にもなりゃしない、って見なされたんでしょうね。となれば誰の手にも渡らないから、好きにしていいってことになるんじゃないでしょうか」

「そんな……！　止められないんですか……？」

「そうは言いましても私共も役人に急《せ》かされてますしねえ」

もたもたしていたので「早くしろ！」と怒鳴られてしまった。少女はびくっと震え、私は内心で舌を出しながら謝った。それから駆け足で『中』判定の集団に追いつく。誘拐された少女一同が集められた屋内から出てしまったので、『下』判定集団がこれからどのような仕打ちを受けるのかは、もはや確認出来ない。

「酷い……あの中には同じ村の知り合いもいたのに、何も出来ないなんて……」

「んー。まあ、そこまで悲観することは無いでしょう。心身に傷が残る仕打ちは受けないようにしておきましたから」

「え……？」

あっけらかんと言い放つ私を少女はきょとんと見つめてきた。私は歯を見せて笑ってみせる。

「後でその知り合いの方に何があったか聞けばいいでしょう」

下衆《げす》共が下半身の欲求に忠実になるだろうと察してたので、私はあらかじめ対抗策を講じておいた。

具体的には、警備兵や役人には周りの同僚が『下』判定されたか弱い少女に見えるように幻術をかけたのだ。更に当の少女達はそこいらに自生する野草にしか見えなくなるようにした。

するとどうなるか？　哀れな小娘達に放たれようとしていた男の欲望は同士討ちって形で同僚の身に降り注ぐことでしょう。後は屋外の者達が気付くまで男同士でお楽しみくださいませ。

後始末？　そんなのは私の管轄外よ。

「凄い、ですね……わたし、とてもそこまで強くいられません……」

少女は目を丸くして私を見つめている。憧れがこもった眼差しに、どうもむず痒《かゆ》くなってしまう。

「恐怖は相手の思うつぼ。地獄を味わうかは立ち回り方次第です」

「あの、お名前をお聞きしてもいいですか？」

名前。名前か。末喜の名は癸に明かしてしまったし、ここで彼と鉢合わせする事態には陥りたくない。となると偽名を使うしか無いのだけれど、さすがに自分と全く関係ない名前は気分的に嫌だしなぁ。

「妹《モォ》、とお呼びください」

「わたしは琬《エン》です。これからよろしくお願いします」

彼女、琬はほがらかに私に笑いかけ、お辞儀をした。

私も軽く会釈をして新たな同僚と打ち解けた。

□□□

さて、『中』ぐらいの魅力があると見なされた少女達が連れていかれた先は、大王の妃達が生活する後宮と呼ばれる場所だった。

後宮、それは女の花園。夏国中の美女、一芸に秀でた才女が妃として嫁《とつ》いでくる。

彼女達のお役目は大王との子、即《すなわ》ち次に夏国を担う世継ぎを産むこと。そのために妃は大王の寵愛を得ようと自らの美と魅力、技能を磨き、そして時には他の妃を蹴落としていく。悪意の矛先は他の妃が産んだ子にも向けられ、過去には数多《あまた》の妃と子が命を落としてきた。美しき者が揃いながらもその実、醜い争いが日々繰り広げられる魔窟、蠱毒《こどく》とも言っていいでしょう。

『中』と見なされた少女達はそこで下女として各々《おのおの》の妃に仕え、世話をせよとのことだった。新たな妃に抜擢されたのは『上』の娘達だけらしい。ただし後宮内で過ごす以上、大王の目に留まらないとは限らない、って辺りは自分には関係なさそうなので聞き流した。

それにしても、まあ広大だこと。おそらく宮廷の半分近くは後宮の敷地なんじゃないかしらね。一体何人が収容……もとい、何名の妃がここで生活しているのか分かったものじゃない。多分一度抱いたらもう飽きられて見向きもされない娘も少なからずいそうね。

後宮の中はさすがに大王が夜を楽しむ空間だけあって煌《きら》びやかで清潔に保たれている。建物や庭園などどれだけの手間をかけて作られ、時間をかけて維持されているのやら想像も出来ない。ふと手すりに指を滑らせても埃《ほこり》一つ付きやしなかった。毎日きちんと掃除されている証拠だ。

途中で妃らしき美しく着飾った女性とその側仕えとすれ違った。彼女達が袖を通す衣一枚にしたってどれだけの手間暇かけて作られたのやら。服に染み込ませたのか髪や肌に何か塗っているのか、いい香りが私の鼻をくすぐった。

……貧困と重税と人さらいに荒れる外とは大違いだ。あの部屋の片隅に置かれている調度品一つだけでどれほどの民が食に困らなくなることか。芸術とは国が豊かだからこそ許される贅沢《ぜいたく》であり、国全体が貧困に喘《あえ》ぐ中で絞り出すものじゃない。

後宮は今や世俗の苦しみから解放された最後の場所、なのかもしれない。

とはいえ、後宮の敷地内全部がそんな感じではないみたいで、末端の妃は狭い部屋を与えられる程度らしい。下女になれば大部屋の中、集団で雑魚寝《ざこね》するのが一般的だとか。成り上がるには上の階級に取り入るか、上級妃に気に入られるしかない、と説明された。

「あれから何もなかったですね……」

荷物の持ち出しも許されずに身一つで連れてこられた琬はあてがわれた大部屋の床にへたり込んだ。

「さらわれた娘達から上玉を選んで献上。凡庸な私達はとりあえず確保しておく、みたいな感じですかね」

「お家に帰りたい……お父さん、お母さん……」

琬はすすり泣く。他の少女達も彼女と境遇は一緒なのか、悲嘆に暮れる者と、泣いたところでどうしようもないだろうと苛立ちをあらわにしたり冷めた眼差しを送ったりする者と反応が分かれる。

私は彼女が悪目立ちしないようにそっと肩を抱いた。

水を少し飲む程度の休憩を挟んで私達二人は仕える主を紹介された。新たな主もまた今日無理やり連れてこられて『上』と見なされ、妃となってしまった犠牲者らしい。一目で分かる愛くるしい容姿をしているからか、妃としての地位はやや高めになったんだそうだ。

「あの。よろしく」

いきなり側仕えを与えられて戸惑うばかりの彼女は私達に頭を下げてきた。控えていた女官らしき妙齢の女性に睨まれて慌てて背筋を正し、逆に私達が勢い良く頭《こうべ》を垂れる。

「私は妹、とお呼びくださいませ」

「わたしは琬っていいます。これからお世話させてもらいます」

「わたしは琰《エン》です。こうして巡り合ったのも何かの縁。一緒に頑張りましょう」

妃に我儘《わがまま》を言われて馬車馬のようにこき使われるとでも思っていたのか、琬は安心して胸を撫でおろした。琰もまたどんな娘が割り当てられるのか心配だったらしい。二人はすぐに意気投合し、上司部下というより、これから待ち受ける苦難を乗り越える同志、といった風な関係を築く予感をさせた。

それから私と琬は後宮全体の仕事を説明される。下女は基本的になんでもやらなければいけない。掃除炊事洗濯は当たり前で、宴が開かれるなら準備と後片付けを、それら後宮内の一般業務をこなした上で各々《おのおの》の妃に仕えることとなる。我儘《わがまま》娘に振り回されるか大人しい妃に可愛がられるかはもはや運でしかない、と説明する女官は苦笑していた。

妃全員への食事を配膳し終えて私達はようやく夕食にありつけた。私も人の姿になっている以上何か食べないと生きていけないので、ありがたくいただく。残り物や妃の残飯でも村娘からしたら豪華な食事らしく、美味しいと驚く下女が続出した。

「だって農作物を育てる男手も取られちゃってますから、ろくなものを食べられないんです。なのにここは贅沢《ぜいたく》だなぁ、って」

「富はあるところにはある、というわけですか」

「でも、これならなんとかやっていけそうかなぁ……」

琬の期待がこもった呟きは、多分今日連れてこられたばかりの下女一同で一致した認識なのでしょう。ただ、以前より後宮で働く先輩方は小さな希望を見出した琬に一切反応を示さない。濁った目は下に落ち、ただ作業のように黙々と食事を口に運ぶばかりだった。諦めと絶望、そんな彼女達の抱く嘆きをひしひしと感じた。

夜。今日連れてこられた妃達が少し広めの部屋に集合させられた。なんでも大王のお渡りがあるんだとかで、急遽《きゅうきょ》私達も準備に追われた。具体的には大部屋に寝具を敷いて、香を焚《た》き、各々《おのおの》の妃を美しくした。

連れてきたその日に早速味見、それも全員一斉にとは。美しき妃を区別なく全員愛する、なんて建前《たてまえ》じゃないに決まっている。既に何人も御子がいると聞いているし、絶対に自分の欲望を満たすためだけでしょうよ。

「いよいよね。大王様ってどんな方かしら?」

「国中から若い生娘《きむすめ》を集めている時点でかなりの好色家だと思いますが」

勿論嫌悪感は表に出さず、私は琰の問いかけに淡々と答えた。聞かれたら不敬だと騒がれかねないから声を潜《ひそ》めたけれど、周囲を窺うとどうも待ち遠しいと前向きな妃はごく少数のようだ。ちょっと安心する。

「あーあ。愛のある結婚は望めないかも、とは思ってたけれど、こうなるとはね。これなら親の言う通りにしないでもう少し自由にしても良かったのかなぁ」

「今日はお勤めに専念して、明日以降のことは明日に考えましょう」

軽く言い放った琰だけど、化粧を施す前の彼女の顔は青く、唇は白かった。今もまだ震える身体を必死になって抑え込んでいるようだ。生贄《いけにえ》に捧げられようとしている彼女に対し、下女に過ぎない私はただ後ろに控えて見守ることしか出来ない。

そんな感じに時間を潰していたら、いよいよ大王がおなりになった。

成程、体格はいいし背も高く、物腰も立派だ。顔つきは威厳と自信に満ち溢れていて、放たれる雄々しさも申し分ない。緩んだ表情と出っ張ったお腹を隠さない下品な中年男が姿を見せると想像していただけに、少々意外だった。ただなんと言うか、彼は私が一番嫌いな奴だと断言しておく。その目は人を人として見ずに全て我が物とすることばかり考えていそうな、欲まみれのろくでなしのものだったから。

大王は集められた新入りの妃達を頭からつま先までじっくりと眺めていく。昼頃の役人共から身体を見られた際の視線を遥かに凌《しの》ぐ気持ち悪さ。視姦、という言葉が相応《ふさわ》しい。舌なめずりをされて思わず悲鳴を上げてしまう妃もいたけれど、心中お察しする。

そして『上の中』と判定された娘の前で足が止まり、突然彼女を組み伏せて襲いかかった。妃がいくら悲鳴を上げても誰も助けようとはしない。他の妃達は絶望に染まった表情で成り行きを眺めるしかない。この部屋の支配者たる大王に目を離すことは許さんと命じられたかのように。

大王は妃の衣服を乱暴に剥《は》がし、そして――

他の新入りの妃が犠牲になる中、待機する琰の眼差しが涙ながらに訴えていた。助けて、と。琬もいたたまれない様子で私を窺ってくるけれど、現時点で私にやれることはない。

大王をこの場で始末するのは簡単よ。でも下準備も無しに強行したら後に残るのは混乱だけだ。夏国を完膚《かんぷ》なきまでに滅ぼすまでに更に多くの犠牲が生まれる。もう少し情勢を見極めてからじゃないと迂闊《うかつ》に動けやしない。

助けを求める初々《ういうい》しき妃達の声に耳を塞ぎ、下女達は部屋の片隅で嵐が過ぎ去るのを待つ。中には呼吸を荒くして気絶しそうになっている娘もいて、苦痛でしかなかった。私もあまりにも不快なせいで、握りしめた手のひらに自分の爪の跡がしっかり残ってしまった。

しばらく待機していたら、大王が衣服を正した後、護衛を引き連れてその場を後にしていく。顔を見られないよう大王が立ち去るまで頭《こうべ》を垂れ続け、背中が見えなくなってからすぐに後片付けに入る。

「これは、酷い……」

部屋の中は地獄絵図が広がっていた。

大勢いたうら若き妃達は残らずその場に倒れていた。茫然自失《ぼうぜんじしつ》する者、無表情で涙を流す者、痛いと呟き続ける者、痙攣《けいれん》を起こす者など、誰も彼もが悲惨な状態に陥っていた。

犠牲になった妃達の身体を拭き、寝具を整え直し、空気を入れ替え、就寝の準備が整ったところで寝かせる……なんて、こんな惨状で円滑にいくわけがなかった。それでも下女達は必死に取り組んだ。仕事だからではなく、伸ばされた救いを求める手を我が身可愛さで振り払った負い目から、そして純粋に妃達を案じて。

　私と琬も琰の世話をする。彼女もまた目がうつろで放心状態。琬が気分を紛らわすために色々と話しかけるけれど、琰は生返事をするのが精一杯だった。そんな琰に琬は辛そうに顔を歪《ゆが》めて拳を強く握りしめる。

「いくら天子様だからって、こんなの酷すぎます……なんでも許されると思ってるんでしょうか……？」

「思っているからこそ民をぞんざいに扱うのでしょうね。ところで私はてっきり大王様は一晩中楽しむかと思っていたのですが、案外終わらせるの早かったですねぇ」

「……わたし達だと物足りないからって、別の妃のところに」

　琰が抑揚無く呟いた一言に私と琬は顔を見合わせた。

ああ、成程。新人共はひとまず味見程度で済ませ、お楽しみはこれからだ、ってやつですか。今からあの野獣に抱かれる妃はご苦労様です。

　後片付けを終えた私と琬は左右から琰を抱きかかえ、彼女の部屋に連れて帰ることにした。他の下女達も各々《おのおの》仕える妃を連れ帰っていく。気絶した妃を含めて大王が好き勝手した大部屋には誰も残らなかったのが、今晩の出来事が与えた深い傷を如実に物語っていた。

琰を連れて帰った私達は自分達の部屋に戻ろうとして……彼女に袖を掴まれた。何を、と聞く前に彼女の手が震えていることに気付く。琰は涙目で何かを言おうとするも、顎も震えていて声にならなかった。

「もう、しょうがないですね。琰様ったら」

私は琰の手を両手で包み、そのまま寝具の中に潜《もぐ》り込んだ。

「寂しいのであればこの私が添い寝して差し上げます」

私が手招きすると琰は最初のうち呆気に取られてたものの、すぐに涙をこぼして私の横に寝転んだ。琬も同じように布団の反対側に潜《もぐ》り込んで、私達で琰を挟む形になる。少しでも彼女が落ち着けるよう、なるべく身体を密着させて。

「あ、ありがとう……目を瞑るとアイツがわたしを襲ってくる姿を思い出して……」

「犬に噛みつかれたと思えばよろしい。なんなら私が舐めて差し上げましてよ。きっとご満足いただけるかと」

「何言ってるのよ、馬鹿……」

そのかいもあって私達は日の出間際までぐっすりと眠れたのだった。

むしろ危うく寝坊して大目玉を食らうところだった。

ちなみに大王はあの後複数もの妃と関係を持ち、最後はお気に入りの寵姫のところで寝たとのこと。身体がいくつあってももたない、とは普段から大王に抱かれる妃の弁だったりする。そりゃこれだけ大人数の妃が必要だわ、と妙に納得してしまった。

「早く王太子殿下に譲位していただけたら……」

「しっ！　馬鹿、声が大きいわよ……！」

後宮にいる人の何人かは次に期待しているらしく、たまにこういった願望が耳に入ってきた。普段後宮に入れる異性は男の証を切り取られた、所謂宦官《いわゆるかんがん》を除けば大王または幼少の王子王女ぐらい。噂される希望の光らしい王太子がどんな人なのかさっぱりだ。

んー。王太子がまともだったら今の大王には退場願って政《まつりごと》を正してもらえるかもしれない。でも腐った土台はいくら修復しても焼け石に水だし、新たな国を一から打ち立てた方が手っ取り早そうだ。

「どうしよう、妹、琬……また陛下のお渡りがあるかもしれないなんて……」

琰は自分を抱き締めて身を震わせる。琰にとって昨晩の初夜は苦痛を通り越して心的外傷になってしまったらしい。可愛らしい顔も青ざめて唇が白いと台無しだ。琬もまた事後の状況を思い出したのか、悪夢を振り払うように顔を左右に振る。

「ふむ。そんな琰様には私めが秘策を授けましょう」

「ほ、本当……!?」

私は頭の中で筋書きを立て、どのように物事を進めれば良いかを検討し、結論として目の前で恐怖に怯える妃を利用することにした。縋《すが》るように希望の眼差しを向けてくる琰に見えないよう、静かに怒りを湛《たた》えながら。

■■■

「酷いな……」

「ええ。出発前より浮浪者が増えているように見受けられます」

社《やしろ》への参拝から戻ってきた癸は、護衛の兵士や側近達と共に王都の大通りを進む。道中の町や村を視察した彼ら一行は末喜より一週間ほど遅れての到着となった。あれから末喜と会っていない癸だったが、彼女がここに来ていることは帰路で報告を受けた人狩りの部隊が退《しりぞ》けられた異変からも確信していた。

癸は出発時の記憶と今の光景を照らし合わせ、街から更に活気が失われていることに気付く。日々同じ環境で過ごしていたら見落としそうな少しずつの衰退。しかし長期間不在にしていた彼は事態がより深刻化していると実感した。

「やはりあの方には早急に退いていただいた方が世のためだな」

「しっ。どこで聞き耳を立てられているか分かりません。愚痴《ぐち》は後で聞きますから」

「そうだったな。迂闊《うかつ》だった、すまない」

「まだ大王様に睨まれていませんから、最後まで慎重に事を進めましょうよ」

癸の側近、終古《ジョングゥ》は主君への叛意《はんい》とも取れる発言をした主をたしなめる。癸は口をつぐんだものの反省した様子は見せなかった。そんな主を部下達も咎めはせず、以降は沈黙だけが漂う視察となった。

宮廷に戻って早々、癸は大王より呼び出しを受けた。旅の荷物を自分の屋敷で降ろした彼はすぐさま馳せ参じる。向かった先は謁見の間。広い空間の中には大王と王妃と癸、そして大王を警護する近衛兵が点在するのみだった。

癸は大王から一定の距離をおいて跪《ひざまず》き、頭《こうべ》を垂れる。恭《うやうや》しい動作に大王は満足そうに顎を撫でる。隣の王妃は全く反応を示さず、それどころか癸にも視線を合わせようとせず、ただ遠くを見つめるのみだった。

「履癸、ただいま戻りました」

「うむ。天への参拝は我々の義務だ。滞《とどこお》りなく済んだか？」

「はい。この国のますますの繁栄を願ってまいりました」

「ああ、良い。お前が何を天に祈ろうがもはや関係無い。地上を統《す》べているのはこの余なのだから。天には黙って見ていろとでも伝えてくれれば良かったろうに」

大王は面倒くさそうに体勢を崩す。しかしそのみっともなさを咎める者はこの場に誰一人としていない。何故なら彼こそがこの国の頂点なのだから。たとえ実際には黒でも大王が白と言えば白となるのだ。

癸は社《やしろ》で天の遣いと出会ったことは完全に伏せることにした。むしろ彼は他の誰にも末喜の存在を明かしていない。彼女の天より与えられた使命が何にせよ、ここで公《おおやけ》にすれば彼女がやりづらくなるだけだから、という配慮もあったが、単純に彼が末喜のことを他の誰にも知られたくないという独占欲もあった。

「それで大王様、ご用件は？」

「いや、無い。引き続き余の邪魔になる真似さえしなければ好きにしろ」

「ありがたいお言葉でございます」

「以上だ。下がれ」

　その程度なら何も呼び出したりせずとも良かったのに、と癸は内心で舌打ちをしながらその場を後にしようとする。

　ふと振り返ったのは単なる気まぐれからだった。近衛兵に付き添われて謁見の間から去る途中の大王と王妃は、外で頭《こうべ》を垂れて待機していた女に対して親しげに声をかけた。その者もまた大王に労《ねぎら》いの言葉を送る。癸にとっては耳を澄ませてようやく聞き取れるほどの音量だったが、砂糖菓子のようにとても甘ったるい声だった。

　絶世の美女。彼女を説明する際、それ以外の言葉は要らないだろう。

　男女問わず目を引く美貌。大胆かつ下品にならない程度に着飾った彼女は輝かんばかりで、大王や王妃を凌《しの》ぐ存在感を放っていた。仕草一つ取っても蠱惑的《こわくてき》で、視線を向けられれば自然に鼓動が高鳴るほど。その声はいかなる楽器の演奏や鳥の鳴き声も霞《かす》むほどに耳に残り、鼻をくすぐる匂いはどんな花の蜜よりも脳を溶かす。

美女は大王へとしなだれ、大王は鼻の下を伸ばして美女の腰を抱く。王妃はそれをやっかむどころか恍惚《こうこつ》の表情を浮かべて眺めるだけ。美女は猫を甘やかすように王妃の頬と喉元を撫で回す。

（まるで影の支配者だな。いや、実際その通りなのだが）

憮然《ぶぜん》とした表情でそうした異常な光景を眺める癸は、ふとその美女と目が合ってしまった。美女も癸に気付いたようで、彼に向けて微笑む。それは大王に向ける誘惑の顔とは異なり、その在り方からは想像も出来ないほど慈愛に満ちたものだった。そして遠くて聞こえなかったが、彼女は癸に語りかけていた。「おかえりなさい」と。

癸は早々に視線を外して苛立ち紛れに大股で歩んでいく。これ以上は不満が爆発してしまいそうだから。後に耳に入ってきた噂によれば、その時の癸はとても声をかけられないほど憤怒に満ちた形相だった、とのことだ。

自分の部屋に戻った癸は寝具に寝転がって、一旦頭を冷やすことにした。彼の帰りを待っていた側近の終古は軽くため息を吐いてから椅子に座って、横になる癸を見つめる。

「で、偉大なる大王様は長旅を経《へ》た貴方様にどんな労《ねぎら》いの言葉を？」

「あの方が俺を労《ねぎら》うとでも思ってるのか？　冗談でも止めてもらいたいものだ」

「じゃあ、どんな調子だった？」

「……悲しいことにこれまでと同じだったよ」

政治を疎《おろそ》かにして酒や女、金銀財宝に溺れ、民を虐《しいた》げる。文官も武官もそんな大王に揉み手で擦り寄って腐敗が横行する。これ以上の危機的状況は放置できない、と提出される改革案は悉《ことごと》く握り潰される。夏国は滅びへ向けて一直線に進むばかりだった。

終古を始めとする癸の部下は確信していた。もはや一刻の猶予《ゆうよ》も無く今の大王には退いてもらわねば、と。

そのためにまだ夏国を諦めていない同志達と密かに連絡を取り合ってきた。勿論、大王に釘を刺された通り、表向きは目障りにならない規模に抑えながら。

「殿下。お帰りなさいませ。不在の間の出来事をご報告いたします」

「龍逢《ロンフェン》か。頼む」

癸が社《やしろ》に足を運んでいる間、もう一人の側近である龍逢に留守中のことを任せていた。彼は終古共々あまり政治に長《た》けていない癸を補佐している。癸は二人の側近を信頼しているが、あまり依存しすぎれば痛い目を見る、と密かに自分との間に線を引いている。無論、そのことを両名には悟られていない。

龍逢から告げられたのは宮廷、そして王都の現状。全く改善の兆《きざ》しが無いどころか、更に衰退へと進んでいることは明らかだった。ここから巻き返して立ち直れるのか？

と方々《ほうぼう》から不安の声が上がっている、という話だった。

「もはや地方の末端には中央の影響力が及ばなくなっているようです」

「求心力を失ってる、ってことか。予想以上に事態は悪化しているようだな」

「一刻の猶予《ゆうよ》もありません。多少の強硬策に打って出ても今の殿下であれば皆も付き従うことでしょう。なにとぞ、天誅をお下しくださいませ」

「それでもならぬ。確かに大王様だけに消えてもらうのは簡単だが、あの方に擦り寄る佞臣《ねいしん》共の勢力は根強い。迂闊《うかつ》に立ち上がれば他の王位継承者を担ぎ出され、華の地を二分する戦争の始まりだ」

おそらく癸が踏み切れないのは今の大王亡き後の治世をどうするのか、で悩んでいるからだ、と終古は推測していた。頭が挿《す》げ替わるだけの凶行に大義は無い。腐敗を正して民を苦しめない政治を行うことこそ本懐《ほんかい》なのだから。

夏国の立て直し。それが癸に集《つど》う者達の悲願であり、成し遂げなければならない使命である。天が完全に見放す前に暗君を退かせ、癸を旗頭にして復興させる。自分達、そして癸にならそれが可能だという確信もある。

だが、一同は知らない。癸はそれとは全く別の選択をしようとしている、などとは。

「やはり、もはや内側からはどうしようもない、か」

「殿下、今何か仰《おっしゃ》いましたか？」

「頭が痛いものだ、と愚痴《ぐち》を漏らしただけだ」

癸は懐《ふところ》から竹の札を取り出した。それは彼宛に届けられていた文で、簡潔な現状報告と雑談が隙間なく記されていた。その内容に目を通し、癸は満足げに頬を緩めた後、丁寧に懐《ふところ》にしまい直す。

それは夏国を構成する方国の一つ、商《しょう》より届けられたもの。かの国は既に周辺諸国との関係を良好にし、税は民を苦しめない程度に抑え、経済を発展させているそうな。今は地方の有力国に収まっているが、いずれは盟主国である夏を超すのでは、とまで噂されていた。

文の送り主の姓は子《ズゥ》、名を履《ルゥ》。湯《タン》とも呼ばれる男で、癸の友人である。そして、癸の真の目的を知る数少ない存在の一人で、その目的を実行に移す者だ。

(悪いがみんな。もう俺はこんな国など滅んだ方がいいと考えているんだ)

癸は目の前で繰り広げられる光景、側近達の談議を漠然と眺める。密談自体はもはや無意味で無価値だと冷めてはいたものの、彼らが優秀な人材であることには変わりない。歴史の転換点を迎えて彼らを切り捨てずどう次に繋げるか。それを密かに検討し続けるのだった。

□□□

妃ではない下女は後宮から外に出られる。とはいえさすがに正当な理由無しで許されるほど甘くはない。主のお使いで買い出しに出かける場合が多いのだけれど、希少な例としては妃が気遣って下女に家族とのひと時を送らせたこともあるそうな。で、私と琬は久しぶりとなる自由な時間を満喫《まんきつ》するため、外に出かけていた。一応名目上は妃よりお使いを命じられて。

琬達と共に後宮入りしてからそれなりの月日が経過している。夜になると家族を恋しがってすすり泣いていた彼女も健気《けなげ》に頑張っており、私もまた意気込みを新たにした次第だ。彼女達のような犠牲者をこれ以上増やさないようにするにはどうすればよいか、と思考を巡らせながら。

「このまま逃げ出すことは出来るんでしょうか……？」

「以前試した下女は捕まって打ち首になったらしいですよ。それに下女が仕えていた妃も連帯責任を負わされてむち打ち刑となり、挙句の果てに冷宮行きになったとか」

「駄目、ですよねやっぱり……」

「ま、やりようはいくらでもあると思うんですよね。役人に賄賂《わいろ》を握らせるとか」

何軒目かのお店を回った後、私達が休憩がてら弁当を食べていたら、人ごみの向こうに見知った顔を目撃した。揉め事なのか、見知った顔が役人の腕を後ろからひねり上げて取り押さえている。その側には身体を震わせる女性と子供がいる。察するに、横暴を働いた役人を見かねて止めたようだ。こんな混沌《こんとん》とした世でも正義感を表に出す人がいるとはね。感心感心。

ところが、何を思ったのか、その知り合いは役人を上役らしき者に引き渡すと、一直線にこちらへと歩み寄ってきて、あろうことか私の隣に座ったじゃないの。突然の来襲に琬は戸惑いと恐怖を覚えた様子だし、慌てて追いかけてくる彼の連れは息を切らしている。

「末喜よ。また会ったな」

その知り合い、癸は気軽に私へと挨拶を送ってくる。

「どちら様ですか？　初対面ですし、人違いをなさっておいでかと」

「そうか、その姿では初めまして、と言うべきか」

やはり。どうやら癸は外見とは違う何かで私を判断しているようね。何せ今の私はこの前、町娘として会った時とも全く違う姿をしている。その上で彼は私が末喜だと確信しているもの。注意深く観察していれば仕草や癖で気付かれるかもしれないけれど、遠くから一発でバレるのはさすがにおかしい。

「で、今の名はなんという？」

「……妹、と呼んでいただければ」

「成程。では妹、改めてよろしく」

もはや否定するのも無意味だと悟った私は諦めて自分の愛称を口にする。癸が満足した様子で朗《ほが》らかに笑いながらこちらに手を差し伸べてきたので、私達は握手した。

まだ三回目なのに随分と馴れ馴れしいこと。

「で、そろそろまるっきり外見が違う私を見分けられる理由を教えていただいても？」

「ああ。言っていなかったか。俺は他の人と見える景色が違うのだ、となト」

「はあ。つまり？」

「俺には人の魂魄《こんぱく》の色が見えるらしいのだ」

魂魄《こんぱく》！　それなら姿だけを変化させる私を一発で見破れるわけだ。彼は上っ面ではなく内面を見て妖狐と町娘、そして下女として全く姿を変えている私を同一人物だと断定したのか。

まさか癸にそんな特技があるとは思っていなかった。逆に言えばそうした異能を用《もち》いてでなければ私の正体を看破出来ないってことで、自分の変化の術に落ち度があるわけじゃないってことだ。内心でほっと胸を撫でおろしたのは内緒よ。

「あの、妹。こちらの方々は……？」

「すみません。彼は癸、王都から少し離れた町で知り合いました」

しまった。私達ばかり盛り上がってしまった。困惑する琬が恐る恐る私に尋ねてきて初めて失態に気付く。二人は私が紹介するとお辞儀をする。で、癸は必要無いのに私と出会った経緯を琬に語って聞かせた。

「ところで、私にもそちらの連れ添いの方を紹介していただいても？」

「ああ、そうだったな。俺の悪友、ということでどうだ？」

「いい加減にしないと俺だって殴りますよ」

癸の連れは二人いて、長身でいかつい長髪と小柄で短髪の華奢《きやしゃ》なの、とものの見事に対称的だった。間に癸が入ることで均衡が保たれる、なんて滑稽《こっけい》な感想が脳裏によぎった。

「この二人は俺の友人、終古と龍逢だ。好き放題する俺の手綱を上手く握ってくれる」

「何が手綱ですか。暴走して毎度僕達を引っ張り回してる、の間違いでしょう」

「ご紹介にあずかりました、龍逢と申します。以後よろしく」

「今日この辺りを巡っていたのは視察、という名目の息抜きだな。ずっと仕事場にいたのでは息が詰まるからな」

癸はからからと気持ちのいい笑い声を上げる。こういった笑顔は久しぶりだったから、私も思わずもらい笑いしてしまう。「おかしな人」と私が呟いたら終古が「ほら言われてますよ」と癸を小突き、癸が「うるさい」と終古の肘を跳ね除ける。

　癸達の格好はいかにもな庶民のもので、王都の民に交ざっても違和感は無かった。ただ、育ちの良さが物腰や身体つきにも現れていて、どうしても隠し切れない分浮いているとも言えた。

「ところで、妹は後宮で働いてるのだな。知らなかった」

「あら、よく分かりましたね。それともこの格好だと分かっちゃうんですか？」

「ああ。手首にその腕輪があれば分かる」

　私と琬の左手首にある物々しい腕輪は、後宮から出る際に着けられたものだ。これによりこの者達は後宮の、即《すなわ》ち大王のものである、と皆に知らしめる意図があるとのこと。

　これ、やたら重い上にダサくて目立つから嫌なのだけれどね。袖で隠すのも禁止だって言われてるし。道行く人も顔の次にこの腕輪へ視線をやって顔色を変える辺り、王都内で知れ渡っているようだ。

「大王様は自分の所有物を取られるのが大嫌いでな。今の後宮が出来た直後、後宮の下女が外で人さらいにあった時は犯人を全て死罪、一族も悉《ことごと》く肉刑に処された」

　華の地の国々では基本的に人が罪を犯した場合、罰はその一族にも及ぶ。どうやら夏国も例外じゃないらしい。また、肉刑とは身体の一部を傷つける刑罰で、耳や鼻を削《そ》ぐのが一例だったかしら。厳しいと言うなかれ。そうやって罪を犯せば重い罰を受けると知らしめることで抑止力が生まれ、世の中の秩序が保たれるのだから。

「なので、決して治安が良いとは言えない今の王都でも、昼間ならこうして下女や女官だけで出歩けるようになったわけだ」

「だからって調子に乗って何をしてもいいわけではないがな。それを勘違いした後宮下女が王都にも居を構える地方豪族に食ってかかって、そいつに差し出されたりもした」

「あくまで大切なのは弁《わきま》えることです。それが何事も起こらない秘訣ですよ」

「は、はは……」

琬は苦笑いを浮かべながら物騒な腕輪を煩《わずら》わしそうに触る。

脅迫なのか世間話なのか知らないけれど、琬の受けは悪かったようだ。

「もうお使いは終わったのか？」

「いえ。あと二軒巡ってから後宮に戻る予定です」

「そうか。結構な大荷物なら少し手伝おうか？」

「こうして殿方とお喋りしているだけでもあらぬ疑いをかけられかねませんのに、そこまでされては見つかった際に言い訳のしようがございません」

「なんなら何か買おうか？　欲しい物があれば言ってくれ」

「で、す、か、ら。下女が外で男から何か買ってもらって後宮内の反感を買いたくないのですが。それぐらい察してほしいですね」

ううむ、私としてはここで癸と再会するなんて予想もしてなかったから、話が弾まない。「天気が良いですね」ぐらいのありきたりな世間話は非常につまらないし。これならさっさとお暇《いとま》した方が良さそうね。

琬に目配せして勘定を済ませてもらい、私も立ち上がる。そして癸達気が利かない男衆に向かって愛想笑いとばかりににっこりとして、慇懃《いんぎん》なぐらい丁寧にお辞儀をしてやった。

「ではそろそろ仕事に戻りますので、これで」

で、癸の返事を聞かないまま足早にその場を立ち去る。

人を縫うように道を抜けて、宮廷まで延びている大通りまで出てきた。王都に連れてこられた時みたいに人や車が多く行き交っ……てはいなかった。

「あの、良かったんですか？　結構気さくな方々でしたが……」

「ああいう男は調子に乗らせず、がつんと一発かまさなきゃ駄目ですよ」

「後で妹が何か言われたりしないですか……？」

「大丈夫でしょう。あの程度で機嫌を悪くするような器の小さい人間なら……あら？」

どうして道の中央を皆さん避けているのかしら、と思ったら、宮廷に向けて巨大な柱が運ばれているではないか。それも大木や石造りではなく、あの赤い輝きは銅で出来ていると見受けられる。とても重そうで、奴隷らしき男達が結構な数動員されて運搬作業にあたっていた。さすがに丸太を下に敷いて転がしているけれど、それでも肉体労働に従事する奴隷達は辛そうだった。

今更あんなものをどの建築物に使うつもりなのか、と疑問に思っていると、今度は少し細めの円柱も運ばれていく。どちらも磨き抜かれて姿が映るほど。彫刻の類《たぐい》は一切されていない。ますます用途不明なのだけれど。

「まさか、アレを本当に作ったっていうのか……⁉」

「ぐっ、履癸様の不在の間に許可が出されていたか……！」

私達に追いついてきた終古が驚きの、けれど音量を抑えた声を発する。同じく龍逢も苦々しくあの二つの柱っぽい何かを睨みつけている。二人の様子からしてアレらはろくな使われ方をされなそうね。

「あの女狐め……とうとう彼らを排するつもりか」

癸は一応冷静になるよう努めている様子だけど、固く握りしめた拳は震えていた。

通り過ぎていく銅の柱に市民は疑心暗鬼に陥っている。ただでさえ評判の悪い大王のやらかすことだから、恐ろしいことが行われるに違いない、と恐怖で埋め尽くされていく。そんな重苦しさが伝わってきた。

「で、好奇心がてらお聞きしますが、あちらはどのように使う予定なので？」

「俺もあくまで噂でしか耳にしていないが……」

「履癸様！　部外者にこのことをお話しするのは……！」

「どうせ遅かれ早かれ後宮には伝わる。なら別に今明かそうが構わないだろう」

龍逢が咎めるのを制止して、癸は質問を投げかけた私を見据えた。

彼の目は聞かなかったことにするなら今だ、と語りかけてくるようだったけれど、私は全く気にせず見つめ返す。癸もまた覚悟を決めたのか、一呼吸おいて口を開いた。

「アレは、拷問《ごうもん》、または処刑器具だ」

「拷問《ごうもん》……？　アレで？」

あんな巨大な柱を使って？　倒して押し潰すとか、転がしてひき潰すの？

「物凄く非効率的な気がするんですけれど」

「悪趣味にすればするほどその恐ろしさが伝播《でんぱ》するだろう？」

成程、衝撃重視であれば異様であればあるほど効果的だものね。

癸は銅の柱を見ただけで相当疲れたのか、おぼつかない足取りで立ち去ろうとする。

それでも彼は私のことが気になるのか、私を安心させるためか朗《ほが》らかな笑みをこぼして会釈してくる。

「すまない妹。今度会う時は美味しい料理でもご馳走しよう。勿論そちらの友人と一緒に」

「あいにく私は親しくもない方に無償で奢《おご》ってもらうつもりはございません」

「俺がそうしたい、と言っても？」

「私がそうされたくない、と申しているんです」

「なら、折半でどうだ？　いい店を紹介しよう」

「それなら大歓迎です」

次に会う約束をこぎつけた癸は沈んだ気分が持ち直したのかご満悦なご様子。けれど私に背を向けて油断したようで、再び深刻な面持ちに戻っていた。友人二人もこちらに頭を下げて去っていく。そして一行は足早に宮廷の方へと姿を消していった。

「あの方々、もしかして結構偉かったんじゃあ……？」

「さあ？　身分を明かしてくださりませんし」

「でも履癸というお名前の方は……」

「あ、あー。聞こえません聞こえません」

さて、気を取り直して、お使いを早く済ませてしまいますか。

ただ琬に話のネタをかなりあげてしまった気がする。これは今晩はかなり長くなりそうだなぁ。

□□□

大王が何やら怪しげな処刑器具を作っている。

そんな噂が後宮内に広まったのは、私が癸と共に銅柱を目撃してすぐだった。

「大王様に逆らった政治犯とその一族の処刑に使われるらしいです……」

「惨《むご》たらしく処刑するにももっと他に方法はあるでしょうに、あの銅柱を使ってどのように執り行うつもりなのでしょうかね？」

これまで大王は自分に逆らった者に凄惨《せいさん》な拷問《ごうもん》を行い、悪趣味なほど残忍な方法で処刑してきた、らしい。もはやそれは国を正すための罰などではなく大王の嗜虐心《しぎゃくしん》を満たすだけの私刑でしかない、とまで言われている。そんな行いのどこに正義があるのか、との疑問は誰もが抱いているようだけれど、それを口にする者は誰もいない。賢人はさっさと見限って夏国から離れているでしょうし、空気を読めない奴は進言した挙げ句に処刑され、我が身が可愛い輩《やから》は口をつぐむのだから。

私はあの銅柱が一体どのようなものかこの目で確かめるため、処刑日に後宮を抜け出すことにした。

とはいえ、後宮で下女として働く私が抜け出すと私はおろか主人の琰や同僚の琬まで罰せられてしまう。処刑の場面に立ち会うには宮廷に侵入しなければならず、それを打ち明けるわけにもいかない。適当な理由をでっち上げて後宮から抜け出すのも無理。

「もし、琬。私、新たな処刑を見て参ろうと思います」

というわけで、遠慮なく琬を巻き込むことにした。

当然ながら突然とんでもないことを言われた琬は目を丸くして驚いた。

「えっ？　でもどうやって……？」

「後宮から移動する程度ならやりようはいくらでもございます。問題は私の不在を気付かれないようにしなければ。口裏を合わせていただけますか？」

「妹の分までわたし仕事出来ないよぉ……」

「ご心配なく。私、ちょっとした術が使えるのは最初にお見せした通りでしょう」

そこで私が手を叩くと、外套《がいとう》を羽織って深く頭巾を被ったソレが後ろから入ってきて、無言で琬にお辞儀した。その動作のぎこちなさが不気味だったのもあるけれど、まさかの不審者の登場に琬は危うく悲鳴を漏らしそうになる。

「ご心配なく。コレは私の術で自動的に動いている木人形です」

「木、人形……？」

私がソレの顔部分を覆っていた仮面を外すと、中から見えたのは木で出来たのっぺらぼうだった。今度こそ大声を上げかけた琬の口を直前で塞げて良かった。彼女が落ち着いたところで手を離し、人形の仮面を付け直す。

「単純作業であればそつなくこなせる程度には調整したつもりです。琬の言うことにも従うようにしておきました」

「こんなのが後宮をうろついてたら大騒ぎになっちゃうよ……」

「勿論、当日は皆が違和感を覚えないよう別の術も施しておきましょう。一日ぐらいはごまかせるでしょう」

「ううっ、止めても行っちゃうんでしょう……？　帰ってきたら色々聞かせてよ」

さっすが琬、話が分かるぅ。

そんなわけで協力者を得た私は後宮をぐるりと囲む高い壁をひょいと越えて宮廷へと潜《もぐ》り込んだ。なんのことはない、壁が人の背の何倍はあろうと小鳥に化ければ難なく飛び越えられるもの。

さすがに人と同じ目じゃないと詳細に確認出来ないので、若い文官に成りすまして処刑を見学することにした。術で存在感を薄くしているから私に気付かれる心配は無い。癸みたいな特殊能力持ちが何人もいてたまるものですか。

宮廷の一角に建造された新たな処刑場は、実に異様な光景だった。

まず太くて大きい方の銅柱が立てられていて、その根元にはこれでもかというぐらいの薪《たきぎ》と炭がくべられている。周りに配備されている兵士達は武器を携《たずさ》えていて、召使達が丁度犠牲になる者達を柱に括《くく》り付けているところだった。

一方の細くて長い方の銅柱は横倒しになっている。ただし両端が吊るされていて、浮いていた。下には所狭しと薪《たきぎ》と炭がくべられていて、遠目ながら柱には油が塗ってあるのか、ぬめり光っている。

「成程。これは確かに悪趣味ですねぇ」

「そうだろう。見せしめにしても度が過ぎている」

おおよそ見当がついたので皆に聞かれないように呟いたところ、まさかの同調が返ってくる。心臓が口から飛び出るんじゃないかってぐらい驚いたのに声を上げなかったことを褒めてほしいぐらいよ。

声の主に顔を向けたら、癸が深刻な面持ちで私の隣に座っていた。

ただし今日の癸は、付け髭を付けたり目の近くに痣《あざ》の化粧をしていたりと、かなり気合を入れて変装している。私も発せられる匂いで彼だと特定したぐらいだから、人間にはまず今の彼が癸とは見破れまい。

「……貴方様はご自分の席があるのでは？」

「影を置いてあるから問題無い。終古や龍逢はその側にいるから周りにも気付かれないし、父や母も俺には興味が無いから、問題ないだろう」

「それでやることが別の席からの処刑見学ですか。無駄な手間をかけてるだけでは？」

「妹がいるのを見かけたからそうしただけだ。でなければ誰が好んでこんなものを見に来るものか……！」

忌々《いまいま》しそうに吐き捨てる癸が睨みつけたのは上座だった。そこには国を担う高官達や癸に少し似た人間（多分彼が癸に変装した影なんでしょう）と癸の友人二名、そして中央には大王が偉そうに鎮座していた。大王は満足げに顎髭を撫でながら準備の様子を眺め、高官達は愛想笑いを浮かべている。

そんな中、ひと際目立っていたのが大王にしなだれる絶世の美女だった。そこにいるだけで大王以上の存在感を放ち、男女関係なく人の目を奪う魔性の魅力の持ち主だ。遠くから眺める私すらそんな印象を抱いたぐらいだから、彼女が本気で男を誘惑したらひとたまりもないだろう。

「あの美人さんが今の王妃ですか？」

「いや、違う。今兵士達に指示を送っているのが王妃だ」

「はあ？」

　確かに処刑場では女官ではない女性がてきぱきと指示を出している。遠目でも彼女の容姿は整っていて気品が感じられる。身にまとう衣も豪奢《ごうしゃ》なもので、大王の隣にいたなら彼女が王妃であることは疑いようもなかっただろう。

　そんな王妃は意気揚々と準備作業を指揮している。今まさに処刑されようとする者達は王妃に向けて訴えているようだ。かろうじて聞き取れたのは「目を覚ましてください」といった主張だった。王妃は戯言《ざれごと》とばかりに聞く素振りも見せず、一通りの準備を終えると大王と絶世の美女に向けて恭《うやうや》しく頭《こうべ》を垂れた。絶世の美女が何やら語りかけると王妃は褒められた子供みたいに喜びをあらわにする。

「大王様の傍らにいる彼女は今最も寵愛を受けている妃、と言えるだろう」

「後宮から出して公《おおやけ》の場で侍《はべ》らせている辺り、よほど特別なのでしょうね」

「……ああ、そうだな。特別だ。あの人は特別すぎた」

　複雑な感情を込めて癸が呟く間に、いよいよ大きい方の銅柱に火が灯された。熱せられた銅柱は括《くく》り付けられた者達の肉を焦がし、煙を上げる。救いを求める絶叫が、大王と絶世の美女を呪う罵《ののし》りがこの場に轟《とどろ》いた。

前方の席にいた者達は鼻と耳を塞いだ。目を背ける者もいた。癸は血が滲《にじ》みそうになるぐらい拳を強く握りしめてその光景を目に焼き付けていた。一方、私はこういうことが起こっている、という情報の記憶に頭を切り替えているので影響ない。

そんな中、絶世の美女だけが命が燃え尽きていく人々を眺めて笑っていた。その様子は異常の一言に尽きたけれど、それでも寵姫は見惚《みと》れるほどに愛くるしかった。全く理解出来ず、頭の中が混乱して恐怖を覚えるくらいに。

「この処刑、炮烙《ほうらく》は大王があの寵姫を喜ばせるために考案したものだ。そしてその犠牲者は王妃が選定した。これもまたあの寵姫に褒めてもらいたかったからだ」

「は？　わざわざそれだけのために？」

「ああ、そうだ。あの女狐はああして自分に逆らった者が惨《むご》たらしく散っていくのが堪《たま》らなく楽しいらしい」

「なんてことを……これでは寵姫の気を引けても民や臣下の心が離れるばかりですよ」

大王が寵姫の喜びように満足そうに打ち震える中、今度はみすぼらしい格好をした男達が細く長い銅柱の方へと引き連れられていく。そして足の拘束具だけ解かれ、一人ずつ銅柱を渡り出したではないか。

ただ、熱せられた上に油を塗られた銅柱を渡るのは至難の業《わざ》で、次々と炎の中へと落ちていく。その男の囚人達が浮かべる絶望の顔に妃は満足し、鈴を転がすように笑いながら拍手を送るのだった。

「誰も諫《いさ》めないのですか？」

「そんな忠臣は真っ先に粛清《しゅくせい》の対象になった。職を辞するのはまだ良い方で、中には大王様の気に障ったために一族もろとも処刑を命じられた者もいる。見ろ、もはや大王様の周りには現状を受け入れて媚《こ》びへつらう輩《やから》ばかりだ」

「もはや泥舟ですねえ。このままでは沈没も時間の問題ですよ」

「そうだな。いくら補強したところで水に溶けてじきに大河の底だろう」

癸は静かな怒りを湛《たた》えている様子だけれど、淡白な感想を口にする。彼が私の想像した通りの立場の人間だとしたらこの国を立て直そうと踏ん張っている、と思っていたのだが、どうも違うらしい。どちらかと言うとまるで滅びの運命は逃れられないから受け入れようとしているみたいだ。その上でその先のために手を講じている、そんな気がしてならない。

それにしても、コレ私が仕事するまでもないんじゃないの？　絶世の美女の虜《とりこ》になった暗君が破滅に向かってまっしぐら。もはや私が介入するまでもなく国はがったがたで、我が主がわざわざ私を遣わした理由がさっぱりなのだけれど。

「それで、今日は誰が処刑されたんですか？」

「王太子とその一派だ」

「はぁ⁉　お、王太子、ですか？」

耳を疑って聞き返してしまったけれど、癸の深刻な面持ちが嘘ではないと物語っていた。

「罪状は謀反《むほん》の疑い、だったか。そして、王太子達が密かに進めていた国家再建計画を大王に密告したのは他でもない、王妃だ」

「そんな、まさか……」

王太子、即《すなわ》ち次の天子を処刑するなんて。それも世を正そうと密かに計画を練っていた王太子があろうことか王妃に裏切られたなんて。謀反《むほん》を目論《もくろ》んだ反逆者には死を、は百歩譲って理解するとしても、この結末はあまりに無念すぎる。

王妃と王太子。普通に考えたらこの二人は親子関係でしょう。お腹を痛めて産んだ我が子を自ら夫と寵姫に捧げるとは。

「そんなに王妃は自分の子よりも大王を愛しているんですか？」

「違う。王妃は犠牲者なんだ。全てをおかしくさせた、あの女狐のな」

「女狐……今大王の側にいる寵姫に王妃が魅了された、と？」

「ああ。もはや大王達は女狐の思うがまま。夏国は彼女に牛耳《ぎゅうじ》られている」

ふと、癸が女狐と罵《ののし》った寵姫の視線がこちらの方に向けられた。私の周りにいた文官達はこの残酷な処刑を目の当《ま》たりにしてもなお寵姫に見つめられたことで心ときめかせているみたいだ。嫌悪感の方が勝っているのは癸ぐらいな辺り、確かにもうこの国は手の施しようもないのかもしれない。

そんな絶世の美女が、微笑を浮かべた。

それも、間違いなく私だけに向けて。

「久しぶり、末喜ちゃん」

その声は周りの雑音のせいで聞こえなかったけれど、彼女は間違いなくそう言った。

それでようやく気付いた。あの妃の正体を。そして、我が主が何故私に地上へ降りるよう命じたかを。

後宮に戻った後、琬に常軌を逸した処刑の様子を当たり障り無く説明した。自分の意見は交えず、淡々と状況だけを伝えるに留めておく。絶世の美女だった妃についても感想を述べる程度にして、その正体までは決して口にはしなかった。

それでも琬にとっては充分だったようで、二日も経てば後宮内に炮烙《ほうらく》での処刑の様子が広がっていた。その一方で妃達の間で噂にならないのは多分、大王を恐れてのことに違いない。後宮とはいかに大王に愛されるかを争う魔窟。非難すれば他の妃にとって格好の標的になるものね。

あの時、炮烙《ほうらく》で処刑された王太子に与《くみ》した者達の中には王妃の一族や王妃に仕えた従者も含まれていたらしい。王妃の一族は名家で何名かが国の重役についていたこともあり、ますます政《まつりごと》に支障が出てしまっている、と後から癸に聞いた。

一連の所業は、間違いなく癸が女狐と呼んでいたあの女が王妃を操って行ったに違いない。彼女に目を付けられたが最後、忠誠を誓ってきた主人に裏切られて地獄を見ることになるとは。あの寵姫の娯楽目的で命を消化させせられるなんて、どれほど無念だったろうか。

百害あって一利無しの現大王を退場させるのは確定として、すぐに我が主の命に従ってこの国を亡ぼすべきか、それとも癸が何を成すか確かめてから行動に移すか。実に悩ましい。本当なら迷うこと無く前者なのだけれど……決意を秘めた癸の瞳が気に入った私は後者も捨てがたいと思い始めていた。

天に仕えし従属神たる私が一介の人間に惹かれた？　まさか。

ともあれ、大王の生活模様はだいぶ把握出来た。充分な情報を握れた今なら自然な暗殺だって容易《たやす》い。であれば、実行に移すのに時間を置く必要はこれっぽっちも無いでしょう。

「それで琰様。計画は順調ですか？」

「……ええ。なんとか数日後に大王様にお渡りいただけることになったわ」

その目論見《もくろみ》の一環として妃の琰には女を磨いてもらっている。

大王は無垢《むく》な少女の純潔を奪って自分だけの女とすることに大変興奮するらしい。逆を言えば一度手を付けた娘はよほどお気に召さない限りは二度と抱かないんだそうだ。下半身の欲求を解消するだけかと思ったら存外選り好《えごの》みするじゃないの。面倒なけだものめ。

なので琰がまた大王に抱かれるには教養、美、そしてあの男の目に留まる技術の習得が必須だ。当然琰は最初嫌がったけれど、私が目的を告げると覚悟を決めて企《たくら》みに乗っかってくれた。そのために彼女は血の涙と心の悲鳴を堪《こら》えて大王の愛を得ようとしてくれている。自分を押し殺させてしまったこと、申し訳無さと感謝でいっぱいよ。

そのかいもあって琰は後宮内での催しで芸を披露し、大王に気に入られることに成功した。女性としてとても魅力的になっただけに、大王の眼前に吊り下げる餌として使うのが勿体ない。

そんなわけでこの度、寵愛を受ける不名誉を授かったわけだ。なお、その連絡を受けた琰は、使者が去ってから盛大に吐いた。

そうしてあっという間にそのお渡りの日がやって来た。

琰は緊張のあまりほとんど寝れなかったらしく、日中はうつらうつらと舟を漕《こ》いでいた。昼寝をさせたから少しはマシになったけれどね。

私と琬は琰にお渡りがあると知れ渡っていたため、同僚から色々と言われた。羨《うらや》ましがられたり妬《ねた》まれたりするのはほんの一部からだけで、概《おおむ》ね同情やら哀れみを向けられた。どうも大王に愛されて富や権力を得たいと思う反面、その代償として夜の野獣である大王に抱かれたくはないらしい。

そして迎えた夜。私達は万全の準備を整えて大王の到来を待つ。この国の頂点を迎える琰の髪型やら化粧やらは琬と二人で結構考えたし、寝具の配置や香の種類もかなり迷った。行為に及ぶ前に大王とはどんな話をすればいいのかなど、様々な想定をしてつつがなく回答出来るようにもしておいた。

「本当にわたしは何もされないのよね？」

「ええ。天に誓いましょう。琰様は何もされません。全てこの私にお任せください」

万全の準備を整えてもなお琰は不安を拭《ぬぐ》いきれない様子だった。それも仕方のないこと、初夜は本当に悪夢だったもの。大王がまた相手を一切思いやらずに欲望のはけ口にしてくるのなら、今回たった一人だけの琰が耐えられる保証はどこにもない。

私はまだ温かい白湯《さゆ》を琰にすすめた。琰はそれを一気に飲み干す。まるで不安と共に呑み込んでしまいたいと願うように。手の甲で口を拭《ぬぐ》った琰は改めて唇を固く結んだ。

「信じるわよ。わたしの命運、妹に託したからね」

「事が終わった暁《あかつき》には、そうですね……二人で盛大に祝いましょう。ぱーっと」

気分を紛らわせていると乱暴な足音が徐々に近づいてきた。そして風情《ふぜい》も何もありゃしない勢いで天蓋が跳ね上げられ、大王がおなりになった。私達一同が頭《こうべ》を垂れたのもつかの間、大王は嘗《な》め回すように琰に視線を滑らせた。

「本日はお渡りいただきありがとうございます。まだ色々と至らぬ点はございますが精一杯務めさせて――」

「くだらぬ前置きなど不要。さっさと横になれ」

「えっ？　きゃあっ！」

歓迎の意を踏みにじるように大王はソレを突き飛ばす。倒れたソレに襲いかかった大王は衣服を強引に脱がし、前戯も何もなく己の欲望をソレの秘部に突き刺したのだった。問答無用で容赦無し。思いやりなどとは無縁の独りよがりな行為。ただただ醜いだけで吐き気がする。やがて快感が増してきたのか、大王は説明もはばかられる下品な言葉をソレに投げかけ、まずは己のものだと印をソレに刻み込んだ。

そんな野蛮な大王を私、そして当の琰が傍《はた》から眺めていた。

「まさかここまで上手くいくなんてね……」

「傍《はた》から見てると実に滑稽《こっけい》ですねえ」

「わたしにはおぞましい光景にしか映らないけれど？」

「事実がどうであれ、ご本人が満足していればそれで良いのです」

気分を害した琬が口元を押さえて視線をそらす。大王の行為の激しさに、本当ならその欲望が自分に向けられていたかと思ったのか、琰は身震いする。で、大王を騙した私は、処刑と呼ぶに相応《ふさわ》しい行為が始まったばかりなのにもううんざりしていた。

そう、大王の餌食《えじき》になったのは琰じゃない。大王に襲われているのは単なる丸めた布団。大王は一部に開けた穴を堪能しているだけだ。

琰は自分が抱くに値する、と大王に思わせた時点で勝利は決定したようなものだった。欲望は理性を陰らせて幻術にかかりやすくする。多少は抱くでしょう違和感も興奮のあまりかなぐり捨て、こうして大王は幻術にかけられているとも気付かずに、琰に見えている布団に一生懸命抱きついているわけだ。実に笑える構図だこと。

加えて大王には興奮と快楽が増すよう別のきつめな幻術をかけている。この前は新人の妃全員を相手しても余りある強靭さを見せつけてくれたけれど、今日の大王はちょっと息を吹きかけてやるだけで達してしまう状況なので、雑魚《ざこ》同然。布団相手に無駄撃ちしまくってもらいましょう。

「それで、途中で我に返ったりしないわよね？」

「しません。もはやこの男は快楽の虜《とりこ》。一切疑わぬままそのうち精魂尽き果て生命力さえ消耗していくでしょうよ」

そう、私達は大王を腹上死という形で暗殺する。

これならかなり強引だろうと「まあ、この大王様ならしょうがないよね」みたいな空気になって怪しまれずに済む、と踏んでいる。そんな風に思われる暴君なのが問題なのだから私達は悪くない。お相手だった琰は多少尋問されるかもしれないけれど、死因を調べれば琰に責任が一切無いことはすぐに分かるでしょう。

今回大王暗殺に踏み切ったのは癸の存在が非常に大きい。つまり、いきなり天子が消えたとしても国が傾くほどの影響は避けられる公算が立ったからだ。暴君を始末した後は癸がひーこら言いながら事後処理する羽目になるけれど、後で「ありがとうございますぅ癸様ぁ」みたいな感じに甘えておくとしましょう。

大王は思った以上の持久力だったものの、しばらくしたらようやく底が見え始め、息も上がってきた。それでも幻に取りつかれている大王はなおも犬歯をむき出しに笑いながら布団を組み伏せる。

「しぶといですねえ。幻術の影響が無かったら夜明けまで続いてたかもしれません」

「止めてよ。この間のことを思い出させないで……」

「失礼。しかしそうやって恐れおののくのも今日で最後です」

「……そうね。このクソ野郎に引導を渡してやりましょう」

そうして華の地を苦しめた暴君の最期を見届けようとした時だった。音を立てずにその者は部屋に入ってきた。そして私達が驚く間も無く、夢中になっている大王の耳元で何やら囁《ささや》いたじゃないの。すると大王の身体から力が抜け、直後には白目を剥いてその場に倒れ伏したのだった。

「だから言ったでしょうよぉ。小娘だからって侮《あなど》ってると足を掬《すく》われる、って」

侵入者が手を叩くと宦官《かんがん》やがたいのいい女官達が無遠慮に部屋の中に入ってきた。そして私達の存在を完全に無視して大王を介抱し、その身体を抱え、運び去った。

部屋に残されたのは私達三人と侵入者のみ。琰達はすぐさま平伏し、侵入者はただ私達を見下ろすだけ。なのに空気が張り詰めて如何《いかん》ともしがたい緊張感が漂う。

「成程ねぇ。大王様にご満足いただいて退場させる。中々の手口じゃないの」

小川のせせらぎのような透き通る心地よい声が彼女の口から発せられる。それでいて私達を見つめる眼差しは氷より冷たく、氷柱より鋭く突き刺さってきた。

琰は擦り付けんばかりに額を床に押し付けたまま目を見開いて歯を震わせるばかり。琬は必死に言い訳を考えているのか視線がせわしなく動くものの、呼吸が浅くなり、目尻に涙を浮かべていた。

しかし当の乱入者はそんな琰と琬を全く気にしない。いえ、路傍《ろぼう》の石も同然に彼女達を認識してもいないかもしれない。彼女の意識は開き直って腕を組んだまま睨み返す私だけに注がれている。

彼女は感心したように微笑んでいるけれど、その目には明らかに私への苛立ちが渦巻いていた。

「でも、それは困るのよねぇ。大王様にはもっと頑張ってもらう予定なのだから」

くそっ、まさか彼女が介入してくるなんて全く予想していなかった。これまで大王が他の妃を愛そうが彼女は口出ししていなかったから今回も無関心を決め込むと思ったのに。もしや私がいたせいで感づかれたか？

大王は精根尽き果てて意識を失っていたもののまだ呼吸はしていた。つまり、私達が成し遂げようとしていた暗殺は失敗したのだ。暗殺を妨害された腹立たしさと悔しさで思わず舌打ちし、彼女をより睨みつける。

「ねえ末喜。これは女媧様の意思かしらぁ？」

「その通りですよ妲己《ダァジィ》。私は我が主の命に従うまでです」

絶世の美女、大王を骨抜きにした女狐。

その正体は私と同じく我が主に仕える従属神。そして九尾の妖狐だ。

姓を己、字を妲。即《すなわ》ち妲己という。

「妾の邪魔はしないでもらいたいのだけれど」

「それは出来ぬ相談です。我が主、即《すなわ》ち天のご命令は全てに優先する。貴女が我が主よりどんな命を受けて地上に降りてきているのかは知りませんが、かち合うなら退《しりぞ》けるまでです」

妲己の目が僅かに細められる。恐ろしい剣幕で睨みつけられているにもかかわらずその美貌が損なわれないのだから、凄いものだ。私が感心する一方で琬は悲鳴を上げかけ、かろうじて口を押さえて耐えたようだった。

「成程。つまり末喜は妾の敵になる、と？」

「方針がかみ合わぬなら衝突もやむを得ないですね」

妲己は笑みを浮かべる。それは相手を魅了する仕草にあらず、犬歯を見せるほど大きな笑顔だった。

それから彼女はもう用は無いとばかりに踵《きびす》を返して琰の部屋を立ち去る。残された私達は、ただいなくなった者達の背中を見つめる他無かった。

■■■

現在の大王は生来、文武共に恵まれた才能を持ち合わせていた。

強靭な肉体は病と無縁、猛獣すら素手で捻《ひね》り倒すほど逞しく、論戦では選《よ》りすぐりの文官達が束になっても相手にならないほどの知に富んでいた。彼の治世によって夏国は更なる繁栄がもたらされるに違いない、と最初は誰もが思った。

それが誤りだと皆が気付いたのは、大王が成長してからだった。

大王は民や臣下を家畜と同様の下等な生物と見下し、増長していった。

そして恵まれた才能を私利私欲を満たすために費《つい》やし始めたのだ。

しかし、それでも大王は暴君でこそあれ暗君ではなかった。それはやりすぎればいずれは身を滅ぼすことになると察していたからだ。なので王妃や忠臣達が必死になって大王をなだめ、諭《さと》すことで政《まつりごと》を保っていた。

完全に均衡が崩れたのは……そう、あの女が現れてからだ。

妲己。魔性の魅力を放ち、男のみならず女すらも惑わす、絶世の美女。

彼女が妃になってから大王のタガが完全に外れた。

妲己は賢く、そして強《したた》かだった。自分からは決して動かない。大王を始めとする周囲の者にそれとなく自分の希望をほのめかすだけ。しかし妲己の気を引きたい愚か者達にはそれで充分。妲己を喜ばせようと次々と己の全てを捧げていった。財も、名声も、能力も、理念も、かけがえのない人も、己の人生そのものすらも。

民は重税で苦しみ、若い者は奴隷として駆り出された。王妃や忠臣達が必死になって諫《いさ》めても大王は聞く耳を持たない。それどころか煩《わずら》わしい戯言《ざれごと》と受け取られ、排除されていく。いつしか大王の周りはおべっかを使う者と思考を停止して賛同する者、そして妲己を崇拝する者だけで固まっていった。

ある日、とうとう王妃が直接妲己を糾弾《きゅうだん》した。

「妲よ、いい加減にせよ！　どこまで国を食い物にするつもりか⁉」

「これはこれは王妃様。妾は単に細やかな希望を口にしているに過ぎません。実行に移すのは全て大王様の裁量によるもの。妾ではなく大王様に直接申し上げてくださいませ」

「ならそなたからも大王様に目を覚ますよう申せ！」

「畏《かしこ》まりました。仰せのままに」

忠臣達は妲己が小賢しい口答えをするかと予想していたが、妲己は意外にも大人しく王妃の命令に頷いた。聞き分けがいい、と溜飲を下げた王妃は……妲己の恐ろしさを見誤っていた。それが取り返しの付かない惨劇を招くこととなるとも知らずに。

その日の夜、大王と褥《しとね》を共にして寵愛を受けた妲己はしばらく自重することを申し出た。妲己は決して王妃の存在を口にしなかったものの、大王は即座に王妃が妲己を咎めたのだと気付いた。

既に王妃との間には世継ぎとなる王子や臣下に降嫁させる王女をもうけている。もはや魅力も無い口うるさいだけの女などに用は無い。妲己を気落ちさせるとはなんたることだ、と怒りをあらわにした。

「妲己よ。余は王妃を処刑しようと思う」

「まあ、それはそれは。ですが妾はむしろ気高いあのお方が欲しゅうございます。妾にくださりませんか？」

「あ奴を？　どうするつもりだ？」

「興味が湧きました。あのお方を妾好みに染めたらどうなるか、と」

次の日、大王は王妃を捕らえるよう命じた。王妃の身柄は妲己に委《ゆだ》ねられ、彼女の宮に監禁された。他の妃達はとうとう妲己の権威が王妃を凌《しの》ぐほどになったか、と絶望と諦めの念を同時に抱いた。そして王妃がどういった末路となるのか想像を膨らませ、改めて妲己に恐れおののいた。

人々の不安をあざ笑うように王妃が五体満足のまま姿を現したのは一週間ほど経った頃。王妃を慕っていた側仕えや妃達から安堵と歓喜の声が上がったものの、その直後に彼女達は絶望を味わうこととなる。

「わたくしが間違っておりました。妲様は天女のごとき尊いお方。その山よりも高く谷よりも深い愛によってわたくしの心は洗われました。これからは妲様のために尽くそうと思います」

あろうことか王妃は妲己に屈した。いや、正確に言うならば王妃は洗脳された。妲己に心酔するようになったのだ。

王妃にとって妲己が全てになりその他は塵芥《ちりあくた》と化した。国を良くしようという大義も、これまで誠心誠意尽くしてきた側仕えも、腹を痛めて産んだ王太子を始めとする我が子すらも。咎めた侍女はその場で顔を焼かれた。苦言を呈した妃は翌日浮浪者の慰み者となった。妲己を悪く言う宦官《かんがん》は肉を削《そ》ぎ落とされて家畜の餌となった。そして、そんな過度な罰の顛末《てんまつ》を王妃は意気揚々と妲己に報告するのだ。ただ、彼女に喜んでほしくて、何より褒められたいがために。

そしてとうとう王妃は王太子達を供物《くもつ》のように妲己へと捧げた。もはや聡明だった王妃はどこにもいない。妲己と共に悪行を喜ぶ哀れな奴隷に過ぎない。一人、また一人と王妃の元を離れ、王妃の宮には彼女一人……いや妲己に操られる道化が残るのみとなった。

これによりもはや夏国に妲己を止める者はいなくなった。

天は我らを見捨てた。皆がそう思った。

天子を惑わした妲己はいつしか傾国の女狐、と呼ばれるようになった。

「お呼びでしょうか？」

末喜が大王暗殺に失敗した次の日、呼び出された癸は妲己の前で跪《ひざまず》く。

謁見の間の上座に二つある玉座のうち一つは空席、もう一つに妲己が腰を落ち着けている。本来は王妃が座るべき席だが、これがあるべき姿だとばかりに一切違和感を覚えさせない。妲己はお付きの従者に大扇であおがせ、脇の机に置かれた皿から果実をつまみ、口へと運んでいく。濡れた指先を舐め取り、跪《ひざまず》く癸を見つめた。

「既に聞いているでしょうけれど、大王様は日頃の疲れが出たために寝込んでいるわぁ。今日一日は安静にしてもらうから、そのつもりでいて頂戴」

妲己はすまし顔で事情を語るが、癸は大王が昨晩後宮で精を出しすぎて死にかけたと知っている。そしてたちが悪いことに妲己はその隠された事実を癸が把握していることを分かった上で説明している。癸は内心で舌打ちした。

頭《こうべ》を垂れる癸は妲己と目を合わせようとしない。それは畏怖《いふ》や嫌悪感の類《たぐい》からではない。国を傾かせる元凶に万が一にも心を奪われないよう自分を戒《いまし》めているためだ。

「どうしたの癸、面《おもて》を上げて頂戴。久しぶりにその顔を見せて」

そんな彼の心情を見透かすように妲己は命令を下す。

王妃が妲己の傀儡《くぐつ》と化した後は実質彼女が大王の正室も同然。逆らえば明日にも首が胴から離れていてもおかしくない。

やむを得ず癸は顔を上げて妲己を見据える。妲己は満足げに微笑んだ。

「大きくなったわねぇ。赤子の貴方を抱いたのがまるで昨日のようだわぁ」

「……意外です。そのようなお言葉を仰《おっしゃ》るとは」

大王と王妃を意のままにして夏国を掌握《しょうあく》する傾国の女狐。しかし癸にとって妲己はそうとも言い切れぬ存在だった。妲己を愛して彼女の関心を得ようとする大王は、彼女が産んだとはいえ癸になどさして興味を示さなかった。一方で妲己には愛されて育った事実は否定しようもなかった。

夏国の王子として生を享《う》けた癸は、彼女から乳を与えられた。抱っこされて子守唄を聞かされた。読み書きも計算も彼女から教わった。物をぞんざいに扱って壊したりいたずらして他の子を傷つけたりしたら叱られた。今の癸が政《まつりごと》を深く考えるようになったのも妲己が道を示したためだ。

癸は彼女から確かに慈愛を受けて成長したのだ。

しかし、物事を知っていくにつれて、何故妲己は自分と周囲に対する接し方が全く

「反抗期は親元から離れる良い兆候よ。感心感心」

「……なんのことを仰《おっしゃ》っているのか分かりかねますが」

癸はとっさにとぼけたものの、内心では心臓が煩《うるさ》く鼓動していた。動揺を悟られまいと手に力がこもる。

妲己は再び果実をつまんで口へと運んだ。今度は唇を丹念に舐める。

「夏国大王の発《ファ》、その妃である妲己。その二人の子が癸、貴方。もう次の夏王には癸がなるしかないのよ」

癸は妲己の言葉に無言を貫く。内心で「王妃を洗脳して兄王子達を謀殺したのは貴女だろう！」と毒づくのが精一杯だ。

彼には多くの兄達がおり、平凡な兄もいたが国を担う能力のある優秀な兄もいた。王妃の子だった王太子はまさに次の王者となるに相応《ふさわ》しい人物だった。それぞれの母は、我が子を次の王にすべく日々諍《いさか》う間柄だったが、兄弟間の仲は決して悪くなかった。癸もまた素晴らしき兄達を支えていく未来像を全く疑っていなかった。

だが蓋を開けてみたら兄達は早々と退場させられ、いつの間にか自分が最年長になっていた。それも決して度重なる不幸ではなく、明らかに妲己の策略によって一人、また一人と葬《ほうむ》られていったのだ。

そこで悟った。妲己は自身の血肉を分けた癸を最後の駒として己の野望を果たそうとしているのだ、と。それが華の地全ての贄《ぜい》を尽くすためか、または華の地を滅亡させるためかは分かりかねたが、このままではいけない、とその時に決意したのだ。

「明かりに群がる羽虫のように鬱陶《うっとう》しかった王太子とその取り巻き達は炭になったし、王妃は妾の玩具と化した。妾達のやりたい放題を許せず国が腐り切る前に政《まつりごと》を正そうとする邪魔者はもういないわぁ。そうでしょう?」

「ええ、仰《おっしゃ》る通りです」

「ふふっ。いいわ。そういうことにしておいてあげる」

妲己は明らかに腹心達の動きに見て見ぬふりをしている。大王を退《しりぞ》けて新たな時代を踏み出そうとする企《くわだ》てを。それを確信した癸は背中に冷や汗を流すが、動揺は表に出さずに済んだ。

とはいえ、癸には妲己は何故自分達の動きを見逃しているのかが分からない。もしかしたら決定的証拠を掴んでから王太子勢力のように一網打尽にするつもりか、との恐怖を覚える。

悩む癸が愛おしいのか、妲己は我が子へと微笑んだ。

「政《まつりごと》を乱した発王と桀《ジエ》王によって夏国は滅びる。それは天の定めた運命なのだから」

次に彼女の口から出た言葉を理解するのに癸は時間を要した。癸の反応を楽しむ妲己は鈴を転がしたような笑い声を上げる。

「ふふっ。不思議に思わなかったのぉ？　国の財を食い散らかし、忠臣を切り捨て、逆らう者を残忍に処刑し、民を虐《しいた》げる。過度な豪遊はやがて身を滅ぼすだけなのに何故大王や妾はやめないのだろう、って」

思った。実の父である大王は妲己に入れ揚げて国を急速に消耗させ続けている。まさか自分の代までは乗り切れる計算でいるつもりか、と恐怖したこともあったが、そんな強《したた》かさすら感じさせずに大王は華の地全体を苦しめ続けていた。

「違うのよぉ。だってぇ、妾は天命によって夏国を滅ぼしに来たんだから。悪行だと罵《ののし》られるどれもこれも所詮は手段に過ぎないの。お分かり？」

癸はまるで槌《つち》で頭を殴られた気分になった。これまで国を蝕《むしば》んできた女狐がまさか国そのものを食い尽くすために振る舞っていただなんて思いもしなかった。そしてそれが天より与えられし運命だとも。

大王を篭絡《ろうらく》し、その臣下も魅了し、逆らう者達を排除してきた妲己。自分すらも彼女の駒の一つに過ぎないのだ、と現実を突きつけられているようで、癸はめまいを起こす。気絶しないのは気力と使命感がかろうじて支えているからだ。

「た……たとえ貴女の言葉が真実だろうと、俺は夏国の王族として生を享《う》けました。ならば国や民のために尽力するのは使命です」

「妾の誘惑に耐える精神力はさすがだわぁ。どうしたものかと悩んでいたけれど、それは末喜ちゃんが解決してくれたわ。どう？　あの娘、綺麗だったでしょう？」

「……っ⁉」

「あっははは！　分かりやすうい！　本当、癸って可愛いわ」

妲己の高笑いが耳障りだった。けれど癸はそれ以上に愕然《がくぜん》とした。

末喜、天よりの使者。自分の心をまたたく間に奪い去った運命の存在。

地上の現状に憤《いきどお》っていた彼女もまた、妲己と同様に自分達を弄《もてあそ》ぶのか、と。

「後は末喜ちゃんが癸と添い遂げて貴方を唆《そそのか》すだけ。もっと民から血を、汗を、涙を搾《しぼ》り取りましょう、とね」

「ぁ……」

妲己の示した可能性に癸は何も言い返せなかった。

自分があの父のような暗君に成り下がる？　冗談ではない、と反論出来なかったのはそれほど末喜が頭の中から離れなかったからだ。末喜が自分に滅亡への道標を用意したら果たして跳ね除けられるだろうか、全く自信がなかった。

喉がからからになる。末喜はそんなことをしない、と信じたくても癸はまだ彼女とそう濃い付き合いをしているわけではない。一方的に好意を抱いているだけ。なら、天から与えられた命令に従って彼女が自分を利用してきても不思議ではなかった。

表情をころころ変える癸に満足した妲己は、安心させるように微笑を湛《たた》える。

「安心しなさい。妾と末喜ちゃんは別に連携してるわけじゃあなくてよ。昨日だってあの娘、大王様を暗殺しようとしたんだもの」

「……は？　あ、暗殺、ですか？」

「幻術をかけて腹上死させようとしたの。妾が乱入しなかったら今頃は癸が夏王になっていたところ。そして心奪われた癸は末喜ちゃんの言うがまま夏国を終焉に導く、って筋書きだったのかしらねぇ」

「妹が、そんなことを……」

まさか今日の大王の休養にそういった裏があったとは知らなかった。しかしそれは女狐の思惑通りに事が運ぶ暗黒の中の灯火、絶望の底にそそぐ希望の光でもある。それもまた妲己、そしてもしかしたら末喜の思う壺なのかもしれなかったが、それでも癸は喜びで胸がいっぱいになった。自分以外にも華の地のために尽くす者がいる。

「いえ、今ならまだ間に合います。正しき道を指し示せば立て直せましょう」

「そう、頑張りなさい」

改めて決意を表明した癸に返ってきたのは意外にも激励の言葉。目を丸くしていると、妲己は手を頬に当てて軽くため息を漏らした。

「ああは言ったけれど、多分末喜ちゃんも癸に名君の素質があるなら全力で乗っかってくると思うから」

「と、言いますと？」

「あの娘は怠惰《たいだ》を好むからよ。楽が出来る、任せられる相手がいるならぐーたらしていられるでしょう？」

それを受けて癸に新たな目標が出来た。末喜が天に何を言い渡されたのかは分からないが、華の地に再び安寧をもたらせば末喜はお役御免となる。癸の真の目的が果たされる可能性が充分にあることを彼女に示せれば、もしかしたら――

だがこれは博打《ばくち》だ。妲己の言うように末喜は癸に破滅を唆《そそのか》すかもしれない。そのためにも今後も末喜と付き合い、その人となりを見極めなければいけない。それすらも愛情と理性のせめぎあいという危険がつきまとうが、構うものか。

「華の地は守ります。この俺が、必ず」

「そう。妾の目論見《もくろみ》を崩してみせなさい。そして妾を楽しませて頂戴」

どこまで妲己の手の上かは未だ測りかねているが、それでも癸は新たな気持ちを抱きつつ実の母に会釈し、その場を去ろうとする。

「三人だから」

妲己はそんな癸の背中に向けて唐突に言葉を投げつけた。

「……は？」

「天の勅命により動く女媧様直属の従属神は妾と末喜ちゃん、そしてもう一人いるってことよぉ。さて、今どこに潜伏《せんぷく》しているんでしょうねぇ？」

「――！」

妲己から発せられた言葉が何を意味するか、癸は瞬時に理解した。

「三人目も降りてきている、のですか？」

「さあ？　妾は憶測を語っているだけで把握はしていないもの。でも末喜ちゃんが来ているんだからありえない話ではなくてよ。もたもた準備していたら丸ごと持っていかれちゃうかもしれないわねぇ」

「……その忠告、ありがたく頂戴します」

今度こそ癸は謁見の間を去っていった。

「順調順調。着実に収穫時が近づいているわねぇ」

残った妲己は熟れた果実のように成長した我が子に心を震わせ、黙々と果物を食べつくした。舌と指先を舐めて綺麗にし、従者の衣服で濡れた手を拭き取ると、軽やかな足取りでその場を後にする。

「……あんなに立派になっちゃって」

そして謁見の間には誰もいなくなった。ただ風が吹き込んで天幕が揺れるのみだ。

□□□

　まさかあの妲己が夏国滅亡計画に加担しているなんて思いもしなかったわね。

　昔から奸計《かんけい》に関しては彼女の方が一枚上手《うわて》だった。彼女の手にかかればそりゃあ夏国も一直線に滅亡に向けて疾走するというもの。ただ彼女の場合はその過程を楽しもうとする。被害を顧《かえり》みたりはしないでやりたい放題するから民は苦しめられるのよ。

　と、不満を漏らしたところで現状は変わらない。彼女は大王を魅了済みだし王妃は操り人形状態。逆らう存在は淡々と粛清《しゅくせい》されている。癸が放っておかれているということは、妲己にとって彼は大事な駒なのかしら。

　大方、妲己は諸侯の不満を爆発させて、反乱の末に夏国を討ち滅ぼさせようとしているに違いない。今は理不尽な圧政で民や方国の者達の我慢を溜めている最中。ただ、私がやって来た以上もう悠長には事を運べない。私に邪魔されないよう更に苛烈な暴虐を働いたっておかしくない。

　そうはいくものですか、と自信満々に立ちはだかりたいのは山々だけれど、昨日大王暗殺に失敗したばかり。別に後宮って閉鎖空間にいることは問題じゃなくて、妲己を出し抜く難易度が高すぎる。

「どうするのよ妹……失敗しちゃったじゃないの……！」

まるでこの世の終わりかのように沈んでいるのは、私が後宮で仕える妃の琰。私への非難の声にしたってようやく絞り出したって感じだ。両手で顔を覆ってうなだれる彼女の背中は哀愁すら醸《かも》し出している。

「しょ、処刑されちゃうんでしょうか……」

私と同じく下女として琰に仕える琬は怯えながら身を縮こまらせている。過度に周りを警戒したりちょっとの物音で竦み上がったり、完全に何かやらかしましたって感じの挙動不審さだ。これだと変に疑われちゃうわ。

「だったとしたら朝一番に衛兵が私達を捕らえに来ていたでしょうねえ」

昨晩、結局妲己は昇天しそうだった大王を助けたっきりで私達を何も罰しなかった。それどころか翌日もいつものような朝を迎えて平和な限りだった。暗殺未遂はなかったことにされたようね。

私が示した事実に琬は表情を明るくした。希望を見出した人ってこんな顔するんだ、こりゃあ妲己も人の心を弄《もてあそ》びたくもなるわよね、と納得した自分に嫌気が差す。

「言われてみたら、後宮内でも全く騒がれていないような……」

「安心なんか出来ないわよ……少し経ってからとんでもない残忍な方法で処刑されるかもしれないじゃないの……！」

妲己は自分の邪魔をする存在には容赦しない。つまりは琰……と言うより彼女の背後にいる私が妲己にとって計画の妨《さまた》げにはなっていないんでしょう。まだ私の行動が妲己の計画を揺るがしていないのだと思うと腹立たしい。

まあいい。あっちが舐めてかかるなら好都合。何も大王暗殺にこだわる必要なんて無いもの。最後に人々が安心して過ごせる新たな大樹を華の地に根付かせればいいんだから、犠牲を伴わない限り過程や方法なんてどうでもいいのよ。

「最悪。これでもうお終いよ。わたしはあの獣に抱き潰されるしかないじゃないの……」

「嘆くのはまだ早いですよ」

あっけらかんと言い放った私を琰が睨みつける。怒りをあらわにするものの恐怖心のせいもあって迫力はあまりない。

「気軽に言ってくれるわね。きっと大王は警戒して近寄ってこないに決まってる。手出し出来ないじゃないの」

「別に暗殺だけが起死回生の一手ではありませんよ。既に次の策は進めています」

「それ、本当なの？」

「勿論です。何重にも策を張り巡らせて最善の手を選択するだけですから」

琰への慰めでもなんでもなく、あの炮烙《ほうらく》で女狐が妲己のことだと分かってからすぐ行動に移っていた。具体的には華の地に鳥や小動物といった我が眷属《けんぞく》をばらまいて情報収集に勤《いそ》しんだ。おそらくいるだろう『彼女』を探すために。

十中八九、華の地には既にもう一人従属神が暗躍している。

三人目……いえ、多分地上に降りてきたのは私が最後だから二人目と表現すべきね。二人目も華の地のどこかで活動していることは明白よ。妲己が破壊を担うなら二人目の使命は再生。多分、夏国の次に華の地を背負って立つ指導者の側にいるに違いない。とは言っても華の地はとっても広大だから、暗躍する二人目をそう簡単に見つけ出せるとは初めから思っちゃいないし、あてにするわけでもない。でも、このまま放っておけば妲己のように好き勝手して華の地の人々を弄《もてあそ》ぶ危険もあるから、結局は私の邪魔になるか否かを確かめたい、に尽きる。

　気長に待ちましょうか、などとぼんやり考えていたら、空の向こうから白い小鳥がこちらに向かって飛んでくる。最初に気付いたのは琬で、次に琰が目を凝《こ》らして確認した。小鳥は高度を落として私が差し出した手に乗った。可愛いと声を上げる琬を無視して小鳥と見つめ合っていると、物欲しそうな目を向けられたので彼女へ渡す。小鳥は甘え上手なのか琬に気持ちよさそうに撫でられ、琰もまた恐る恐る小鳥に触れた。琰が笑顔をほころばせた辺りで小鳥は飛び立ち、再び大空へと消えていく。

　二人目が見つかった。それが眷属《けんぞく》たる小鳥からの報告だった。


　いくらなんでも機を狙いすぎでしょうよ。それともこれもまた天の采配《さいはい》なのかしら？　とにかく、眷属《けんぞく》が見つけた二人目の居場所は夏国王都からかなり遠い。会いに行こうにも普通に旅をしたんじゃあ、ひと月あっても足りやしない。妖狐の姿で夜中に移動するとしても長期間後宮から離れなきゃいけないのは間違いない。妲己がいる以上、それでは琰達に危害が及びかねない。

　仕方がない。物凄く疲れるから嫌なんだけれど、あの手で移動しよう。何日間にまたがって現地調査しなきゃいけなくなっても夜はこっちに戻ってこられるもの。炮烙《ほうらく》の時みたいに人形に仕事をしてもらえばいいか。

そう言えば、と、件《くだん》の炮烙《ほうらく》を見物した際に癸が発した言葉が脳裏によぎった。

「彼、妲己のことを女狐呼ばわりしてませんでしたっけ?」

夏国に巣くって滅亡へと誘う美女がまるで女狐のようだ、と例えただけとも考えられる。しかし癸は私の正体を見破ったように人の魂魄《こんぱく》の在り方を見られる。なら彼女の正体も既に看破しているかもしれない。更に彼は私と会ったことで、妲己がただの妖狐なんかじゃなく、天より使命を与えられた従属神だと知ったことでしょう。その上で彼は妲己とはまた違った解決方法を企《くわだ》てている、そんな気がする。

だとしたら、彼も二人目と会っておくべきでしょう。華の地の行く末を左右する別の女狐にも、ね。

「と、いうわけで、逢い引きしましょう」

「は?　なんだいきなり?」

「ですから、一緒に出かけませんか?」

そうと決まれば、と早速私はやけ酒をあおっていた彼、癸の元を訪ねた。夜なら慣れない鳥に化ける必要もない。妖狐姿なら後宮を囲う堀や塀程度はひとっ飛びだもの。後は彼の前に姿を見せる直前に人間の姿に戻って侵入成功、と。

突如降り立った私を見た癸は呆気に取られ、手にしていた盃が傾く。中に入っていた酒が彼の膝下へと滴《したた》り落ちていった。慌てて私は布を取り出して彼の膝下を拭いてやる。布を水で濡らすのも術でお茶の子さいさい、と。

「んもう、しっかりしなさいな。服に酒を飲ませても感想は述べてくれませんよ」

「い、いや。すまない」

癸は動揺しながら私から視線をそらす。何やってんだ、とばかりに私が彼の顔を覗き込むと、彼は身を引きつつ自分と私の身体の間に自分の腕を潜《もぐ》り込ませた。ますます不思議に思ったのもつかの間、私を意識するまいと頑張っているんだと悟る。なんだか嬉しくなって更にからかいたくなるものの、それじゃあ話が全然進まないので我慢我慢。私は僅かに触れ合うぐらいの近さで彼の隣に座ることにした。目を大きく開いて私を見つめる彼に微笑を送り、空《から》になった盃に酒を注いであげた。

「月見酒とはまた風情《ふぜい》のあることしますね。普段からやっているんですか？」

「ああ。静かな時間を過ごしたい時とかな」

「それにしたってお供の一人もいないとは。身分的には女を侍《はべ》らすのも容易《たやす》いでしょうに」

「反面教師がいるんでね。女性の持て成しに興味はそそられない」

成程、と同意を示しながら私は彼の膳にあった果物に手を伸ばし、自分の口に運んだ。「何してんだ?」って顔をされたので「美味しいですよ」とにっこり笑ってあげたら、癸は複雑な表情を浮かべてそれ以上何も言ってこなかった。

果汁の付いた指先を舐め取り、これ幸いとばかりにもう一つ取ろうとすると手首を掴まれる。「何をするんですか?」と非難の目を向けたら彼は「ほら、これだろ」と目的のものをつまんでこちらに差し出してきた。あー、前のめりになってまで彼の膳に手を伸ばしたのがはしたなかったのかしら。ありがたく頂戴することにして私は口を開ける。戸惑うばかりの癸にじれったくなった私は彼の指ごと果物を口に含んだ。

彼は動揺しまくりつつ私の顔と舐められた自分の指を交互に見る。

「な、あ、何を……」

「それで、返事を聞かせていただきたいのですが?」

「……ちょっと待ってくれ。一旦頭を冷やして整理したい」

「どうぞ。まだ夜は長いことですし」

癸は酒を一気にあおってから深呼吸を一回、二回。それから私を見つめてきた。

「返事とは、逢い引きの誘いか？」

「期待させて申し訳ありませんが、男女の逢瀬《おうせ》とは違いますので承知くださいませ」

「つまり、どこかに行きたい妹に同行してほしい、ってことか」

「ええ。貴方様もその目で確かめた方がよろしいでしょう」

「どこにだ？　あいにく長期間ここを空《あ》けるような遠いところは無理だ」

「ご安心を。日帰りですので。移動手段は私にお任せください」

癸はしばし考え込んでから頷いてくれた。都合の良い日を聞くと丁度良いことに明日でも問題ないらしい。どことなく嬉しそうな癸の様子に私もつい喜んでしまった。くやしかったので表には出さなかったけれど。

「場所は着いてからのお楽しみです。それより私、癸に聞きたいことがあります」

「答えられる範囲なら答えよう」

「癸はこの夏国……いえ、華の地をどうなさりたいので？」

癸は私の突きつけた問いかけを受けて噛みしめるように考え込む。彼がどうしてそう悩むかはなんとなく想像出来たけれど、私はあえて黙って待つことにする。やがて決心がついたのか、軽く意気込み再び私を見つめてきた。

「妹は俺がそもそもどういった身分なのか、もう分かっているだろう？」

「夏国の王族、おそらくは王子だろうって推測はしてます」

「では、まずは俺のことを聞いてほしい。なに、さっき妹も言った通り夜は長い。俺に時間をくれたって良いだろう？」

そうして彼は自分のことを語り出した。

癸は夏国の王子であること。王太子を含む王妃の王子達が相次いで失脚したため、彼が新たな王太子になったこと。そして……彼の母親が妲己であることも。彼女になんらかの思惑があって泳がされている、とも語った。

妲己の性格からして私のように変化して地上に降りてきたんじゃあないでしょうね。本体を晒《さら》す真似はしないはずだから、どうにかして人としての肉体を得たに違いない。例えば借体の術を用《もち》いて、いたいけな小娘の肉体を乗っ取ったとか。それなら癸自身は半神じゃなくれっきとした人間だ。相手の魂魄《こんぱく》を見られる目を得たのは十中八九従属神たる妲己の影響と思われるけれど。

「何をしたいか、だったな。最終的には新たな時代を築きたい、と思ってる」

「新たな時代、ですか」

「夏国はもう駄目だ。崩壊を加速させたのがあの女狐なのは間違いないが、そもそもがもう限界だったんだ。安定した治世はやがて淀《よど》みを生んで土台ごと腐っていく。これは避けようもない、が俺の考えだ」

直接にこそ口にしなかったけれど、癸は確実に語っていた。夏国は滅ぶべきだ、と。

多分、この結論は癸が父である大王と母である妲己を見て育ってきたせいもあるのでしょう。王太子は王妃から厳粛《げんしゅく》に育てられたからその生まれに誇りを持ち続け、この期《ご》に及んでも大王を排して国を立て直そうと目論《もくろ》んだ。一方、癸は夏国を滅亡させるために地上に降りてきた妲己の手駒として生を享《う》けた。生まれた国には愛着こそあるでしょうけれど、そこまで固執して守るべき対象じゃない。だから、華の地にとって不要なら席を譲るのも吝《やぶさ》かではない、といった思想なんでしょう。

驚いたのはそれを以前、私に友人だと紹介した部下達にも明かしていないってことだ。終古とかいった側近達は王太子一派同様にまだ諦めていないらしく、癸を次の王座に据えようと日々奔走してる。妲己にとっては暇潰しか児戯の類《たぐい》でしょうし、癸本人からも結果は求められていない。なんて滑稽《こっけい》な独り相撲《ずもう》だことか。

「彼らはあのままでいい。現体制を良く思っていなかった者達を一つにまとめられれば暴走させずに済むだろう。兄のようにやりすぎて女狐に目を付けられないよう、大人しくしてもらわなければな」

「成程、体《てい》のいい目くらましってところですか。しかし、であれば癸には一切の協力者がいないことになりますよね。たったお一人で歴史という大河の流れを変えようなどとは無理な話でしょう」

「いや、実は外部に協力者がいる」

それは興味深い、と身を乗り出して詳細を教えてとねだったものの、現時点で癸に口を割る気は無いみたいね。彼を誘惑して饒舌《じょうぜつ》になってもらってもいいけれど、楽しみは後に取っておきましょうと思い留まった。

「現体制を崩壊させるだけならあの女狐の好きにさせればいい。だがこのまま夏国が滅亡したらどうなる？　断言しよう、諸国は自分が次の君主国になろうとこぞって挙兵するだろうな。戦火が華の地を覆い、血と涙が流れ続け、苦しみと悲しみが増えるだけだ」

「つまり、癸の計画は夏国の滅亡と新たな君主国の誕生が一体なわけですね。次の器の準備はお友達とやらに任せ、癸の役目は夏国を直角墜落させないで軟着陸させることですか」

「軟着陸……？　変わった表現だが、妹の造語か？」

「あら、ごめんあそばせ。空を飛んだことのない癸には連想出来ない比喩でしたか」

莞爾《かんじ》として笑ってあげたら癸が不貞腐《ふてくさ》れて果実を口に放り込む。それを見てさっきの仕返しをしようと思った私は、彼の口元に新たな果物を近づけた。けれど彼はあろうことか手で受け取ろうとしたのでその手を取って阻《はば》み、口にねじ込んであげる。初めは歯を噛み合わせて抵抗してた彼もやがて諦めて食べてくれた。彼の唾液で濡れた指をどうしようかと悩み、舐め取ろうと舌を伸ばし……顔を真っ赤にした彼に布で拭かれて未遂に終わった。しかも「何を考えているんだ、この馬鹿！」とまで言われた。解《げ》せぬ。

癸から話を聞けてよかった。これで私の決心は深まった。

私は癸が自分の膝の上に置いていた手を取って、彼の瞳を覗き込んだ。癸は面白いように驚いてくれたものの、私の真剣な面持ちに気付いたからか、浮ついた気分を引き締めて真摯《しんし》に見つめ返してくれる。

「決めました。私は貴方様に付いていきます」

それを聞いた癸は一体何を思ったかしら？　面倒だとか迷惑とか思わなければいいのだけれど。拒絶しないで、受け入れて。私がこうまで他人を望んだことなんて無いんだから、どうかこの願いを叶えさせて。

「妹……？」

「地上に降りてそれなりに経ちましたが、どうも自分のやることがしっくり来てませんでした。けれど今のお話でようやく天より与えられた役目が分かりましたよ。私の仕事は貴方様と同じだったんです」

最初のうちは漠然と諸悪の根源を排除すればいいと思っていた。癸と出会って華の地の現状を思い知り、先に妲己が派遣されていたと分かって、二人目も行動していると判明した。妲己が破壊、二人目が再生を務めるなら、私がすべきは二人が暴走しないよう全体を調整することでしょう。それこそ正しく、癸がしようとしていることと一緒だ。

「で、あれば、私達は別々に行動するよりも一蓮托生になって進んでいく方がよろしいでしょう。何せ相手はあの妲己と『彼女』。一筋縄ではいきませんから」

「一蓮托生、か。それはつまり、妹は俺の側にいてくれるということか？」

「今までより意思疎通と連絡を密に、という意味であれば仰《おつしや》る通りです」

「あ、いや……そうではなくて、だな」

それより先は言わずとも分かる。癸は一歩踏み込み、私と今以上に親密になりたいんでしょう。それが分からないほど鈍感じゃあない。むしろそれを承知で思わせぶりな態度をして彼が心を開きやすくする打算も混じっている。ただ、それを直接指摘しなかったのは、言わせなかったのは、どうも私に拒絶する意志が全く芽生えず、誘われたら受け入れてしまうだろうって確信があったからだ。あれだけの真似をしておいて、と言うなかれ。これまでずっと怠惰《たいだ》ばかりを求めてきた私は想定した以上に相手から踏み込まれる覚悟を持っちゃいない。

でも、いずれは……そう考える自分が、不思議と嫌ではなかった。

「今はここまでで満足してくださいまし。一蓮托生になる以上は同じ時間を過ごす機会は多くなります。振り向かせて……くれるのでしょう？」

「……ああ、勿論だ」

もはやこれ以上の言葉は要らなかった。私達は用意されていた酒が尽きるまで月と満天の星が輝く幻想的な夜の風景を楽しんだ。

□□□

次の日の朝。日の出前に起きた私は早速代役を用意して後宮を出発した。癸の部屋の前で聞き耳を立てるとどうやら彼も身支度をしている最中らしかったので、大人しく待つことにした。少し経つと軽装に身を包んで庶民に扮《ふん》した癸が姿を見せる。

格好良いのはいつものこととして、整髪に髭剃りもばっちり決めているおかげで小綺麗に見える。良いところの坊っちゃんだって一目で見抜かれそうだけれど、度胸で乗り切るつもりかしら？

「それで、馬でも用意したのか？」

「いえ、術を使います。まずは遮蔽物《しゃへいぶつ》の無い庭先に行きましょう」

宮の出口ではなく庭にやって来た私は、首を傾げる癸を余所《よそ》に地面に手をついた。

この場所でも問題なく術が使えそうだったので安堵する。下調べは後宮内でしていたものだから、下手すればあそこまで引き返さなきゃいけなかったし。

「大地には気が流れている、とはご存知ですか？」

「多少文献に記されているのを目にしたぐらいか。実際にあるかは分からないな」

「気の流れは川と同様に至るところにございます。しかし川にも大小があるように気の流れも勢いが異なります。豊かな土地には多く気が流れ込んでいますし、草一本生えない死地には一切流れておりません。そして動植物に溢れた土地は川でいう大河、これ即《すなわ》ち龍脈と呼ばれる強い気の流れの上に育《はぐく》まれるのです」

「すまない、その講義はまだ続くのか？」

「んもう、せっかちですね。ここまでが前提ですよ。私の術はある一定以上の流れがある龍脈を渡って移動するものです。国の首都はたいてい龍脈上に築かれますから、ここから目的地までひとっ飛びです。分かりましたか？」

「なんとなくは」

　癸は明らかに分かっちゃいない返事をした。まあ、実際に体験してみないと実感は湧かないでしょうから怒るべき点じゃあない。だから顔を引きつらせないように我慢……ごめんなさい、無理でした。

「私の手を掴んで離さないでください。移動中に振りほどかれた場合、どこに放り出されるか分かりませんから」

「怖いことを言うな。俺も山の頂上や谷の底に飛び込むのはごめんだ」

癸が私の手を握ってくる。お互いの手が固く結ばれていて握手も同然だから、風情《ふぜい》も何もありゃしない。あと日々剣を振っているのか、手のひらが一部固かった。私よりも体温が高いのか、温かく感じる。

「では、行きます。瞬移」

次々と浮かぶ感想を振り切って術を発動させると、私の手を起点に地面が淡く輝き出した。そして溢れ出てくる光の粒子が私達を包み込み、次の瞬間、大河に飛び込んだような急激な勢いが襲いかかる。その中を泳ぐように進んでいき、やがて目的となる場所まで辿り着いたので浮上した。

私達が現れた先は事前に眷属《けんぞく》に調査させて見つけた人通りがほぼ無い裏路地。現地の天気は晴れ。王都は曇りだったから自然と空を見上げたくなった。空の青と雲の白がいい感じに流れていて、見ていて飽きない。

「気持ち悪い……川でもまれる感覚が多分こんな感じなんだろうな」

「大丈夫ですか？　ほら、行きますよ」

口元を押さえてふらつく癸の手を取ったまま私は表通りへと彼を誘った。

私達の前に広がる光景は夏国と同じようで全く違ったものだった。建物の構造や人々の服装、そもそも人々の人相も少し違っている。更には遠くに見える宮廷に掲《かか》げられる旗が夏国のものじゃない。しかしどれもこれもある一点に比べれば些細《ささい》だ。暮らす人々が活気に満ちているという圧倒的違いからすれば、ね。

圧倒された癸は開いた口が塞がらなかった。何か酸っぱいものでも放り込んじゃおうかな、といたずら心が芽生えてしまうぐらいに。周囲をまじまじと観察する癸は遠くの宮廷に目を留め、一旦自分の目を擦ってもう一度じっくりと眺める。

「もしかして、ここは商国か？」

「ご明察。その通り、ここは商国の王都になります。知っているのですか？」

「俺とて一応は夏国の王子なのだがな。そういう妹こそ知ってるのか？」

「いいえ。場所と名前しか。実際に来たのは今日が初めてです。情勢は現地で調べればいいかと思ってましたので」

癸はしょうがないとばかりに説明を始めた。まるで私に教えるのが嬉しいみたいね。

まんざらでもなかったので彼の好きにさせましょう。

夏国は連合王国である。方国と定められる数多《あまた》の国々が夏国に忠誠を誓い、構成されている。とはいえ、中央の大方針には従いながらもそれぞれが独立した国家であり、独自の統治が行われている。商国とはその中の一つらしく、小国ではあったがその国力は近隣の諸侯から一目置かれるほど。全てを搾取《さくしゅ》する中央の大王に絶望して商国に期待を寄せるのは自然の流れだった。

「そうか、妹もここに目を付けていたのか。商国は俺にとって、そして華の地にとっての希望なんだ。報告では聞いていたが……実際に人々の営《いとな》みを目の当《ま》たりにするとその判断が正しかったと実感出来るな」

癸は嬉しそうだったけれど、私は曖昧《あいまい》に返事するに留まった。

何せここには『彼女』、天より派遣されし二人目の従属神がいる。癸の言う友人とやらが商国でどれぐらいの立場にいるかは分からないけれど、下手をしたら既に二人目の毒牙にかかっていてもおかしくない。彼女の思惑を把握しない限りは手放しで賛同は出来かねる。

「さて、時間も限られていますし、さっさと用事を済ませましょうか。こちらです」

「……宮廷に向かってるようだが？」

「ええ。会う約束をした『彼女』はあそこにいますから」

私達は朝の賑わいを見せる大通りを抜け、宮廷の正門の前に立った。守衛に要件を伝えたところ、思った以上にすんなりと通してもらえた。門の内側で私達を出迎えた恰幅《かっぷく》のいい男性は私達をつぶさに観察する。只者《ただもの》ではない威圧感と共に向けてくるその視線には侮蔑《ぶべつ》も油断もありはせず、これから会おうとする人物にとって福か災いかを見定めているのでしょう。やがて視線を外した彼は踵《きびす》を返して私達を案内する。

「奴は多分任莱朱《レンライジュ》、俺の友人の側近だろう。噂で伝え聞く通りのようだな」

「ほう。癸が褒めるのですからよほど優秀なのでしょうね。というか、そんな彼が私を出迎えたのなら、もしかして私のお目当ての人物と癸のご友人は親しい間柄だったりするのでしょうか？」

「人に会いに来たのか。……いや、ちょっと待ってくれ。妹が見知らぬ土地で会おうとしている者、だと？」

「おや、心当たりがおありで？」

癸もようやく一つの可能性に思い当たったのか、途端に青ざめて深刻な表情になる。

そりゃあ希望だと位置づけているご友人に女狐の同類がまとわりついていたら不安にもなろう、というものよ。

私達の心配を余所《よそ》に案内された先の屋敷に通される。そのまま客間に行く途中、目の前を少女が通り過ぎて奥へと向かっていった。その直後に向こうからとても賑やかな会話が聞こえてくる。

「ほらぁ湯ったら、早く起きてよ！」

「う〜ん、ちょっと待って。あと少しだけ……」

「そんなこと言って。今日は会いたい人がいるんでしょう？」

「……げ。そうだった忘れてた……！」

思わず顔を見合わせる私と癸。その後もとても仲が良さそうなやり取りが耳に入ってきて、程なく先程の少女といかにも起きたばかりですって感じに寝癖がそのままの少年が姿を見せた。で、その少年は私……と言うより隣の癸を見て固まる。

「え？　癸？　どうしてここにいるの？」

「俺も今日、湯と会うとは全く思っていなかったから、お互い様だ」

湯と呼ばれた少年は勢い良く少女へと振り向く。その視線には非難の色が宿っていたものの、少女は今にも口笛を吹きそうなぐらいあっけらかんとしている。ありゃあ間違いなく自分に落ち度があるとは微塵《みじん》も思っちゃいないわね。

「どういうこと？」

「昨日言ったじゃん。明日友人が遊びに来るからね、って」

「癸がいるなんて聞いてない」

「あたしも聞いてないから安心して。へー、そっかー。末喜ったらもうそんなところまで行ったんだ。手が早いじゃん」

その物言いに腹が立ったけれど、彼女に乗せられちゃいけないと自分を戒《いまし》めて捨て置く。こうなりゃとっとと用事を済ませてすぐに帰ってしまおう、と思っていたら、彼女達は私達を横切って外へと向かうではないか。

「ごめん末喜！　あたし達ちょっと用事があるからここで待ってて！」

「はあ!?　朝一に来て構わないって言ったのはそちらでしょうよ！　せっかく遠路はるばるここまで足を運んだのにあんまりだと思いませんか？」

「どうせ朝の散歩と同じぐらいの手間で龍脈伝ってこっち来たんでしょう？　だったらいいじゃないの」

「～～っ！　相変わらずですねぇ……！」

全く悪びれもせずに手をひらひらさせて去っていく『彼女』。湯は癸に申し訳無さそうに頭を下げながらも屋敷を後にしていった。残された私は渋々客間で時間を潰そうかと足を向け……ようとして癸に肩を掴まれる。彼は無言のまま顎で彼女達が去っていった出口方向を示した。彼は語っている。彼らを追うぞ、と。

「彼が俺の友人、商国の王子だ」

「……！　成程」

興が乗った私は彼の意見に賛成し、思わずニヤけ顔になった。

自分達に存在感を薄くする術をかけた後に先行する二人を追跡する。そんな少女は歩きながらも湯の髪に水を振りかけて寝癖を直していく。少女はばっちり身支度を整えていて、甲斐甲斐《かいがい》しく世話をしつつも足取りに淀《よど》みはなかった。

「もっと早く起こしてくれって言ったじゃん」

「起こしても起きなかったのは湯の方でしょう？　あたしちゃんと起こしたもん。それとも水でもかければ良かったたって？」

「いや、それはさすがに勘弁してほしいかな」

そんな感じに湯は少女と他愛無い雑談をしつつ、道からそれてある屋敷へと入っていった。さすがに屋敷の中にまでは潜《もぐ》り込めないので、眷属《けんぞく》たる小鳥を飛ばして中の様子を覗き見する。

「湯はおそらく部下に加えたい者を自ら出迎えに行ったんだろうな」

「よく分かりましたね。どうやら奴隷階級の少年を口説《くど》いているようですよ」

「身分差の激しいこの華の地において、是非迎えたいからと奴隷に頭を下げる王族がどれほどいるだろうか？　それを実行に移す湯の下には身分にとらわれない優秀な人材が集っている、と聞く」

「成程。おっと、どうやら勧誘に成功したようですね。屋敷の主人は大量の貨幣を前にして揉み手で湯へ媚《こ》びへつらってますよ」

湯達が屋敷から出てきたので私達は身を隠し、再び彼らの後を追いかける。やはり少女は湯の隣から離れず、傍《はた》から見れば上下関係が無いように思われる。本来なら一国の王子相手にしていい態度ではない。

「俗物め」

湯は屋敷から離れるなり嫌悪感をあらわに吐き捨てた。

その雰囲気は宮でのあどけなかった少年とも、屋敷で堂々と交渉していた王子とも異なっていた。言うなら正義を志《こころざ》す、人々の上に立つ者が持つもの。商国の王子は夏国の王太子よりも若いながらも既に王者の風格を備えていたのだ。

「あんなはした金で伊尹《イイン》を連れてこれるなら儲けものだ。むしろ伊尹一人の方があの屋敷にいたその他より遥かに価値があるのに」

「それは湯視点の話でしょう。世の中を回すのは大勢のその他なんだからさ。もっと寛大でいなよ」

「そんなの伊尹を見下していた理由にはならないね」

「はあ。湯が王様になったら大変そうだなぁ。みんなの反感を買ってすぐ言うこと聞いてくれなくなるんじゃない？」

愚痴《ぐち》を言い合う湯と少女を交互に見つめた伊尹と呼ばれた少年は不思議そうに首を傾げた。

「あの、湯様とこちらの方とはその、ご夫婦なんですか？」

その指摘に一瞬固まったのが湯、きょとんとしたのが少女。この初《うぶ》な反応を見ただけだと湯が一方的に少女を意識しているように見受けられる。実際のところはどうなのかしらね？　私も彼女の全部を分かってるわけじゃないし。

「え、い、いや。幼なじみってだけだって。僕とは違う視点で物事を見るから側に置いてるけれどね」

「よく言うよ。あたしがいなかったら朝一人で起きられないし片付けも出来ないのに」

「そう言ってる君だってがさつで全然お淑《しと》やかじゃないし。もっと慎ましくすればいいじゃんか。そんなんじゃあお嫁さんとして貰い手がなくなっちゃうよ」

「言ったな～！」

そんな取り繕わずに親しく語り合う光景は痴話喧嘩《ちわげんか》にしか見えない。犬も食わない。

堪《たま》らずに伊尹は噴き出して笑う。どういう受け取られ方をしたのか察した湯はすかさず少女から離れた。そして恥ずかしさをごまかすように咳払いをして、伊尹の肩に手を回した。格好良く決めようとしても様になってない。

「はっきり言って夏国はもう駄目だ。まずは商国を強くして周囲を味方にし、中央に対抗出来るようにしたい。やってくれるか？」

「は……はい。頑張ります」

湯と伊尹が華の地の行く末を見据える中、少女は二人から見えないように下がり、くっくと笑いながら舌なめずりをした。

「頑張ってね湯王子。いと尊き天のために」

少女は誰にも聞こえないほどの声で呟き、少し距離を離して付いてくる私達へと振り向いた。彼女が浮かべた目を細めて耳まで届くんじゃないかってぐらい口角を吊り上げた笑みは、湯へと向けていた幼馴染の活発な少女なんかではなく、言葉や仕草、吐息一つで男を意のまま操る女狐のものに他ならなかった。

「そうでしょう、末喜」

「相変わらずですねぇ、褒姒《バオスゥ》」

彼女、二人目の従属神である褒姒は笑みを湛《たた》えて湯の後を追った。私の問いに答えないままで。色々言いたかったことはあったけれど、この場では黙って彼女らに付いていく他無かった。


「久しぶり。何年ぶりかな?」

「結構長い間会ってなかったな。そんな頻繁に来られる距離でもないし」

「折角来てくれたんだ。今日は飲んでいかないか? いい酒があるんだ」

「それじゃあちょっとだけ貰うよ。夜には帰らなきゃいけないし」

一足先に湯の屋敷に戻ってきた私達は客間に入って湯達を出迎えた。それから湯と癸は親しげに語り合い、奥の方へと消えてしまう。残された私と褒姒はしばらくの間は彼らを見送っていたものの、やがて互いに人の仮面を脱ぎ捨てて対峙する。私は警戒心を表に、褒姒は余裕綽々《よゆうしゃくしゃく》とばかりに笑みを湛《たた》えて。

「褒姒、お久しぶりですね」

「末喜、久しぶり。地上に降りてきてたのは分かってたよ。報告で聞いてる」

「成程。間者や眷属《けんぞく》を華の地に配置し、情勢を把握していた、というわけですか」

「ご明察。後詰めとして末喜まで派遣されたのは想定外だったけどね」

地上での褒姒は初めて見たけれど、借体の術で乗っ取った肉体を本来の自分の容姿に寄せて絶世の美女に改造したと思われる妲己とは違う。褒姒はあくまでも美人とは言いがたい、けれど可愛い見た目をしている。目を凝《こ》らして彼女を観察すると、妲己と違って褒姒の魂魄《こんぱく》は器である肉体に定着しているようだ。自分自身の身体としているならその魂の神性がにじみ出ていてもおかしくない。それが自然と人を惹きつけるのでしょう。

「ここにいるってことはやっぱり主様の命令があったから？」

「そうなんですよ！　我が主ったら、妲己も褒姒も派遣されてるのに私まで巻き込んできたんですよ！　酷いと思いませんか⁉」

「あたしもつい最近まで妲己が夏国を堕落させてるなんて知らなかったんだって。あたし一人で充分だったんだけれどね」

「今からでも褒姒と妲己に任せて天に帰ってもいいですよね？　私、仕事も使命もかなぐり捨ててだらだらしたいんですよ」

「駄目でしょう。主様のお言葉は絶対。華の地に平穏が戻るまでは頑張らないと」

「ですよねー」

まずは牽制《けんせい》とばかりに現状のすり合わせから入った。互いに胸の内を晒《さら》して喋るのだけれど、研ぎ澄まされたような空気は一向に変わらない。油断すれば最後、瞬《まばた》きした直後には喉元を食いちぎられるかもしれないから。

「で、あの商国王子とやらが褒姒が見出した次の天子ってわけですか」

「ええ、そうよ。可愛いでしょう。絶対あげないからね」

「妲己じゃあるまいし人の男を寝取ったりはしませんよーだ！」

「どうだか。末喜ったらかなり天然で男の気を引きそうだし」

ううむ、否定出来ないのが悔しい。癸の様子を見るに思った以上に好感度を稼いでいそうだもの。人を惑わすことこそ妖狐の本質で、どうしてもその性は意識せずとも表に出てしまうものだとしても、アレはちょっと効きすぎよね。

次に褒姒が私に質問を投げかけてきたので、素直に答えてやった。癸との出会いとか、彼とどうこの問題に取り組もうとしているか、を。癸が湯と手を組んで次への速やかな交代を目論《もくろ》んでいるなら、私達は敵対する必要がない、とも付け加える。

「それにしても、湯は褒姒に惚れていそうですが、思うがままに操るまで依存させてはいないんですね」

「誘惑の術を使って取り入るなんて勿体ないじゃん。折角期間は区切られていないんだからさ、もっと回り道がしたかったんだよね。だからあたしは転生の術を使って人として生まれ変わったの」

「はあぁ!?　まさか、そんな大胆な真似を……いえ、褒姒らしいと言いますか」

転生の術。それは今までの自分を一旦終わらせて新たな生命体として生まれ変わる奇蹟だ。その際に生前の記憶や能力が残るかは術者の力量次第だけれどね。彼女ならほぼ万全な状況で次に、今回の場合は人の娘に継承出来たのでしょう。だからといって従属神としての在り方を捨ててまで人として生きる道を選択するなんて、我が身が可愛い私や妲己だとまず検討もしないでしょう。

褒姒は集団の中で三番目ぐらいに可愛い美少女といった風貌だ。身体の成長度合いや髪や肌の手入れの様子で推測するにそれなりに裕福な家で育ったのでしょう。商国王子と幼い頃から接点を持つには家柄が重要でしょうし別に不思議ではない。笑顔が素敵な元気いっぱいの女の子、といった感じか。男の心を翻弄《ほんろう》すべく打算で動くような従属神としての彼女を知る私からすると、違和感バリバリなのだけれど。

「今のあたしは湯の幼馴染の褒姒。子供の頃からの知り合いって最強なんだよ」

「なんですか、それは……」

まあ、当の本人が嬉しそうなので私からは何も言わない。はにかむ彼女は確かに私の目にも魅力的に映るもの。

ただ、同時に疑問、そして好奇心が浮かんだ。

「褒姒、一つお伺いしたいことが」

「ん？　何さ？」

いざ褒姒に問いかけようと思っても、「あ～」とか「う～」とかばかりで中々言葉にならない。緊張しているのもあるし、私が望まない答えが返ってくるのを恐れているのもある。けれどなんとか勇気を振り絞って、私は口を開く。

「その、褒姒は湯と一緒にいて幸《しあわ》せですか？」

わざわざ転生の術を用《もち》いてまで湯の側にいる彼女は、天から与えられたお役目以上の念を抱いているように見えてならなかった。仕事をするだけなら妲己みたいにある日突然湯の前に現れれば良かったのだから。けれど彼女は決して短くない時間をかけて彼に寄り添うことを選んでいる。その結果、今の彼女がどう思っているのかを知りたかった。

従属神は果たして人の側にいてもいいのか、と。

褒姒は私の問いかけがよほど意外だったのか、目を丸くしてしばし私を見つめてくる。そして何かを察したのか、朗《ほが》らかな笑みをこぼした。

「あたしは人として生きているから。人と同じように苦しんだり喜んだりするし、生んでくれた親が好きだし尊敬してるし感謝もしてる」

「肉体に引っ張られて感情を得たわけですか……」

「それから……恋だってするわ。うん、あたしは湯が好き。一緒にいたいと思える」

「……成程、回答いただき感謝いたします」

妲己の性格上、己の在り方を歪《ゆが》めるやり方で地上に降りてはいまい。人に生まれ変わるにしろ人に化けるにしろ、人としての思いや考えを持つようになってしまう。だから彼女はきっと従属神のまま地上に干渉している。人の心が分からないから目的のためなら手段を選ばないし、多少の犠牲が出ようとためらわない。

人として新たに生を享《う》けた褒姒が人を好きになったように、人に化けている私もまた人を好きになるのかしら。私は……変化の術を解いてしまったらこの胸の中の想いが無くなるのかしら？　不安と焦り、けれどこの他者を求めたい、欲しいと思う心は……そしてこれらを捨てないことが私に許されるのかしら？

「じゃあ、お互いに頑張りましょう。出来れば敵対しない未来を望むよ」

褒姒は手をひらひらさせながら退室する。程なく湯と話していた癸が戻ってきて、お互いに用事が終わったので帰ろうという話になった。少しばかり街を散策してから帰路につく。王都に戻った頃には空が茜色に染まっていた。

褒姒に会うだけのつもりだったのに今日は思わぬ収穫だった。褒姒が選んだ次の天子も確認出来たし、癸が裏で進める計画の全容も見えてきた。けれどお役目以上にどうも癸とお出かけしたのが嬉しい自分がいることを自覚している。決して悪くない気持ちだ。

「今日は楽しかった。またどこかに行こう」

「……ええ。機会を作って、また一緒に楽しみましょう」

なので次の約束も拒絶しなかった。お互いに立場もあるから大義名分でも無いとおいそれと会えないけれど、それでも次回に繋がると思うと嬉しかった。後宮に戻る間の自分は気持ち悪いぐらいニヤニヤしてたでしょうね、きっと。

□□□

商国へ日帰り旅行に行ってからそう経たないある日、掃除をしていたら突然後宮内が騒がしくなった。なんと後宮の正門が開かれて去勢されていない男奴隷達が入ってきたからだ。それも門が破られたからではなく、大王からの勅命によって女の園に男が土足で足を踏み入れた形で。

後宮にいる誰がこんな日が来ると想像したか。男共が押し入るなんて、王の子を成すためだけに築かれた後宮の存在意義を真っ向から否定する所業だ。逆を言えば、それだけ今の後宮が大王にとっては重要ではないとも考えられる。癸という後継者が育ち切っている以上、一番の目的は全うしているのだから、残されたお役目は大王の欲望のはけ口となるだけだもの。

「あ、あの人達、何をしに後宮に……？」

「どっか向かうみたいですけれど、あちらには一体何が？」

「あっちは確か……王妃様のお住まいがあるはずよ」

「ああ。離れていく者が続出して寂しい限りになっているっていう、夢の跡ですか」

　男奴隷達は衛兵に連れられて王妃が住む建物の前に集結し……なんと家具の類《たぐい》を持ち出し、床を剥《は》がし、壁を叩き壊し、柱を切り倒し、天井を崩したじゃないの。しかもそれを率先して指揮するのはあろうことか王妃本人。その光景を目の当《まあ》たりにすれば誰でも理解出来た。王妃はとうとう自分自身すら妲己に捧げるつもりなんだ、と。

かつて王妃を慕っていたらしい女官や妃達が悲鳴を上げた。止めてほしい正気に戻ってくださいと王妃に縋《すが》りついて懇願《こんがん》しても、衛兵達はうるさいと殴って黙らせるばかり。それどころか新たにやって来た衛兵によって王妃一派とみなされた妃達が捕らえられる始末だった。

「こんなにも簡単に、日常って壊れてしまうんですね……」

絞り出すようにか細く呟いた琬の一言が妙に心に残った。

作業は夜通しで行われたらしい。あまりに過酷な労働だったもので中には倒れて動けなくなった者もいたとかいないとか。それでも解体は続行されて、数日後には綺麗さっぱり王妃が住んでいた形跡は無くなっていた。

すると今度は奴隷達が同じ場所に穴を掘り始めた。ちょうど大人一人が跳んでも指がかからない程度まで深くなった辺りで作業終了。まさかさっきの人達を生き埋めにでもするつもりか、との想像を遥かに超えることが行われた。

なんと、毒を持つ蛇とかを大量に穴の中に入れ始めたじゃないの。

「まずい……！　これ、新しい処刑場じゃないですか……！」

「あらぁ、どこに行くのよ末喜ちゃん。これから楽しい催し物の始まりなのに」

琰が対象になるかも、と急に不安になった私の肩を掴んだのは、まさかの妲己だった。コレだけの美貌で存在感を放っているのに、私の耳に息がかかるまで近寄っていたことに全く気付かないなんて。周囲を見回しても誰も私や妲己に視線を向けようとしない。存在感を消す術でも使っているのかしら。

まさかこの前の暗殺未遂のお礼参りにでも来たのか、と警戒したものの、妲己は笑みをこぼすばかりだった。

「あぁ、末喜ちゃんが仕える妃だったら安心して。妾、末喜ちゃんもこの世直しに参加してくれたことが嬉しくてね。あの木っ端《こぱ》な芋女なんてどうでもいいから」

「……いいんですか？　そんな余裕をかましていたら思わぬ者にしてやられますよ」

「そうなってくれると面白いじゃない。ま、今のところは全て妾の手の内だけれど」

妲己は私の肩に回した方の手で私の顎を撫でた。それから彼女はなんと私の頬を舐めてきたじゃないの！　鳥肌が立ったし気持ち悪いしで完全に混乱して、言葉にならない悲鳴と共に彼女を突き飛ばし……ても彼女は私に絡まったままだった。これじゃあ狐というより蛇みたいね。

「あら。末喜ちゃんったら、まさか変化の術で人間になっているの？」

ただ、ここで妲己の余裕そうな表情が初めて崩れた。明らかに不満げに私を見下ろしている。

「当たり前じゃないですか。他にどのような手を使えと？」

「だって、地上の生物と違って妾達は肉体を持たない存在。固有の肉体を持つことはつまり地上に縛られるということ。汚れてしまうわ」

「まさか貴女は……」

「ええ。この身体は本来大王の妃として貢がれるはずだった小娘のもの。妾は器をいじって操っているだけよぉ」

魂魄《こんぱく》だけの存在である私達従属神が地上に干渉するには肉体を得る必要がある。変化の術は地上の森羅万象《しんらばんしょう》から力を拝借して肉体を持つ。一方、妲己は既に地上に生まれた存在に自分の魂魄《こんぱく》を押し込めて傀儡《くぐつ》としてしまう借体の術を使ったという。予想通りとはいえ、実際に現実として突きつけられると嫌悪感が増す。

「ではその肉体の主は……」

「妾がその魂魄《こんぱく》をたっぷりと可愛がった後、ぺろりと平らげちゃった。やっぱり熟成させると美味だわぁ」

そして、従属神ほどの位の魂魄《こんぱく》に徒人《ただびと》の魂魄《こんぱく》が耐えられるはずがない。妲己に乗っ取られた時点で元の娘は死んだのだ。今、私に絡んでくる傾国の女狐は妲己がその躯《むくろ》を操作しているに過ぎない。

「外道が……！　そんな勝手な真似ばかりしてるから我が主も見かねて私に余計な仕事を与えてきたんですよ……！」

「その評価は納得いかないのだけれどねぇ。ちゃあんと仕事はしているのに」

やがて、毒蛇の類《たぐい》だらけになった穴の中に、後宮に残っていた王妃の一派が一人、また一人と落とされていった。皆次々と毒牙の餌食《えじき》になり、苦しみ悶《もだ》えながら助けを求める。けれどやがては力尽きて動かなくなり、物言わぬ身体は徐々に蛇の中に埋もれていく。

「この処刑法は、そうね……蠆盆《たいぼん》と名付けましょう」

妲己はその光景を眺めながら楽しそうに拍手を送った。更に彼女は他の妃や女官達にも同じように楽しむよう促し、我が身の可愛い妃達は顔を引きつらせたり怯えたりしながらもこの悪趣味な娯楽を楽しむふりをした。

「この女狐め！　貴女にはきっと天罰が下るに違いないわ！」

「まあ、妲様になんて無礼な口を利くの！　死んでお詫びしなさい！」

王妃を慕っていたらしい結構上の地位にいた妃は、妲己に向けて最大限の呪いを撒き散らす。それに不愉快だと顔を歪《ゆが》めた王妃はあろうことか衛兵達を押しのけて自分の手で妃を奈落の底へと叩き落とす。それでも王妃への忠義は失われないのか、妃は死ぬ間際まで王妃を案じる言葉を放ち続けた。

一連の悲劇に妲己は後宮中に響くんじゃないかってぐらい盛大に笑い声を上げた。

「天罰が下る？　この妾に？　あっははは！　そんなわけないじゃないの！」

だって妲己の暴虐は天命によるもの。天の意に即した所業で天から罰が下されるなんてありえない。だからこそ天の真意を知らない愚か者の今際《いまわ》の言葉が面白くておかしくて、笑わずにはいられないのだ。

けれど、分からないでしょうよ。妲己はやりすぎたって我が主に見限られても不思議じゃない。現にこの私が派遣されたぐらいだから。それを警告と受け取るか労《ねぎら》いと受け取るかは彼女の自由だけれど……

「反感を買うならもっと円滑な方法もあったでしょうに……」

「あらぁ、そんな効率性ばかり求めてちゃあ後世の教訓にならないわぁ。傾国の女狐が悪行三昧《ざんまい》で国を滅ぼした、と歴史書に末永く書かれ続けるぐらい強烈な印象を与えておかないと」

「だからって弱い人達を虐《しいた》げていい理由にはなりません」

「大局的には実に些事《さじ》ね」

一通りの処刑が終わった。立ち会った者達はほとんどが言葉を失い、視線をそらし、中には悲鳴を上げたり気絶したりする者もいた。例外は愉悦を味わう妲己と、そんな女狐に何から何まで貢いだ馬鹿で哀れな女だけだ。

妲己が促すと王妃は恭《うやうや》しく一礼する。その動作は絵になるほど優雅で、淀《よど》みがない。そして、この地獄のような処刑場には決して似つかわしくない。上げた面《おもて》が、次は妲己が何を与えてくれるのかって期待に輝いていなければ、だけれど。

「さて、これで大王様に逆らう鬱陶《うっとう》しい蟻《あり》達は駆除できたわ。残った古い女王蟻《あり》にもご退場願いたいのだけれど」

「畏《かしこ》まりました。心ゆくまでお楽しみくださいませ」

無慈悲な命令を下した妲己に向けて満面の笑みを浮かべた王妃は、踵《きびす》を返し奈落へと身を投げ出した。立場を、友人を、子供を、財産や尊厳、何から何まで奪われた愚かな女は命尽きる最期まで妲己に捕らわれたままだった。正気に戻らなかったのが唯一の救いなのかもしれない。

妲己はひとしきり満足すると、なんと衛兵達にその穴を埋めるように命じた。最初は一同ぎょっと驚いたものの、既に魅了された連中は女狐の意に従って穴の脇に山盛りになった土砂をそのまま穴の中に流し込み始める。

毒蛇、犠牲になった妃達、そして最後まで翻弄《ほんろう》され続けた王妃もろとも。

こうしてかつて王妃が住んでいた後宮で最も尊き場所は、大王に逆らった愚か者達がまとめて雑に処理された忌《い》むべき場所と化した。王妃はその身や心、誇りのみならず、足跡すら汚されたのだった。

「酷い……こんなのって無いわよ……」

埋め戻し作業を見つめる妃の一人が涙を流しながら震える声で呟いた。

彼女だけじゃない。後宮に住む多くの者達が、この残虐な見世物を嫌悪した。

そして……大王や妲己へと憤《いきどお》りをつのらせたのだった。妲己の思惑通りに。

蠆盆《たいぼん》の刑によって王妃とその一派が根絶やしになってから少し経った。

地方を絞りに絞って人と富を集結させた王都においても、妲己の振る舞いは影を落としていた。裏側で密かに進んでいた疲弊《ひへい》が表側にも及んで、大通りや市場からも活気や笑顔が失われて、重苦しく沈んでいるようだった。

そして、外界から隔離された花園であった後宮すら葬式同然に静かで寂しい限りだった。皆どうにか妲己に目をつけられないよう息を潜《ひそ》め、妃がその美と知を争う魔窟ですらなくなっていた。

それらを一言で言い表すなら、衰退に尽きた。

大王や妲己の側にいるぐらいなら王都市街の方がマシ、と主張する下女が後を絶たず、そのほとんどが外に出て解放されたがった。

私や琬も例に漏れず、今日もまたお使いを理由に息抜きをしている。妃の琰は出られないので、彼女にはいいおみやげを買わないと。

「妹。息災だったか」

「癸。奇遇ですね」

で、私が外に出ると癸と高確率で遭遇する。お互い偶然を装《よそお》っているけれど、実のところは彼とは眷属《けんぞく》を使って文通をしているので、逢瀬《おうせ》の約束は簡単に出来てしまうのだ。無論、後宮内で変な噂にならないよう節度のある付き合いに留めているし、会う時も偶然を装《よそお》っているけれど。

少しある自由時間で私は癸と一緒に昼食として鍋をつつくことにした。ちなみに琬と癸の側近二人は別の席で鍋をつついている。別に五人でも良いと主張しても琬や終古達が全く聞かない。もはや私と癸が親しい関係を築いていることは公然の秘密になってしまっているみたい。別に隠すつもりはなかったけどさ。

「王妃が処理されて妲己を阻《はば》む者はもういなくなりました。今のところは反乱分子の粛清《しゅくせい》に留まっていますが、この先もっと踏み込んでくるかもしれません」

「おそらくそうだろうな。そうなる前に大王様とあの女狐にはご退場願いたいところなんだが、どうも商国の準備がまだ整ってないみたいだ」

「随分と悠長なことを言ってますね。今なお華の地に住む人々が苦しんでるんですから、さっさと決起なさいって発破《はっぱ》かけたらどうですか？」

「それは出来ない。まだあの女狐に魅了された連中の洗い出しが済んでいない」

癸の話によれば、妲己の影響は中央だけでなく地方にまで行き渡っているらしい。夏国に従う方国は数百あるけれど、どの国が妲己の傀儡《くぐつ》と化しているか調べきれていないんだそうだ。このまま商国が立ち上がって挙兵したとして、同盟を結んですり寄ってきた国が背後からいきなり刃を突き立ててもおかしくない。かといって単独で華の地を制覇出来る国力が商国には無い。故に、現時点でもなお慎重にならざるを得ない。

私達は鍋から肉と野菜を取って口に運んでいく。人の姿を取る限りは味覚や食欲も追従する。だから美味しいものを食べられるのは幸せだ。そんな感じに肉を頬張っていたら、何故か癸から生温かい目で見られた。

「ならせめて大王と妲己だけでも排除しましょうよ。癸が新たな王になって時間稼ぎをすればいいんです」

「王位を簒奪《さんだつ》しようにもあの女狐を出し抜いて成功させる見込みがない」

「寝言を仰《おっしゃ》らないでくださいませ。私にかかればその程度は児戯にも等しいですよ。私はいつでも大王を殺《や》れます」

「前も言っただろう、暗殺は駄目だ。あの女狐に心奪われた輩《やから》がどう暴走するかは予想もつかない。王妃の有様を見ただろう?」

大王を暗殺する手段ならまだ沢山ある。暗殺にしても別に琰を囮に使わなくたって他の妃の夜伽で術にかけても腹上死させられるし、ちょっとしたお茶に毒を仕込むのはわけない。なんなら品が無くて好まないけれど呪術を飛ばしたっていい。

なのにやらないのはどうも癸の気が引けているせいだ。そもそも彼が表立って大王達を糾弾《きゅうだん》して強制退位させればその後の状況もすっきりするのにこの体《てい》たらく。これじゃあ慎重を通り越して臆病と誹《そし》りたくなってしまう。

あ、折角私が辛くない汁に浸《ひた》していた野菜を癸が食べた！　恨みのこもった視線を送っていたら癸は辛い汁に浸《ひた》していた野菜を私の皿に入れてくる。ついでに肉も。私は顔を引きつらせながらも口に放り込む。癸は実に楽しそうだ。

「あのですね。いい加減我慢の限界なんですけれど。別に私はそこまで癸に固執する気はございませんしー、とっとと大王と妲己を始末して貴方様を無理やり王位に据えたっていいんですよ。その後の混乱は私が妲己のように誘惑の術を使えば収まりますし。一肌脱げば私だって決して妲己に見劣りしない――」

「止めろ。妹があの女狐みたいに振る舞う必要はない」

癸は荒っぽく肉に箸を突き刺して口の中に放り込んだ。彼の言葉は怒気をはらんでいて、とても重く、そして低く唸るようだった。そんな激情を向けられるとは思ってもいなかった私は衝撃を受けてしまった。

「何故ですか？　癸も王子として生まれた身。であれば民のために心血を注ぐ覚悟はあるでしょうよ。この期《ご》に及んで手段を選んでいる余裕など――」

「俺が！」

「っ⁉」

「俺が、嫌なだけだ。他の男を誘惑する妹なんて見たくない……」

えっと、何を言っているのかしら？　汚い手を使いたくない、とか第二の妲己は沢山だ、とかじゃなくて、癸が嫌だから？　それってつまり……

顔を押さえた癸は耳まで真っ赤になっている。彼はそれをごまかすように白湯《さゆ》を一気に飲み干す。私も急に恥ずかしくなって動悸が収まらず、慌てて野菜を口いっぱいに頬張った。

癸は私を独占したい、のかしら……？　本当に？　天の使いっぱしりに過ぎないこの私を？　忌み嫌う妲己と同類なのに？　役目を果たしたら天に戻るつもりでも？

王子の癸なら魅力的な女性なんて引く手数多《あまた》でしょうに。

混乱する私に追い打ちをかけるように癸は身を乗り出してこちらの手を掴んできた。

いきなりだったものだから驚いていたら、彼は真剣な顔つきで私を見つめてくる。

「妹。全部が終わったら俺と一緒にこの地上で過ごさないか？」

それは、告白と受け取ってもいいのかしら……？

何を言っているの、と答えようとしても口からは言葉が出ない。掴まれた手と顔が妙に熱くなってしまうし、私は今何をされているんだ、という困惑と混乱に支配されてまともに思考が働かない。

くっ。これは人の姿をとり続けている弊害《へいがい》に決まっている。だから人としての感情に振り回されちゃうんだ。癸は人としても異性としても悪くないと率直に思ってしまっているし、言い寄られていい気分がしてしまうのだから、かなり深刻だ。

「何故、私なんかを？」

「最初に出会った時に言っただろう、妹は美しい。ひと目見て心奪われた。天に仕えていることは承知しているが、それでも俺は妹と添い遂げたい。俺だけを見てもらいたいんだ」

「でも、仕事が終わったら天に帰っちゃうんですよ？」

「帰らないでくれ。俺が衣食住の面倒を見る。妹は俺の隣にいてくれればいい」

それはとても魅力的な提案だ。働かなくていいし我が主の機嫌を窺わなくても良くなる。朝は好きなだけ寝て夜はゆっくりしていられる。日常生活に飽きたらちょっと遠出して山なり川なり人の営《いとな》みなりを見て回るのも素敵だろう。

そして、そんな人生を送るにあたって隣に癸がいてくれたら、長い年月が経とうと色褪《あ》せないに違いない。何せ今こうして付き合うだけでも退屈しないし、むしろ楽しいし。そりゃあ彼とは合わない部分がいくつも出てくるでしょうし喧嘩だって起こるでしょう。でも人として暮らすってそういうものよね。

「ねえ癸。私があの妲己と同類だって分かっていますか？　こんな感じの私はただの演技で、妲己と同じように夏国を滅亡へと陥れるために誘惑しているに過ぎなかったらどうするんですか？」

「俺は妹に惹かれた俺の思いを大事にするだけだ。裏切られたって構わない」

愚かな。実に馬鹿だ。こんな私に心奪われるなんてあってはならないのに。けれど拒絶しようと思っても握られた癸の手をどうしても振りほどけない。お湯に浸《ひた》してるんじゃないかってぐらい熱く感じるのに、この時間がもっと長く続いてほしいって欲求が止まらない。

いけない。客観視しなくても分かる。私もまた癸に惹かれ始めている。私は癸に夢中になってしまっている。

「今すぐ答えをくれなくてもいい。俺が妹を好きってことさえ頭の片隅に留めてもらえれば。事が終わった時に返事を聞かせてくれ」

癸は私から手を離して鍋に残った肉と野菜を食べようと促してくる。どう返事しようか迷った果てに沈黙してしまった卑怯な私を気遣うように。私はそんな彼の思いやりに甘え、無言で頷いて箸を動かすことにした。

ふう、満腹満腹。それほど動いていないしまだ昼食だからあまり食べられなかった。癸もそれを分かっていたのか多くは注文しなかったし、後はお茶をすすりながら食後の果物をつまむ。おや、こちらにくれるの？　んじゃあ頂きます、あーん。うん、美味しい。肉の質といい果物といい、困窮した情勢の中で仕入れを頑張ってるな、このお店。その分お高いんでしょうから癸のおごりじゃなきゃ来られないわね。

実のところ、癸の希望を叶えるすべはある。私が地上にいられるのは我が主の命令があるからで、変化の術で人間に化けるのには制限がある。彼の要望を叶えるのであれば……従属神でなくなるしかない。

これ即《すなわ》ち、受肉の術。地上で一つの生命体として生きることを選ぶ、不可逆的な最終手段。

今までの自分を捨てて癸と添い遂げる、か。私はどうしたいんだろう？

□□□

宮廷ではまた妲己の思いつきでとんでもない大工事をしているらしい。

今回もきっと無駄に仰々《ぎょうぎょう》しく残虐な催しを披露して不信感を買おうとしてるんだろうなぁ。とはいえ王太子と王妃一派の粛清《しゅくせい》が完了して宮廷内は粗方《あらかた》掃除したと思うのだけれど。今度は妲己の欲求を満たすために罪を捏造《ねつぞう》して罰を与えるつもりかしらね。

「いや、それがな……あの女狐は地方の有力者を集めて労《ねぎら》いの宴を開くそうだ」

ところが癸から沈んだ口調で語られた情報は予想を遥かに超えていた。

嫌な予感どころの話じゃない。妲己の発案だったなら怪しさ満点でしょうよ。それこそ虎視眈々《こしたんたん》と天子の座を狙う諸侯王に適当な罪を被せて処罰してしまう口実を得るための催しなんじゃないの。

「それ、まともに参加する馬鹿がいるんですか？」

「軍事力はまだ中央の軍の方が上だ。欠席を口実に軍を差し向けられてはかなわん。

嫌でも出てくるしかない」

「それはまた難儀な。で、妲己は何をしているのか分かりますか？」

「……大量の酒と肉を発注している」

それだけ聞くと普通の宴の準備のようだ。でも開催者はあの妲己。盛大に催すからって特別な宴会場を作らせている時点でろくなもんじゃないのは予想できる。癸も嫌な予感しかしていないのか、浮かない顔のままだ。

「それで、事前に中止させるんですか？」

「いや、しない。この宴は逆に絶好の機会として活かせるかもしれない」

「と、申しますと？」

「決起の大義名分が出来るってことだ」

癸はどうせあの妲己のことだからとうとう諸侯王の剪定《せんてい》でもするつもりだと予測している。彼女に従うか逆らうかを見定め、後者を処理するだろうとも。けれどこの期《ご》に及んで自分の命を危うくしてまで大王を諫《いさ》めようとする者なら、出発前に後継者に後を任せているはずだそうだ。そして妲己に我が君主の命を毟《むし》り取られた、という大義によって軍を動かすだろう、と。逆に妲己に媚《こ》びを売る俗物は風見鶏のようにふらふらするかいつまでも夏国にこびりついたままだから、敵として攻めれば良いそうだ。

とどのつまり、今度の宴でどう立ち回るかで敵味方の区別がつけやすくなる。これ即《すなわ》ち癸が抱えていた懸念が解消され、妲己の排除に向けて大きく前進出来るわけだ。宴で少なからず犠牲は出るでしょうけれど、参加する者達は覚悟の上だろう、と癸は語って説明を締めくくった。

「だがあの女狐もそれを予測出来ないわけがない。にもかかわらず強行する理由があるんだろう」

「ううむ、このままずるずる長引かせるぐらいなら、と彼女が考えた可能性もありますけれど……さすがに見当も付きませんね」

結局いくら話し合ったところで憶測だらけになってしまい、全容は掴めやしなかった。

それから数日後、宮内に激震が走った。なんと件《くだん》の宴へ後宮内にいる妃、女官、下女を問わずに幾人かが参加するよう言い渡されたのだ。しかも特定の人物が名指しされた上で。

後宮内は阿鼻叫喚《あびきょうかん》となった。あの蠆盆《たいぼん》の刑を目の当《ま》たりにした者が多く、今度は自分達が生贄《いけにえ》に捧げられると絶望で嘆き悲しむ者や現実逃避をする者、中には実家に謝罪を残して自害する者まで現れたそうだ。

「どういった人選なんでしょうか……？」

「これ、もしかしてだけれど、人質達ばかりなんじゃないかしら？」

「人質……⁉」

幸いにも私達は選ばれなかったので琰の部屋に戻ってから息を潜《ひそ》めて話し合う。

琰の話によれば、その宴への参加を命じられたのは、大王へ叛意《はんい》を抱かないよう諸侯王の一族を後宮入りさせて娶《めと》った妃達らしい。即《すなわ》ち、今回宴に招待された諸侯王の姉妹や娘といった親族が参加を命じられたわけだ。確かに年に何度かは大王以外の男性が参加する行事に妃達が参加する場合もある。けれどその多くは男性機能を失った宦官《かんがん》や大王に絶対の忠誠を誓った忠臣ばかりで、諸侯王を招く席に参加させるなんて前代未聞だ。

「嫌な予感しかしないのだけれど？」

「わたしもですぅ……」

琰も琬も、これから行われる凶事にただ怯えるしかなかった。

私はと言うと、炮烙《ほうらく》の時と同様の手口で後宮から抜け出し、その宴を見物することにした。妲己が何を目論《もくろ》んで、その結果何が起こり、この後どのように大局が動いていくかをこの目で確かめなければ。

そんなわけで当日。後宮を出た私は適当に宴に参加する文官を人気《ひとけ》のないところに誘い出してから夢の世界に旅立ってもらい、男装して紛れ込むことにした。文官達もある程度の数が参加を命じられているので、私一人が加わってもばれっこない。

癸の言った通り既に引き継ぎを終えた上でなのか、それともなんの危機感も抱かずに虎穴に飛び込んできたのか、結構な数の諸侯王が集っていた。どう臨《のぞ》もうとしているかは面構えで分かる。意外にも覚悟を決めた険しい顔をした者がそれなりに多く、華の地の今後に希望を持てた。そんな来賓達を衛兵や文官が都度出迎えて会場へと案内していく。誰も彼もが浮かない表情をしていて、妲己に魅了されていようがいまいが楽しみにしている者は皆無なのが窺い知れた。

「そこの君、ちょっといいかな?」

壁際で眺めていた私はいきなり声をかけられて酷く驚いてしまった。心臓を激しく鼓動させてそちらへ顔を向けたら、声の主は癸と同じぐらいの青年だった。癸より華《き》奢《ゃしゃ》で少年っぽさを感じたけれど、癸より理知的な印象を覚えた。その身なりからして文官ではないし召使いでもない。彼もまた大王に招かれて足を運んできた有力者の一人だと察せられた。その割には若いけれど、若き当主というより病弱で遠出出来ない領主の代理で出席した息子かしら。

けれど、この場でそんな身分の者と出くわすなんてありえない。何せ正門から会場からの動線を引いてもここは絶対に通過しない。迷うこともありえないから、意図的に寄り道をしたとしか考えられない。それも、よりによって私に会いに、だ。

動揺と警戒心を表に出さないようにしていたら、彼は爽やかな笑みを浮かべて手を振った。

「はい、なんでしょうか？」

「あ、やっぱり。久しぶり。元気にしてた？」

「はい？」

「え？　忘れちゃった？　ほら、この前会ったじゃん。褒姒の幼馴染の」

……記憶と目の前の青年を照らし合わせる。そしてようやく思い出した。彼は商国王子の湯、褒姒が見出した次の天子だと。

「いや、ちょっと待ってください。どうして貴方様がここに来てるんですか？」

「あいにく商国の国王たる父は長旅に耐えられる体力がもう無くてね。僕が代理で来たってわけ」

「な、何やってくれてるんですか馬鹿！」

こいつ、癸の悲願を台無しにするつもりか！　大粛清《だいしゅくせい》の場になることがほぼ確実な地獄の宴へ呑気《のんき》に姿を見せるなんて！　湯が参加したら癸の裏工作も褒姒の下準備も何もかも台無しになっちゃうじゃないの……！　くっ、褒姒も褒姒よ。自分が選んだ男ぐらいしっかり管理しなさいよね。こんな観光気分のお上《のぼ》りさんのお守りなんて勘弁してほしいんだけれど！

「貴方様、ここで何が行われるか承知の上でのご来訪ですか？」

「予測出来ている。けれどこの目で確かめたいんだ。何が行われるかを」

「自分だけは助かるとか思っていませんか？　相手はあの夏国を手玉に取る傾国の女狐。見通しが甘すぎます」

「それも覚悟の上で対峙しようと思ってる」

成程、思っていたより能天気ではないようだ。さすがに褒姒の男を見る目を疑いたくはないのだけれど、危うく癸の人間関係が心配になるところだった。全部想定済みであえて飛び込んできたなら、何かしらの秘策でもあるのでしょう。

「あ、ちなみに癸からも『来るな』って文が届いたけれど、『嫌だ』って返事しちゃった。多分返事がここに届くのは今日辺りだろうけど」

「でしょうね」

癸なら湯の身を案じて、危険を冒す真似はするな、と事前に忠告するでしょう。それを無視した湯を見て癸は何を思うのかしら。どうであれ彼が傷つかなければいいのだけれど。

「それと褒姒から言伝《ことづて》。これちょっと言おうかどうか迷うんだけど、一応伝えるよ」

「……嫌な予感しかしないので聞かなくてもいいですか？」

「『しっかり湯を守ってね。何かあったら殺す』だってさ。ごめん、容赦無いよね」

「あんの駄狐ったらふざけた真似を！」

何が「何があったら殺す」よ！　だったら自分の男ぐらい自分で守りなさいよ！　私に仕事を押し付けるんじゃない！　今度会ったら叩きのめしてやるんだから……！

とまあ憤《いきどお》りはそこそこに、咳払いをして再び湯に面と向かう。私の反応が面白かったのか、湯は口を押さえて笑いを堪《こら》えていた。その頭を叩いてやろうかと頭によぎったけれど、さすがに耐える。

「失礼。こう言ったら怒るかもしれないけれど、君は褒姒に似ているよ」

「それ、思っても口にしてほしくなかったですね」

「いや、でもおかげで一つ確信出来た。ありがとう」

お辞儀をしてくる湯の表情はとても晴れ晴れとしていた。一体何を、と問おうとして、止めた。なんとなく想像出来たからだ。きっと褒姒が湯に何も言っておらず、湯も褒姒に何も問わないので、私を介して褒姒の真実を察した、って辺りでしょう。遠回しに聞いたのは湯が褒姒との関係を壊したくないからか。

「さて、それじゃあ僕もそろそろ行くよ。他の人達は続々と会場入りしているようだし、遅れるわけにはいかないから」

「いえ。少々お待ちを」

湯が爽やかな様子で踵《きびす》を返して会場へと足を向け……る前に呼び止める。

いいでしょう、褒姒。一つ貸しだからね。たっぷりとお返しをしてもらうんだから。

「むざむざと餌が檻の中に放り込まれるのを指を咥えて眺める趣味はございません。私にいい考えがございますので、従ってもらいますよ」

　きっと私が浮かべた笑みは褒姒に負けず劣らず人を惑わす妖狐そのものだったことでしょう。

■■■

「湯め、俺の忠告を無視するとは……！」

　招待された諸侯王が次々と来場する光景を眺めていた癸は、商国を代表して湯が姿を現したことに驚きをあらわにした。そして大声で怒鳴りたい気持ちをやっとの思いで抑え、再び自分の席につく。

　癸の目の前には現世とも地獄とも異なる、異界が広がっていた。会場にはそれなりに大きな池が作られてそれを取り囲むように大鍋が配置されている。その脇には山のように多量の肉が用意されていた。これだけの水、食べ物があれば一体どれほどの飢えた民が救われたことだろうか、と改めて憤《いきどお》りを覚えるものの、それすらこの異界においては些事《さじ》に過ぎなかった。

諸侯王をもてなす女性が身にまとう衣装はどれも透けていた。もはや服としての体《てい》をなしておらず、肌が完全にあらわになっている。そのあられもない姿に羞恥と屈辱を感じながら彼女達が仕事をする光景は、開催者の悪趣味さに胸がむかむかするほど不快になった。

しかし諸侯王達の反応は癸と異なっていた。来場した一同は裸同然の女性達を見て驚愕の声を上げたのだった。皆女性達の名を口にして。

「やはり、彼女達は諸侯王の人質か！」

そう、彼女達は妃として大王に嫁《とつ》いだ諸侯王の娘や親族だったのだ。

憤慨した諸侯王の一人が抗議の声を上げようと前に出るも、直後に大王直属の禁軍兵士達に剣や矛《ほこ》を向けられる。不満を呑み込んで己の席に腰を落ち着ける者が大半だったが、中にはそれでも愛娘を救おうと走り出す者もいた。無論、助けに来た親の手が娘に届くことはなく、次々と剣や矛《ほこ》を突き立てられて命を落とすばかりだった。

そして惨事など無かったかのように犠牲となった諸侯王は片付けられていく。

会場一体に広がった動揺は向けられた武器で否応なしに鎮圧され、主催者の入場を待たされることとなった。女性達により配膳が終わっても誰一人として酒や料理に手を付けず、ただ時間がゆっくりと過ぎる苦痛を味わい続けた。

「待たせたな皆の衆」

そんな諸侯王をあざ笑うかのように大王が妲己を伴ってやって来た。本来なら臣下一同が天子に頭《こうべ》を垂れるのが礼儀だが、さすがの有様にほとんどが礼を尽くそうとしない。それどころか憤慨して立ち上がる者が続出する始末。すぐさま禁軍兵士が取り押さえようとするも、大王が「よい」と止めたため騒動には発展しなかった。

「余が治める夏国の繁栄はそなたらの尽力によるものもある。よってこの度、労《ねぎら》いの意味を込めてこのような宴の場を用意した。今日は日頃の苦労を晴らすために存分に飲み食いするが良い」

「陛下！」

堪《たま》らず諸侯王の一人が声を上げた。娘または姉妹が奴隷同然の仕打ちを受ける有様に我慢しきれなかったようだ。

「これは一体なんなのですか⁉」

「酒池肉林、と名付けました。皆のためを思って酒、肉、女を充実させましたのに」

大王の代わりに諸侯に答えたのは妲己だった。彼女は口元を袖で隠しながら明らかに笑っている。

その間も女性達はあろうことか池から汲んだ液体を皆の盃についでいた。恐る恐る舐めた諸侯王が「これは酒だ!」と思わず叫んだ。それを皮切りに参加者はあの池は水ではなく酒で満ちている、と悟ったのだった。一体どれほど大規模に徴収したのか。

「もしかして貴方様は野菜派でしたか? でしたら申し訳ございません、妾の配慮が足りませんでしたわ。直《ただ》ちに用意――」

「馬鹿にしてるのか、この女狐めが!」

とぼけた、いや、蔑み笑う妲己にとうとう堪忍袋の緒が切れた諸侯王は唾を吐く勢いで怒鳴り声を上げる。妲己への非難が大王への叛意《はんい》へと直結することはこの場の誰もが分かっていたが、愚かだと断じる者は現れなかった。

一旦噴出した怒りを抑え込んだその諸侯王は跪《ひざまず》いて頭《こうべ》を垂れた。

「陛下、恐れながら申し上げます。先代の大王は人民に惜しみなく尽くし、そのために人民から愛されました。このように人民の血と汗を浪費するような有様ではいずれ夏国は滅んでしまいます」

「成程、貴様の意見は分かった」

諸侯王にとっては死を覚悟した進言だったが、皆の予想に反して大王はただ頷いただけだった。

「皆の者、この宴は無礼講である。普段わだかまっている不満もあろう。言いたいことはなんでも申すがよい」

そして、大王は信じられない一言を告げたのだった。

進言しても処断されない諸侯王と、気分を害する兆候すら見られない大王。そんな状況に他の諸侯王は我慢出来なかった。これまでの不満を爆発させるように次々と大王を非難したのだ。何故民を奴隷として王都に連れ去るのか、王太子や王妃を始めとして命を弄《もてあそ》ぶとは何事か、夏国を食い潰す妲己は今すぐ処刑すべきだ等、あげたらきりがないほどこれまでの恨みが大王にぶつけられた。

大王は各々《おのおの》の苦情を聞き入れ、妲己は誰が何を言ったかを事細かに記録していく。それを受けてこの先起こる事態を察した癸だったが、歯を食いしばって踏みとどまった。一度決壊した堰《せき》が役目を果たさないのと同じで、この流れは洪水のように抑え込めやしない。ここで諸侯王に止めるよう促しても妲己の味方をしていると見なされるのが目に見えていた。

粗方《あらかた》大物が出尽くして段々と小言じみた不満になった辺りで大王は一同に静まるよう命じた。

「皆はこの宴を無駄だとばかり申すが、余は大変有意義であったと実感しておる」

「……と、言いますと？」

「貴様等のような不穏分子をあぶり出せたからな」

癸が、「あ～あ」と呟いて頭を押さえた湯を視界に捉えた次の瞬間だった。大王を批判した諸侯王達に禁軍兵士が襲いかかったのだ。

次々と斬り伏せられていく犠牲者達。中には抵抗をする者、なんとか逃げ出そうとした者もいたが、会場を取り囲んでいた禁軍兵士は誰一人として逃すことなく処理していく。会場が血の海と化すのにそう時間は要らなかった。

予想通りの展開に癸は戦慄《せんりつ》する。つまりは酒池肉林とは妲己の趣味で開かれた無駄に豪勢な宴などではなく、不満を燻《くす》ぶらせる諸侯王を挑発して一網打尽にする、なんとも卑劣で残虐な一手だったのだ。命を賭《と》した進言をしに来た者もいただろうが、何割かは人質の存在で出席を余儀なくされたのだろう。

「はっはっはっ。どうだ妲己、余に逆らう者共がゴミのようだぞ」

「さすがですわぁ妾の陛下」

大王が居丈高《いたけだか》に妲己へ自慢し、妲己が媚《こ》びを売るようにすり寄る。はたから見ればそれは傾国の女狐が暗君を誑《たぶら》かして諸侯の反乱の芽を予《あらかじ》め潰した光景だが、真実を知る者からすれば妲己の手口の巧みさに恐れおののいたことだろう。

大王に何も言わず静観していた残りの諸侯王は、自分と同じ立場の者達があれよあれよと惨殺された光景を目の当《ま》たり《あ》にして声にならない悲鳴を上げる者、現実を受け入れられずに困惑する者、周囲を窺って服従すべきか頭を悩ませる者と様々だった。

「さて、貴様らはどうだ？」

そんな臣下を見渡し、大王は無慈悲な言葉を告げる。

「この酒池肉林では酒、肉、女。全て極上のものを揃えたと自負している。なんでも好きなように平らげて良いのだぞ」

それは実質、大王に従うか逆らうかの二択を強《し》いていた。

大王に進言した者はこの世から退場した。周りからは血塗られた刃が向けられている。据え膳には贅《ぜい》を凝《こ》らした食事と女子が用意されている。そんな状況で天上人からは何をどう食らっても良い、と許しを与えられているのだ。道徳や常識が許さずとも、この異界においては罪が罪とならない。それを悟った諸侯王達は己の欲望に忠実になる禁断の道へと誘われていったのだった。

「では、偉大なる大王様。お言葉に甘えて頂戴いたします」

諸侯王の一人が一礼し、素早く立ち上がると酒をそそぐ女の手首を掴んだ。助けを求める父親ないしは親族が既に斬り伏せられていたようで、恐怖のあまりに悲鳴すら上げられず絶望に涙するばかりだった。先陣を切った諸侯王はそんな様子の女に欲望を漲《みなぎ》らせて、その場で押し倒して襲いかかり……

「大王様！　一つ聞いてもよろしいでしょうか⁉」

一人の空気を読まない発言に、場が静まった。

狂乱の宴が始まる期待に胸を膨らませていた大王は不愉快をあらわにして、発言者である若者、湯を睨みつける。他の諸侯王達も冷水を浴びせられて少し冷静になったのか、欲望に支配された手を止めて彼に視線を向けた。

「この宴は無礼講であり、酒、肉、女を楽しむんですよね？」

「その通りだ」

「欲望に従って貪《むさぼ》っていいんですよね？　二言はありませんか？　天に誓いますか？」

「無い。どこの者かは知らんがそのような些事《さじ》はいちいち言わんでも良い」

「言質《げんち》は取りましたよ。後で覆《くつがえ》さないようにお願いします」

「何……？」

一連の流れの間、ただ黙々と鍋料理を口にして酒を飲むばかりだった湯は、ゆっくりと立ち上がると、崩れ落ちていた一人の少女へと歩みを進めた。そして彼女の前に立つとその場で跪《ひざまず》き、手を差し伸べたのだった。

あ、と声を出して驚いたのは誰だったか。表情を失っていた少女は湯を前にして初めは呆然と眺め、次に困惑し、やがて顔を歪《ゆが》めて大粒の涙をこぼした。そんな少女に湯は優しく微笑みかける。

「会いに来たよ」

「お兄ちゃん……？」

「さあ、帰ろう。みんな帰りを待ってるから」

「お兄ちゃん……お兄ちゃん……！　お兄ちゃぁあん！」

少女は湯の胸元に飛び込んだ。湯は少女を抱きとめる。その光景の意味は誰の目にも明らかだった。湯はたまたま目についた女を我が物にしようとしたのではなく、人質に取られていたかけがえのない身内を救いに行ったのだ。

上手い、と癸は感心した。湯が行った大王への確認において夏国に差し出した人質と会うなとは言われていない。これは大王の許しを得たものなのだ。

「貴様、商王の倅《せがれ》だったのか！」

怒りをあらわにして大王が叫んだところでもう遅かった。湯にしてやられたと分かっても既に二言はないことを天に誓わされている。天子を名乗る身で覆《くつがえ》せば最後、天という何よりもの正義への背信に繋がってしまう。さすがにそのような危険な真似は大王とて出来なかった。

起死回生の一手に気付いた諸侯王達も湯に続けとばかりに各々《おのおの》の身内に駆け寄ろうとしたが、躊躇《ちゅうちょ》する大王に代わって妲己の指示により動いた禁軍兵士達が彼らの行く手を遮《さえぎ》り、その刃で下がるよう促した。

「皆の者、静まりなさい。一旦自席に戻るように」

常に笑みを絶やさなかった妲己は唇を横一文字に結び、苛立ちのあまり指で自分の腕を叩きながら湯を睨みつける。怯える妹をすぐさま背中に隠した湯はその場に座り、堂々とした姿勢で妲己を見つめ返した。

「やってくれたわねぇ商国王子」

「だから念を押したではありませんか。天に誓うか、と」

「妾がこんなお涙頂戴な茶番なんて望んでいないって分かっているでしょう？」

「意図など知ったことではありません。規定に沿って行動したのみです」

妲己と湯との間に火花が散った、と癸は錯覚した。

妲己は目を細め犬歯を見せながら笑みを浮かべる。そして鎮座していた玉座から腰を上げると、足音を立てずに湯へと歩み寄っていく。ただの歩行だったがその動作はとても艶《なま》めかしく、会場内の男性はほぼ全員が見惚《みと》れ、生唾を飲み込んだ。一方、妲己によって駆り出された女性は後宮内で妲己より受けた仕打ちを思い出し、恐怖に怯えるのだった。

例外の一人、湯は到来する妲己を平然と待ち構える。妲己が目と鼻の先に来ようと湯は表情一つ変えやしなかった。さすがに肌が触れそうになるまで接近しようと試みると「お戯《たわむ》れを」と述べて、腕を挟んで阻《はば》んだが。

また、もう一人の例外である癸は猛烈な違和感に襲われた。いくらあの湯だろうと妲己にあれほど接近されて動揺一つ見せないのはおかしかった。それは妲己を母に持ち生まれた時から彼女を知っている癸が一番良く分かっている。いかに幼馴染に好意を寄せているとはいえ、妲己の誘惑を涼しい顔で受け止めるのは、何かからくりでもない限り無理な話だろうから。

「その娘を返しなさい。もう彼女は商国の王女じゃない。大王様の女、妃なのよ。分かっているの？」

「その大王様より頂戴しましたのでもう返しません」

「ほう。差し出すよう改めて命じてもいいのよ」

「負けそうだからって権力を振るうなんてみっともない。そんな我儘《わがまま》では殿方に嫌われてしまいますよ」

なら、そもそも前提が違うのだ。あの妲己と言い争う存在が湯でないとしたら。実の妹に違和感を抱かせないほど完璧に湯に変装出来る者など、癸は一人しか知らなかった。そしてその正体を確信すると、自然と足が動いていた。

「そう。あいにく理解の足りない奴は嫌いなの。お望み通り妾に逆らった罰として――」

「お待ちください！」

湯に死刑宣告しようとする妲己に癸は待ったをかける。彼は慌てた様子で湯と妲己の間に入り込むと、妲己の前に跪《ひざまず》いて頭《こうべ》を垂れた。現王太子の直訴を前にして誰もが固唾《かたず》を呑んで見守る。大王すらも気圧された様子だった。ただ一人、妲己は目を丸くし、直後には息子の行動を冷静に見つめる。

「湯王子はまだ若いですが華の地において無くてはならない才能を持つ者です！　この場で切り捨ててしまうことは華の地に多大なる損害となるでしょう！」

「む、う……」

二人のやり取りを眺める大王もさすがに思い当たる節があるのか、唸り声を上げる。周囲もこれまでの商国の忠誠を思い返し、懇願《こんがん》の眼差しを送る者も現れた。そんな中、妲己だけは癸のもっともらしい主張にすら耳を傾けず、ただ己の思考に没頭し続ける。何故商国王子は自分に惑わされないのか、危険を犯してまで助命嘆願する癸の本音は何か。これまでの情報と疑問を整理し、一つの結論に辿り着いた妲己は笑い出した。それは異界と化した会場全体に轟《とどろ》くほどの大きな笑いだった。

「ふーん、へー、そうなんだ。なぁんだ、二人共隅に置けないわねぇ」

「なんのことを仰《おっしゃ》っているのか分かりかねますが」

「いいわ。その豪胆さに免じてひとまず殺さないでおいてあげる。けれど宴を興醒めさせた責任として当分の間この宮廷に留まってもらうから」

「承知しました。命を刈り取られないよう、必死に命乞いするとします」

妲己は鼻歌交じりに自分の席に……戻らず、そのまま会場を後にしていった。何も言われずに素通りされた大王は慌てながら愛する妃の後に続く。

残されたのは大王と妲己に振り回された者達ばかり。どうすればいいのか困惑する者達に、この場の最高権力者である王太子こと癸が大王と妲己の発言から状況を整理し、各々《おのおの》を動かした。観客として強制参加させられた文官や武官一同は真っ先に退場した。生き延びた諸侯王は救出した身内と共に滞在先に戻し、亡くなった諸侯王の遺体は回収。亡くなった諸侯王の身内だった女達は救う口実が見当たらず、泣き叫びながら後宮へと連れ戻される。

そして、湯は妲己の命令により宮廷で幽閉されることとなった。

「お兄ちゃん！　待って、お兄ちゃんを連れていかないで……！」

「大丈夫、すぐに出られるさ。癸、しばらく妹を頼むよ」

追い縋《すが》る妹を癸に託した湯は兵士に連行されていった。泣き続ける湯の妹の隣でそれを眺めていた癸は、やがて片付けに訪れた下働きの作業開始を見届けてから帰ろうと思い至った。

「なーに湿気《しけ》た顔をしてるんですか。らしくない」

「ぎゃぁっ⁉」

そんな風に油断したからか、突然背中に冷えた手を入れられて悲鳴を上げるのはどうしようもなかった。頭にきた癸がすぐさま振り返ると、すぐ後ろでは先程まで静かに参加していた文官の少年が腹を抱えて大笑いしているではないか。

「あっははは！　そこまでいい反応してくれるとやった甲斐《かい》がありましたよ」

「お前……！　む、いや、まさか」

「あっと。さっきまで押し付けられていた大仕事をこなしていたので、説教は止めてくださいませ。もっと疲れてしまいます」

「妹！」

少年文官に変装した末喜は笑いを止めて深くため息をつくと、身体から力を抜いて癸に寄りかかった。思わず顔が緩みかけた癸だったが、なんとか我慢して彼女が倒れないよう腕を回して支える。細くて華奢《きゃしゃ》だな、と下心が危うく漏れかけたのはどうにか口をつぐむ。柔らかい何かが押し付けられるのも甘い匂いが鼻をくすぐったのも気のせいだと自分を無理やり納得させて理性を保った。

「もう仕事終わったんですよね。なら私の愚痴《ぐち》を聞いてくださいませ」

「愚痴《ぐち》、か」

「褒姒ったら私に湯を守るよう丸投げしてきたんですよ！　だから彼の同意を得て宴の間、彼を一時的に遠隔操作していたんです。とは言っても彼の意識を全部奪ったわけじゃなくて、所々で動かしたり喋ったりさせたんですけどね」

妲己に立ち向かった湯は湯ではなく末喜だとは分かっていた。彼女が語るその原理はなんとなく理解していればいい。肝心なのは、末喜がその場の雰囲気に呑まれずに我を貫き、その結果、湯やその妹が救われたという事実なのだから。

不満を垂れ流す末喜の頭を癸は撫でた。末喜は「髪型が崩れます！」と非難はするものの、その手を振り払おうとはしなかった。それどころか不満を打ち切って撫でられるがままに甘んじるのだった。

「お疲れ様。それからありがとう。おかげで多くの人が助かった」

「……どういたしまして、です」

二人は湯に託された少女を連れて酒池肉林の会場を後にした。役目を全うできなかった異界は用済みとなり片付けられていく。癸はあえて具体的な指示をしなかったので、残飯は下働きによって残らず持ち帰られた。その結果、しばしの間、決して少なくない人数が飢えから救われたのだった。

□□□

結局、酒池肉林の場で大王を諫《いさ》めた者は命を落とし、とんちで乗り切った商国王子が宮廷で幽閉され、ただ流されるだけだった風見鶏連中が命拾いした。娼婦同然にこき使われた妃達も実家に帰ったり後宮に戻されたりと、明暗を分けることとなった。

上辺だけを見れば反乱分子を一網打尽にして大王が権威を盤石にした、なんだけれど、実際には更に中央への反感や不信感を煽《あお》っただけだと推察される。帰ってこなかった諸侯王の後継者や親族はこの非道を許してはおけず、復讐するために中央を見限って決起するかもしれない。

湯の妹は一時的に癸預かりになった。龍脈を使った瞬間移動でさっさと故郷に返せばと言ったのだけれど、湯が救い出して生還を果たしたことに意味があるんだ、と癸が却下してきた。とは言ったものの、妹さんが後宮で受けた仕打ちは筆舌に尽くし難《がた》く、男性に怯え、夜な夜な悲鳴を上げたりもした。とりわけ癸は諸悪の根源たる大王を思い出させるらしく、恐怖の対象でしか無かった。それでもなぜ癸に賛同したかというと、そんな妹さんの心の支えが彼女を救い出した湯だけだったからだ。兄から離れたくないと頑《かたく》なに言い張るんだもの。

「それで、どうやって湯王子を救い出すんですか？　何か手を打たない限りは一生幽閉されっぱなしですよ」

酒池肉林から数日経ったある日、いつものように眷属《けんぞく》を介しての文通をしていたら癸から直《じか》に話したいと呼び出された。それもお天道様《てんとさま》が昇った日中に。人の目を掻《か》い潜《くぐ》って彼が執務を行う宮に辿り着くのはとっても面倒だった。文句を並べたら新鮮な果物を差し出されたので、大人しくそれで手を打ってあげた。

「妲己主催の宴に水をさされた大王はさぞ腹を立てていることでしょう。すぐにでも処刑されてしまうかもしれませんよ」

「いや、母は湯を殺す気は無いらしい。そして父が大人しく引っ込む提案を囁《ささや》いたようで、父も動こうとしていない」

「ますます危険じゃないですか。それで、癸には湯王子を救う秘策でも？」

「心配要らない。どうも湯は出発前に捕らえられた際の対処法を部下に託してきたそうだからな」

　癸が手にする木簡はどうやら湯が送った酒池肉林参加の意思表示らしい。もっとも、癸に届けられたのは酒池肉林の翌日。それで彼は文句をたれていたわけだけれど。それに追記する形でその後も既に手は打っているから特に心配ない旨《むね》が書いてあったんだとか。

　それを癸から受け取って目を通す。どうやら湯から遅れること一週間後に彼の腹心が大王への貢物と共に出発したらしい。それで大王の機嫌を取って湯を釈放してもらう算段なんだとか。金銀財宝や王都では珍しい食材、そして女奴隷等、いかにも大王が好きそうな俗物的貢物が項目に挙げられていた。

「女奴隷を好色家に捧げる、と明記してあるのに癸は随分と冷静ですね。大義のためなら多少の犠牲はやむを得ない、と？」

「それなら湯もその程度の男だった、というだけの話だろう。湯が貢物を父の前に並べたとしても実際に差し出すとは限らない。案外悪知恵を働かせるかもしれない」

「己の欲に溺れて政《まつりごと》を台無しにしている現在の大王を否定したいなら、奴隷を生贄《いけにえ》に捧げて自分だけ助かろうなどという選択肢は取るべきではありません」

私は木簡を軽く空中に放り投げる。そして息を吹きかけてやると瞬《また》く間に燃え尽きた。灰になった元木簡は風に吹かれて散っていく。こうして癸が湯とやりとりしている証拠は塵《ちり》一つ残さず消滅した。

「湯王子は褒姒が選んだ次の王。癸も期待していることですし、まあお手並み拝見といきましょう」

それから数日後、商国からの使者が大王へ極上の貢物を献上すべく参じてきた。

癸も王太子として参加を命じられたので列に加わっていて、傍らには終古や龍逢といった彼の側近も控えている。で、その中に私も紛れ込んでいる。元々どうにかして覗き見ようとは思っていたのだけれど、文官に扮《ふん》しての参加は癸の案だった。一応男っぽく変装はしているので妲己にはバレない……はず、多分。

「天の代理人、偉大なる大王様にご挨拶申し上げます。私は商国より王の命令により参りました、任莱朱と申します」

湯の側近としてやって来た任莱朱は多くの珍しい宝、美女を用意して大王の前に跪《ひざまず》き頭《こうべ》を垂れた。大王の噂は地方にまで轟《とどろ》いているのか、美女達は美しさが損なわれるほど怯えたり恐怖したりしている様子だった。

大王は欲望を表に出して鼻の下を伸ばすものの、すぐさま湯の仕出かした邪魔だてを思い出したのか憮然《ぶぜん》とした表情に戻った。隣では妲己が使者一行を値踏みするように視線を巡らせていく。彼女は生贄《いけにえ》として捧げられる女達の観察をそこそこに、不機嫌な大王と彼に立ち向かう任莱朱らのやりとりを観劇する。王妃の席というもはやこの事実に誰も疑おうとはしていない位置から。

「商王は体調が優れないと申して倅《せがれ》を送ってきおった。それどころかあの小倅《こせがれ》は折角の宴を台無しにしたのだぞ。余に忠誠を誓う諸侯としてあまりではないか。それを黙って許し、あまつさえ小倅《こせがれ》をそれらと引き換えに返せ、と申すか？」

「我が国でも選《よ》りすぐりの美女と家宝を用意してまいりました。どうか寛大なお心をもって我らの王子を許していただきたく、お願い申し上げます」

「女も財宝も間に合っている。余はそれより奴をどのように痛めつけてやろうか考える方がよほど楽しみである。それらは貰ってやろう。そして商王めに伝えよ。余に逆らうなら次は国ごと全てを召し上げる、とな」

だが、と続けて大王は顎髭を撫で回してほくそ笑んだ。あまり磨いていないのか黄色っぽい歯が見えるのも相まってとても不気味に映る。さすがに助命嘆願のために覚悟を決めてこの場にやって来ただろう任莱朱達もぎょっと驚く。そうして大王が優勢になる様子に妲己は満足そうに笑ったようだった。

「そうだな。小倅《こせがれ》めの側には中々愛嬌のある娘がいると聞いている。其奴を余に献上するなら考えてやっても良い」

商国一同は危うく騒然となりかけるところをなんとか耐えた。誰のことを指しているかすぐに思い当たったらしく、動揺が走る。不安のあまりに一同は自分達を率いていた任莱朱に視線を向ける。任莱朱はかろうじて感情を表に出さなかったものの、袖の下に隠した拳が握りしめられるのが分かった。

癸が以前言っていたけれど、大王は生娘《きむすめ》だけじゃなく人妻も妃として召し上げることがあるらしいわね。人の女を自分の色に染めるのが堪《たま》らないそうだ。元夫の絶望も極上の酒同様に味わい深い、だなんて一生分かりたくもない歪《ゆが》んだ嗜好《しこう》だこと。

「恐れながら申し上げますが、王子の好みは変わっておりまして。大王様にご満足いただけるとはとても思えませぬ」

「それは余が決めることだ。商国は余に逆らうということか？」

「いえ、決してそんなわけでは」

「ほらーやっぱり言ったじゃないですか。大王様は聞き入れてくれない、って」

じわじわと追い詰められていく商国一行。そんな中、謁見の間に凛とした高い声が響き渡った。まるで己の存在を誇示するように、そして助け舟を出したのは自分だと名乗り出るように。

任莱朱の後ろに控えていたうち一人が徐《おもむ》ろに頭巾を外し、面《おもて》を上げる。

息を呑んだのは誰だったかしら？　驚きの声を上げたのは？

彼女は間違いなく謁見の間の空気を支配していた。そう、妲己すら差し置いて。

「お初にお目にかかります。あたしが話に出てきました娘、褒姒といいます」

褒姒、私と同じく天に仕える従属神は堂々と、優雅に挨拶をした。

妲己が美しいと表現されるなら、褒姒は可愛いという一言につきた。女狐と愚王に支配されていたこの場が彼女の登場により一変したのが末席にいた私にもよく分かる。それほど褒姒は存在感を放っていたし、人を引き付ける魅力を伴っていた。妖艶《ようえん》な妲己とは対象的な純粋さと素朴《そぼく》さが思わず気になってしまうのは仕方が無い。

褒姒を目の当《まあ》たりにした大王はしばし言葉を失い、やがて生唾を飲み込んでから彼女を舐め回すように視線を這わせた。側にいた女奴隷達が恐怖で悲鳴を上げたけれど、褒姒は涼風のように受け止める。きっとこんな場所じゃなかったら口笛を吹いたかもしれないぐらい余裕そうな笑みを崩さなかった。

「う、む。成程。そなたのような娘はあの小僧には勿体ない。余の妃になるがよい」

そしてそんな極上の少女を色欲の権化となった大王が見逃すはずもない。

商国一同はその様子にまるで邪悪な妖怪が生贄《いけにえ》に襲いかかる姿を連想したかもしれないけれど、私には釣り針にかけられた餌に食いついてあえなく釣り上げられる間抜けな魚にしか見えなかった。

「お戯《たわむ》れを。大王様には誰もが羨《うらや》む妃様がいらっしゃるではありませんか」

案の定、そんな身勝手な大王の命令に黙って従う褒姒ではない。

褒姒が視線を向けた先は他でもなく妲己、自分と同じく世を正すよう天より命じられて地上に降りてきた従属神、そして今大王の寵愛を最も受けている妃だった。

妲己は不愉快そうに僅かに眉をひそめ、褒姒は愉快だとばかり僅かに口角を吊り上げる。私が思わず噴き出しかけたのは黙っておきましょう。

「うむ。妲己は余が特に愛する女。しかし余は他の妃も分け隔《へだ》てなく愛している。お前も例外ではないと約束しよう。衣食住全てがこれまでを遥かに凌《しの》ぐ生活が待っておるぞ。どこも不満ではあるまい」

「そうじゃなくて、あたしが妃になったらそちらのお妃様から大王様のお心を奪ってしまうんじゃないか、と心配なんですけど」

大胆な発言に一同が騒然となった。

そりゃそうよね。妲己の魅力は大王のみならず後宮や宮廷、王都を超えて夏国全体に絶大な影響を及ぼしている。そんな彼女に一介の田舎者《いなかもの》に過ぎない小娘ごときがなんて恐れ知らずの発言を、と捉えられても不思議じゃない。

が、私と褒姒本人、そして挑発された妲己にだけは分かる。それが決して自惚《うぬぼ》れなんかじゃない、と。褒姒がやれると言ったならやれる。それこそ妲己に魅了されている大王を移り気させるぐらいの真似だって出来るでしょう。

案の定、挑発と受け取った妲己の目が細まった。優雅な笑みこそ崩していないけれど、明らかに雰囲気には怒りが混ざっている。一方の褒姒は余裕を崩さずに笑顔のままだった。

「ふぅん。褒姒ちゃんは妾よりも大王様に愛される自信がある、と？」

「やりたくはないですけれど、やれと言われればやれますよ」

「あっはは」

「ふっふっふっ」

二人の女狐の牽制《けんせい》にこの場にいた誰もが竦み上がる。面白いもっとやれ、とばかりに楽しんでいるのは私ぐらいで、商国一行や大王護衛の近衛兵を始め、大王本人も不安が表に出て、癸ですら冷や汗を流すほどだった。この雰囲気を美女と美少女によるじゃれ合いだなんて形容出来たら褒めてあげたい。今、二人の女狐は人としての肉体を得ておきながらその人間らしさを捨てて、笑顔を貼り付かせつつも全く笑っていない目で相手を睨むばかり。

「大王様。妾はこの女を後宮に迎え入れることに反対です」

先に一歩退いたのは妲己の方だった。彼女は憮然《ぶぜん》とした表情で舌打ちし、大王の命令に異を唱えたのだった。

「この娘は妾はおろか後宮、ひいては夏国に厄災をもたらしかねません。湯王子と一緒に辺鄙《へんぴ》な田舎《いなか》で慎ましく過ごしてもらうのが吉かと」

「し、しかしあの小僧が執着するほどの娘だぞ。味見するだけでも……」

「それとも、大王様は妾のことがお嫌いになったのですか……？」

「そ、そんなことはないぞ！　わ、分かった。妲己の申す通りにしよう」

「さすが妾の大王様！　嬉しいですわぁ」

　年甲斐もなくはしゃぐ妲己に大王の鼻の下は伸びっぱなしだ。大王は妲己が嫉妬《しっと》してくれたと勘違いしたのか知らないけれど、その後は終始上機嫌なままだった。もう用が無いとばかりに湯の家来達や褒姒に献上品を置いて下がるように命じ、妲己といちゃいちゃするのに夢中だった。

　なお、その際に褒姒が「じゃあそちらのお妃様を愛するのに夢中なようですから、女奴隷も要らないですよね」と宣《のたま》った挙げ句にその要求を大王に呑ませようとし、さすがに妲己がほんの僅かに額に血管を浮かび上がらせた後、「大王様共々愛でてあげる」と艶《なま》めかしく言葉を発する一幕があった。

謁見の間を後にした商国ご一行の前に幽閉されていた湯が連れてこられ、王子の解放を喜び合った。特に妹さんは湯との再会に泣きっぱなしだったわね。一方、褒姒は湯に「おつかれ」と一言声をかけるに留まる。他にも色々とやりとりがあったようだけれど、興味がなかった私はその場を離れたので後は知らない。

時間を持て余した私は日光が遮《さえぎ》られた縁の下で横になり、昼寝の準備に取り掛かった。抜かり無く枕を持参してきたから、後は癸が湯との打ち合わせを終えるのを待つだけ。彼ったらこの間、急遽《きゅうきょ》入った仕事で招いていた私を放ったらしにしたのに、不《ふ》貞腐《てくさ》れて帰った私に不満たれてきたんだもの。しょうがないけど待っててあげなきゃ。

「末喜は相変わらず昼寝が好きねぇ。そんなに寝てばっかで夜眠れてるの？」

不意に、けれど予想通り声をかけられた。振り向くと私を褒姒が見下ろすように眺めていた。

仰向けになって褒姒を見上げようとしたら「さすがに起きてよ」と不満をぶつけられたので、仕方なく起き上がって褒姒を見据える。

「褒姒。湯王子の身代わりに女奴隷を差し出す策は貴女が授けたのですか？」

「そうよ。それがどうかしたの？」

目の前の女狐は悪びれもなく言い放ってくる。まるでこちらの常識を疑うような物言いに腹が立ってきた。

「癸は信じていたのに。彼の友人が他人を犠牲にして自分だけ助かるような外道なんかじゃない、て」

「そうね。湯はそんな真似はしない。だからアレは任莱朱とあたしの独断。後でこっぴどく怒られようと、彼を助けることが最優先だもの。それに、彼女達は自分から志願してこの策に乗ってくれたのよ」

「……！　まさか彼女達を刺客として後宮に送り込んですか？」

「末喜がいるからあたしも賛成したの。上手く使いこなしなさいよ」

余計な真似を、と憤《いきどお》る私に褒姒は女奴隷達の事情を説明する。なんでも彼女達は人狩りにより家族を奪われたり、食べる物に困って餓死者を出した村の生き残りだったり、その他様々な理由で孤児になった子供達だそうだ。彼女達を支えるのは元凶たる大王と妲己への復讐心ではなく、これ以上自分達のような犠牲者を出させないという決意だった。なので自分達の身を捧げて湯を救うという任莱朱の策に理解を示したたのだそうだ。

ただ、どれほどの英才教育を施そうが妲己の目を掻《か》い潜《くぐ》って大王の暗殺を成し遂げられるとはとても考えられない。任莱朱にとっては湯を救い出すための捨て駒に過ぎないでしょうし、褒姒にとっても私が行動しやすいように用意した囮なんだろう。たちが悪いことに、褒姒はそれを聞いた私がどう思うかまで計算に入れているようだった。

「商国は湯が帰ったらすぐ決起するよ。むしろするようあたしが湯を唆《そそのか》す」

「そうですか。いかに中央の軍が頭数を揃えようと、士気は雲泥の差でしょうね」

妲己が好き放題した結果、中央の求心力はもう無い。先の酒池肉林の宴が夏国にとどめを刺した。どこが現状を憂《うれ》いてどこが腐敗政権に群がったかがはっきりしたため、新たな時代で生き残るべき諸侯王がふるいにかけられた形だ。もはや大王に大義は無く天子を名乗る器ではない、として地方では様々な場所で立ち上がる準備を進めているんだとか。そしてそれは商国も例外ではない、と褒姒は語る。

「湯が夏国の王子と通じてるなんて知った時は驚いたものよ。それもあの妲己の息子とだなんてさ。最初は罠を疑っちゃったね」

「癸は湯王子に挙兵してもらいたいようですね。どうも彼には夏国を存続させる気が無くて、器ごと取り替える算段を立てているみたいで」

とはいえ、戦わずして主権を明け渡すなんてありえない。きっと夏国は討伐軍を向かわせて血みどろの争いが行われるはず。有能な人材を処罰や追放で失っている夏国が勝てずとも、勃発《ぼっぱつ》する大きな戦は華の地に大きな爪痕を残すことでしょう。

湯が成し遂げなければならないのはなおも妲己の息がかかった傀儡《くぐつ》の諸侯を討ち果たすこと。癸が果たすべきは華の地を衰弱させる害虫達の駆除をお膳立てすること。これ以上華の地とそこに住む人々を苦しませないように、穏やかに緩やかに代替わりさせることが重要だ。

湯が動くなら癸も動く。それは私が最も望む展開だ。そんな風に考えてはにかんでいたら褒姒が私の顔を覗き込んできた。まるでからかうような笑みを浮かべていてムカつくんだけれど。

「ところで末喜、一つ聞きたいんだけれど」

「はい？　なんでしょうか？」

「末喜は癸王子と一緒にいて幸せなの？」

何を言われたか分からず目を丸くしてしばし褒姒を見つめる私。そしてようやくその言葉の意味が理解出来た直後、私を襲ったのは猛烈な恥ずかしさと焦りで、瞬《また》く間に自分の顔と耳が熱くなっていくのを自覚する。返事しようにも言葉にならず、口ごもっていたら褒姒に腹を抱えて大笑いされた。あまりに悔しくて頭を叩こうと手を振るも、簡単にかわされてしまう。

「へー、ほー、ふーん。あの末喜が地上人を気に入るなんてね。しかも私みたいに人の肉体に引っ張られないで、人に化けたことで人としての恋を得るなんてさ」

恋、この私の中にいつの間にか芽生えた感情をそう呼ぶの？　不安と焦り、けれどこの相手を求めたい、欲しいと思う心は……

妲己は妃となる女性の身体を乗っ取っただけだから従属神として純粋なままだ。目的のためなら手段を選ばないし、多少の犠牲が出ようとためらわない。褒姒は人として新たに生を享《う》けたから人としての善悪も持ち合わせている。

私は……変化の術を解いてしまったらこの胸の中の違和感が無くなるのかしら？

そして、これらを捨てないことが私に許されるのかしら？

「じゃあ、また会いましょう。今度会う時は相対することになるでしょうけれど」

褒姒は満足そうに手をひらひらさせながら軽やかな足取りでその場を去っていった。程なく湯が部屋から姿を見せて褒姒と会話を弾ませた後、そう時間を置かずに荷物をまとめて出発していった。

その場に残された私は……ある決心をしていた。

□□□

月明かりが眩しい夜、私は後宮と宮廷を隔《へだ》てる城壁の上にいた。月の周りの星は月のせいで目立たず見分けにくい。月が沈めばまた満天の星も美しく見えることでしょう。まるで妲己とその他の妃のようですね、とひとりごちる。

物音がしたのでそちらへと視線を向けると、癸が宮廷側に設《もう》けられた階段から上がってくるのが見えた。そして上《のぼ》り切った先で待っていた私を見て、彼は息を呑んで呆然と立ち尽くす。

「ん？　どうしましたか？」

彼の側に歩み寄って目の前で手を振っても彼は私を見つめっぱなしで心ここにあら

ずなのだけれど。試しに視界から外れてようやく我に返ったらしく、慌てて自分の頬を叩いてから私に頭を下げる。

「すまない。その、なんと言うか、見惚《みと》れてた」

「でしょう？　この私が本気を出せばざっとこんなものです」

今の私の格好は村娘でも後宮下女でもない。私自身をそのまま人化させたような姿をしていた。

特徴としては純白だった妖狐の姿と同じく髪は真っ白。肌もどちらかといえば白っぽいので目元とか唇には紅をさしておいた。顔立ちは自分でも結構整った方だと思う。体格は……残念ながら妲己の方が豊満のようね、ちくしょう。

別に正体を現して癸を誘惑するつもりはない。彼は魂を見通す目を持っているから、外見を変えたところで通用しない可能性が高い。むしろ「妹も母と同じだったか」と失望される未来も十分ありえる。

「今日は後宮下女の妹ではなく、天からの使者末喜として癸に用があります」

だから、この容姿は本来の立場で癸と接するための覚悟の表れよ。

癸は静かに頷くと、私が用意した簡易椅子に腰を落ち着けた。私は小さい机に置かれた盃に酒を注ぎ、癸へと差し出す。そのまま自分のにも入れようとしたら酒器を取り上げられて盃を出すよう促される。仕方なく酒を受け取って私も椅子に座った。

背もたれに寄りかかって月を見上げながら私達は酒を一気に飲み干す。そして同じように互いに相手の盃に酒をついでいく。その間私達の間に言葉は無く、ただ風が私達や木々を撫でる音だけが耳が楽しませた。

「王子を取り戻した商国は彼、そして救出された王女が受けた仕打ちを大義名分として立ち上がることでしょう」

「向こうも準備を整えたらしい。多分湯達が帰還すればすぐだろう」

「大王が反逆を許すとは思えません。兵士を動員して討伐にあたるでしょう。全面衝突すれば多くの血が流れます」

「酒池肉林の一件があってもなお妲己に魅了されたままの諸侯王は多い。夏国と商国の戦争は苛烈になる見込みだ」

有能だった忠臣達を罰し、諌《いさ》めた王妃を洗脳し、逆らう可能性がある諸侯を嵌《は》めた。確かに大王の権威は揺るぎないものになったけれど、その土台である国そのものが崩壊へと一直線になっている。そこに褒姒が裏にいる湯が夏国打倒を掲《かか》げて決起したら、もはや夏国は砂上の楼閣《ろうかく》。こうなってしまったらいくら癸が正当な手段で王位をもぎ取ってももう遅い。既に大半の民や僅かに残る賢人の心は夏国から離れてしまっている。土台が腐った建物は一度取り壊して新たに建て直した方が早いように、夏国は滅ぼすべきなのだ。

が、大王が悪あがきをすればするほど多くの兵士の血が流れ、民の困窮は激しくなる一方でしょうよ。それを黙って見過ごせと？　冗談じゃない。そのために癸は裏で調整してきたのでしょう？　それともただ臆病だっただけなの？　もう貴方が妲己の息子だろうと夏国王子だろうと関係無い。あまり私を失望させないでほしい。

「それで、今はまだ動く時じゃない、と散々後ろ倒ししてましたけど、癸はいつ動き出すんですか？」

もはや非難じゃなく期待を込めて発した言葉だったけれど、

「今晩には動く」

と、癸は私の期待以上に強く語ってくれた。

思わず嬉しくなって彼に飛びつきたくなる衝動をかろうじて堪《こら》える。

「え、と。そ、それで、熟した機とやらがなんなのかそろそろ教えていただきたいのですが」

「湯と商国の準備が整うのがまず一つ。母に魂を売り渡した奸臣《かんしん》のあぶり出しが一つ。そして、父が無防備になるのが最後の条件だ」

「無防備……もしや、大王が後宮で一夜を明かすことが重要だったんですか？」

「でなければ女狐に心奪われた大王を守る近衛兵共を相手にする必要があるからな。母に誘惑されて国ではなく父と母個人に忠誠を誓う逆賊の数は多い。その分後宮の中なら相手をするのは精を失った宦官《かんがん》共だけでいい」

　癸が言うには危うく腹上死しかけてご無沙汰だった夜の営《いとな》みだったけれど、さすがに時間を置いたら欲望がムクムクと芽生え出したんだとか。そこに商国一行に捧げられた女奴隷という据え膳に我慢出来なくなった大王は、とうとう後宮行きの再開を公言したとかなんとか。

　あー、それはなんというか申し訳なかったかも。何せ大王が昇天しかけたのは私のしでかした暗殺によるんだもの。でもあの時は癸が語った他の条件を満たしてなかったから、許して頂戴と後で媚《こ》びておきましょう。

　とか悪巧みを企《くわだ》てていたら、いつの間にか癸がこちらを見つめていることに気付いた。月明かりにも負けないほど輝く瞳はとても真剣で、思わず私も顔を引き締める。

「決行は夜明け前。後宮に強襲をかけて情事を済ませた父を捕らえる計画だ。宦官《かんがん》や女官達が立ちはだかろうと退《しりぞ》けられる数を揃えている」

「肝心な部分が抜けていますね。妲己はどうするんですか？　十中八九私のように術を使ってくるでしょうよ。惑わせるだけならまだしも、天変地異を巻き起こす現象を起こされてはひとたまりもありません」

「だからこそ頼みがある。どうか俺と共に母……いや、傾国の女狐を退治してくれ」

その言葉を待っていた。待ち望んでいた。共に次に向けて歩もう、という誘いを。

勿論私の答えは決まっている。首肯してその意を示すと彼は安心したのか胸を撫でおろし、一気に酒をあおった。私も盃を傾けて酒器に手を伸ばして、空《から》になっていることに気付いて落胆した。すると癸が脇に縛っていた酒器を机に置き、私の盃に酒を注ぎ入れてくれる。私が用意した辛口の酒と違って今度のは甘かった。今の状況のように。

「癸。私は貴方を夏国最後の大王にしてあげます。夏国を滅ぼすのは妲己達でなくて癸です。その覚悟がありますか？」

「軟着陸させる、だろう？　勿論だ。湯にその座を明け渡して次の時代の始まりだ」

癸が酒器から直接酒を飲もうと手を伸ばしてきたので、すんでのところで取り上げておいた。暴飲で体を壊したら何もかも成り立たないもの。不満そうに口元を歪《ゆが》める彼のために盃に注いでやった。

「だが一つ訂正させてくれ」

「どうぞ。それぐらいの我儘《わがまま》は許されましょう」

「夏国を滅ぼすのは俺ではない。俺達だ」

「……はい？」

癸は盃を置いて立ち上がると、しっかりとした足取りで私の前に立つ。月明かりは遮《さえぎ》られ、彼だけが私の瞳に映る。そのまま彼は跪《ひざまず》き、私の手を取った。自然と掴まれた手が温かくなる。

「愛しの末喜よ。どうか俺の妃になってくれないか？」

「……はい？」

彼の告白を理解するまでに時間を要した。

そしてようやく何を言われたか分かって、途端に顔が熱くなる。

「どど、どうしてそうなるんですか⁉」

いや、理屈は分かる。妲己が大王を誑《たぶら》かして道を踏み外させたように、褒姒が湯に寄り添って玉座へと導くように、私もまた癸の心を奪って意のままに動かせるようになっただけの話。やっていることは他の二人と何も違わない、私を求められても驚きに値しない。けれど人としての心が私を掻《か》き乱す。不快で、気持ち悪くて、なのに嬉しくて、幸せで。人の恋というのはどうしてこうも理性を失わせるほど厄介なんだ、と叫びたくなってしまう。

「俺の側にいてくれるのだろう？　なら大王の傍らには王妃がいるべきだ」

「それでは妲己と変わりません！　私は、あんな女狐とは違います」

「分かってる。本当なら俺だけが悪役に徹するべきなんだろうな。しかし、どうしても俺は妹が欲しいんだ。駄目か？」

情熱的に願われて頭がこんがらがる私。この場に妲己や褒姒がいたらこんな無様に振り回されまくる私をからかってきたに違いない。けれどそれもいいんじゃないかな、って思えるぐらい悪くないと感じる自分がいるのもまた事実。

「妲己と大王を排除したなら後は湯に引き継げばいいだけでしょう。私が王妃である必要なんて無く、もうお役御免では？」

「別に妹の能力が欲しいわけではない」

「私、早く仕事終わらせて部屋でだらけたいんですが？」

「思う存分だらけてくれていい。気が向いたら手伝ってくれればいい」

「礼儀作法とか知ったことじゃないですよ？　妲己と違って不真面目なので」

「もう滅びゆくだけの国の妃が恥をかこうが何も困らない」

格好つけて答えようと口を開いて初っ端から舌を噛んだ。赤面しながら咳払いして、もう一度答えようとしたら今度は上手く声が出せなかった。緊張しているんだ、と初めて気付いた。

「分かりました。これより不束者《ふつつかもの》ながらこの私、貴方様の妃となりましょう。末永く、どうぞよろしくお願いいたします」

「ああ、よろしく頼む」

やっとの思いで普通に答えられてほっとしてしまった。私に受け入れられた癸は今にも喜びを爆発させそうになるのを堪《こら》えているようだ。口元が動いているし、肩が僅かに震えているし。

そんな癸を愛おしく思うのは間違っている。間違っているけれど、止めたくない。

だからか、私は自然と口を滑らせていた。

「おっと、一つだけ条件があります」

「なんでも言ってほしい。妹の望みなら必ず叶えよう」

「では、この私だけをたっぷりと愛してくださいませ。天に帰りたくなくなるぐらい熱烈に、ね」

「……ああ、勿論だ」

癸は私の手を引いて立ち上がらせた。私は勢い癸の懐《ふところ》へと飛び込む形になる。思いっきり顎を上げて彼の顔を見上げると、彼は恥ずかしさを歯を食いしばって耐えながら私を見つめていた。可愛い、と率直な感想が頭に浮かんだ。

そのまま私達は互いのぬくもり、心地良さを確かめるように、抱き締め合った。

月下の夜、二人きりで、いつまでも、いつまでも。

□□□

まだ空が暗い時刻、私は起床する。物音は立てていなかったのに隣で寝ていた琬が目を覚まし、うっすら開いた目で私を見つめ……一気に覚醒したのか、布団を跳ね除けて起き上がった。

「え？　ど、どちら様ですか？」

「私ですよ琬。妹です」

「嘘。だって妹はもっと、こう……地味じゃなかったですか……？」

「大王や他の妃に目をつけられないように変装していたんですよ」

そう、私は癸に会った時の容姿を維持している。これから私が仕出かす大事にはこの本来の私をそのまま人にした姿が必要不可欠だもの。

混乱した琬が相部屋の下女達を起こすほどの大声を上げそうになったので、とっさに口を塞いだ。やがて少し落ち着いたようなので手を離す。琬は私を頭のてっぺんからつま先まで眺め、ため息を漏らした。

「こんなに綺麗だったんですね……」

「お褒めに与《あずか》り恐縮です」

ちなみに私の変化の術は衣服まで完璧に模倣する。今私が着込んでいるのは後宮の下女では一生働いても着られないだろう豪華絢爛《ごうかけんらん》なもの。機能美を好む私の趣味とは合わないけれど、相手や周囲の目を奪う効果があるからこうした。

「ところで、これから私はとんでもないことをします。今日をもってこの後宮を終わらせようと思うのですが、構いませんよね？」

「え？」

目覚めたばかりの彼女には酷《こく》だけれど、いきなり現実を思い知らされるよりはいい。

琬は初めこそ戸惑いをあらわにしたけれど、やがて胸元に寄せていた手を握りしめ、口をきゅっと結び、強い眼差しを私に向けてきた。

「……わたしも、こんな悲しい場所にはもういたくないです」

彼女が思い返したのは後宮に連れてこられてからの毎日だったのでしょう。楽しい時はあった。主人にも仲間にも恵まれた。けれどそれを台無しにして余りある悪夢のごとき生活を送ってきた。いつ数多《あまた》の娘を我が物にしてきた大王の手が伸びてくるか、毎日のように怯えていた。そんな日々とはもうお別れよ。

「決まりですね。じゃあ行きますか」

私は琬の手を引っ張って夜明け前の後宮を進んでいく。途中で私を見かけた早番の下女や女官もただ私を呆然と見つめるばかり。堂々としているからかえってどう対処したらいいか分からないんでしょう。

そうしてやって来たのは後宮の正門。妃や後宮勤めの女が出られないように固く閉ざされ、一日中誰かが扉の左右で見張りに立っている。ただ夜明け前でもうすぐ交代の時間だからか、門番はあくびを噛み殺している様子だった。

「水舞！」

そんな平穏を私は打ち破る。

桶に汲んでいた水を操り、薄い刃にして門の閂《かんぬき》と蝶番《ちょうつがい》を切り裂いた。けたたましい音を立てたからか、門番二人は跳ね上がるように驚く。

門番は慌てて門の様子を確認しようと動き出す……

「起風！」

——前に、私の繰り出したもう一撃が突風になって門を激しく叩いた。支えを失った門はゆっくりと傾いていき、外側へと倒れ込む。途端、雷が落ちたような轟音が後宮中に鳴り響いた。

門番達はあまりの光景に狼狽《ろうばい》する。外側を警護していた門番達も倒れた門戸ともはや意味を成さない出入り口を交互に見るばかり。私の犯行だとはまだ分かっていない様子だった。

そして、門番達は更に驚きの光景を目の当《ま》たり《あ》にすることとなる。

「これで後宮と外を隔《へだ》てる境は無くなりました。どうぞお入りくださいませ」

「感謝する。これが最後に繋がる最初の一歩だ」

門より少し離れた位置では隊列を成した兵士達が待ち構えていた。しかも各々《おのおの》鎧兜に身を包み、抜き身の剣や槍を携《たずさ》えた完全武装で。その様相は決して夜の巡回のためではなく、これから戦に赴《おもむ》かんばかりだった。しかしそう思ったのはある意味で正しい。何せこれから彼らは華の地の行く末を左右する大勝負に挑むのだから。

装備から察するに一団の何割かは大王などの王族を守護するのが役目の近衛兵で、残りは王都を守護する禁軍兵といったところか。いずれも素人《しろうと》の私にも分かるぐらいに歴戦の強者たる覇気をまとっている。そんな精鋭部隊の前にいたのは一行とは全く違った軽装に身を包んだ文官が二名。そして中央で彼らを率いているのは立派な、けれど実戦的な無骨さもある豪華な作りの鎧をまとった青年、癸だった。

「結局こうなってしまいましたな」

「仕方がないでしょうよ。もう悠長に事を進める段階を超えてしまっていますしね」

「予想以上にあの女狐に心酔する武官と文官が多かったのも痛かったですな」

「正攻法で行きたかったのですが、悔しいがあの女狐の手腕を認めるしかないですね」

文官に扮《ふん》した終古と龍逢は遠慮なしに愚痴《ぐち》を言い合う。ただそれもほんの少しの間で、後は癸の指示を待つように視線を投げかけた。そんな癸は門の向こうにいる私を見つめるばかり。何をやっているんだ、と声をかけようとしたところで癸が口を開く。

「終古、龍逢。引き返すなら今が最後だ。ここから先、後宮の中に踏み入るなら地獄の果てまで付き合ってもらうぞ」

終古と龍逢はこれまでなんとか夏国を立て直そうと奮闘してきた。癸は彼らの期待を裏切って湯と手を組んで世の中をひっくり返そうとしている。地獄の果て、との表現は自白の意味も込められていたでしょうね。

その真意を悟った二人は最初驚き、思い詰めた表情を浮かべ、互いに視線を交わし、頷き、再び癸へと顔を向けた。恨みなど一切無さそうな、決意を込めた爽やかな笑みと共に。

「何を今更格好つけてるんですか。僕らは最後まで助力しますよ」

「殿下ばかりに背負わせるわけにはいきませんからな」

「……大馬鹿者だな、俺も、お前達も。分かった、好きにしろ」

主に対しての気さくな、だが心強い返事に癸ははにかんだ。

癸が命じると部隊は列を成して後宮へとなだれ込んでいく。何割かは後宮の正門で待機したのは、異変に気付いた兵士達が鎮圧しようと襲いかかってくるのを防ぐためか。部隊長らしき人物に「この場は任せた」と声をかけて癸もまた後宮の敷地内に足を踏み入れた。これにより女の園としての箱庭は終焉を迎えたのだけれど、それなりに長く生活したはずなのにこれっぽっちも感慨が湧かなかった。むしろせいせいするぐらいだから、いかにこの小さな世界が異常だったかって話だ。

私と癸は並んで後宮の奥へと進んでいく。日の出前に起床して朝の支度を始めようとしていた使用人や女官達は仰々《ぎょうぎょう》しく行進する癸達を目の当《ま》たりにし悲鳴を上げながらも、率いる者が何者かを悟って道を譲りその場で跪《ひざまず》く。各々《おのおの》の持ち場で警護していた宦官《かんがん》達も然《しか》り。誰も侵入者である彼らを阻《はば》まなかった。

「意外だ。もっと抵抗されるかと想定してたんだがな」

「それだけこんな生活はいつか終わりを迎えるだろう、って誰もが思っていたんでしょう」

　さすがの騒動に妃達も目を覚ましたらしく、後宮内は大混乱に陥った。慌てた様子で門へと向かっていく者、怯えて部屋に引きこもる者、ただこちらの様子を窺う者もいたけれど、ほとんどの妃と女官が跪《ひざまず》いて癸達を出迎えた。まるで今日という日が来るのを待ち望んでいたかのように。一部妲己に心酔する妃が声を張り上げて立ち塞がったものの、歴戦の近衛兵が瞬《また》く間に鎮圧。癸の歩みを止めるには至らなかった。

「妹……」

　例外の一人、琰は最初こそ驚きと戸惑いをあらわにしたものの、やがて全てを悟ったのか、こちらにはにかんでみせた。そして「頑張りなさい」と私に声をかけ、自分の部屋へと戻っていく。賢い。これから何が起こるかを考えるなら大人しく息を潜《ひそ》めていた方が安全でしょうから。

　そうして順調だった行進はとうとう終わりを迎えた。妲己の屋敷という目的の場所を目の前にして止まったのは、彼らを待ち受ける存在がいたからだ。彼女はこんな物々しい雰囲気の中でもひときわ存在感を放ち、血気に逸《はや》る近衛兵達の闘争心すら根こそぎ奪うほどの艶《なま》めかしく扇情的な仕草で、しかし全然笑っていない目でこちら……いえ、私だけを睨みつけてくる。

「やってくれたわねぇ末喜ちゃん」

彼女、諸悪の根源たる傾国の女狐、妲己の声色はもはや男の股間に直撃するような甘ったるいものではなく、この場にいた者全てを竦み上がらせるほどの怒気を伴っていた。

「それで、後宮の正門を破壊したのはどういうことかしらぁ？」

「分かり切ったことを。この後宮は現大王の欲望を満たすために地方から攫《さら》われてきた少女もいるんですよ。彼女達が故郷に帰れるように開放しただけです」

「お馬鹿さんねぇ。後宮から出られても王都を囲む外周を抜ける前に検問で捕まるだけよぉ」

「それはどうでしょうか？　人質になった地方諸侯の娘達を後宮から救い出そうと機を窺う存在は少なくないと思いますが」

妲己もその可能性には気付いていたらしく、悔しそうに唇を固く結ぶ。目尻が僅かに震えているのを見る限り、相当苛立っているようだ。それでも絵になるぐらいの美貌が崩れないのはずるいと思う。

「それより妲己。貴女には今この場で退場していただきます」

「妾を？　どうして？　後宮の下女に過ぎない末喜ちゃんがどのように？」

「理由なんて言うまでもないでしょう。恨みを買って地方を決起させようとする方法は賢かったですが、炮烙《ほうらく》、蠆盆《たいぼん》、酒池肉林と、貴女はやりすぎたのですよ」

「良薬が口に苦いのと同じよぉ。速やかに国を滅ぼすなら政《まつりごと》をメチャクチャにするのが一番手っ取り早いでしょう？」

妲己の言葉を聞いた一同に動揺が走った。無理もない、国を玩具のように好き放題する愚かな女が実は国の滅亡を企《くわだ》てていただなんて誰が想像したか。そうした想像通りの反応を小馬鹿にしてせせら笑う妲己を見つめる癸は怖い顔をしていた。

やはり妲己は人として人を見ていない。人が蟻《あり》の行列を見下ろすのと同じで、神が天上から人を見下ろす視点を変えちゃいない。だから人を苦しめても心が痛まないし、計画のためには容赦なく潰していくんだ。

「次は褒姒が側にいる湯王子が決起するのを待って、無駄に兵士を動員した討伐軍を向かわせ、大敗させて、国を更に疲弊《ひへい》させるつもりでしょう」

「そうよぉ。後は私利私欲に走る愚か者達が裁かれて、華の地は新たな国の下で浄化される。女媧様のお望み通りじゃないの」

「いーえ、違いますね。わざわざ残虐なやり方を選んだのは他ならぬ妲己です。自分の性癖の責任を我が主に押し付けないでくださいまし」

「はぁ、妾は今更末喜ちゃんと水掛け論をする気は無いの。視界の端に映るぐらいなら見逃してあげたけれど、おいたが過ぎるなら妾も我慢しないわよぉ」

妲己は両手に扇を持ち、片方を閉じた状態で私へと向けた。笑みを消して私を睨む様子は蓬莱界《ほうらいかい》で意見が合わずに論争していた頃を思い出す。

「一つ聞きます。圧政で反乱が起こるよう仕向けるのでしたら子をもうける必要はありませんでしたよね」

「そうねぇ。今の大王様を国を滅亡に追いやった暗君にすれば良いだけだもの」

「ではどうして癸を、夏国の後継者となる者を産んだのですか?」

妲己は私の問いかけに僅かに目を開き、そしてくっくとこみ上げてくる声を抑えるようにして笑った。蓬莱界《ほうらいかい》でなら何も気にしなかった彼女の仕草なのにどうも癪《しゃく》に障る。まるで私……いえ、癸を馬鹿にされた気がして。

「暗君と女狐という毒親に翻弄《ほんろう》される王子、素敵だと思わない？　ドラ息子になっても国を立て直そうと無駄に足掻《あが》いても、それこそ今のように裏切って新たな国王になったって美味しい展開になったでしょうから」

「……つまり、愉悦のためだけに産んだ、と？　使命を果たすための駒ですらなく？」

「まさか妾に親としての愛情があったか期待した？　大切に育てたわよぉ、でもそれはお気に入りの愛玩動物を愛でるのと何も違わない」

……ここまで猛烈に怒れる自分に驚きだった。

それでも子を産んだ母親なのか、愛情は無いのか、と。

それもあろうことか、癸を前にして堂々と言い放つなんて！

ええ、ここまで癸を弄《もてあそ》んだ妲己を許してなるものか。

これが人の情というものなのでしょう。

喜ばしいことに、私は癸のためにここまで感情をむき出しに出来ている。

「やりたい放題して満足でしょう？　後は私共が引き継ぎますので、妲己はとっとと天に帰るのですね」

「はっ、笑わせないで！　妾が夏国を崩壊させて褒姒ちゃんが新たな国を樹立させる。それが最も効率的な時代の変革でしょうよ。末喜ちゃんがやっていることは蛇足《だそく》に過ぎないわぁ！」

「その蛇足《だそく》こそが我が主の望み！　これ以上更なる悲劇を起こさないことが私の仕事、そして王子として生を享《う》けた癸の責務です！」

「と、末喜ちゃんは勝手に言っているけれど、どうなの？」

ここで初めて妲己は癸へと視線を投げかけた。

癸はこれまでの私と妲己の言い争いに一切反応を示さずに黙って聞いていた。周りの兵士達や側近が怒りをあらわにしようが心配そうに見つめてこようが、耳を傾けて妲己を見つめるばかり。そんな彼は妲己から話を振られ、頭を掻《か》こうとして兜に指が当たり、代わりに自分の頬を掻《か》いた。

「妹が全部言ってくれた。そもそも俺の企《たくら》みや目的など今更口にするまでもなく把握しているのでしょう？　なら、俺がこの場で言いたいことはただ一つです」

そう言うと、なんと彼ったら私の腰に手を回して自分へと引き寄せたじゃないの。密着って表現が適切なぐらい私と彼の身体が触れ合っている。恥ずかしさで頭が沸騰しそうになるけれど、妲己の目の前なのを思い出して、どうせならとことん見せつけてやれとばかりに癸に抱きついてあげた。

「俺は末喜と結婚する。ずっと俺の側にいてもらう。親としての愛が無いのだから、貴女の許しは要らないだろう？」

「と、いうわけでこの私は癸と添い遂げますので！　褒姒もしばらく新婚生活を謳歌《おうか》するみたいですし、当面の間は妲己一人で蓬莱《ほうらい》でのお仕事頑張ってくださいまし。あ、一回ぐらいでしたらお義母《かあ》様と呼んであげてもいいですよ」

「……そう。この妾の手を振りほどいて彼女の方に行くのね」

挑発のつもりで実行した未来の義母へのご挨拶だったけれど、妲己は寂しそうに、けれどどこか嬉しそうな複雑な表情を浮かべて呟くだけだった。それはまるで自分のもとを離れていく息子を案ずるようで、ここまで成長した我が子の姿を喜ぶようで。

何よ、それじゃあ本当の人間の母親みたいじゃないの。

地上に降りて初めて見た彼女の人間味は、直後にはなりを潜《ひそ》めていた。代わりに彼女が表に出したのは余裕、そして敵意だった。ゆっくりと、けれど優雅な動作で立ち上がった彼女は徐《おもむ》ろに腕を上げてこちらを指差してくる。

「氷結」

「放炎！」

彼女が手のひらから冷気を発生させるのと私が口から火を吹くのはほぼ同時。私と妲己の中間で火が消え失せていく光景は実に幻想的だった。このまま火力を増して焼き尽くす案も浮かんだけれど、妲己が術の発動を打ち切った辺りで私も止める。

「これはほんの挨拶代わり。妾の邪魔をするのならたとえ気心知れた同僚と息子が相手でも排除するまでよ」

「望むところです」

私は妲己を警戒しながらも癸へと視線を向けた。それに気付いてくれた彼に顎を少し動かして屋敷の中へ向かうよう促す。これから私と妲己との間で行われるのは人の理《ことわり》を超えた神と神の戦い。いかに精鋭が集まろうと介入する余地は無い。むしろこの場に留まってもらうと残念ながら足手まといですらある。癸は首を横に振って拒否したものの、やがてそれを悟ったのか悔しそうに下唇を噛んだ。

「母……いや、夏国を滅びに導いた傾国の女狐の処遇、任せる」

「そちらこそ大王にまんまと逃げられないでくださいませ」

私と笑い合った癸は部下達を率いて屋敷へと突入していった。妲己はすぐ側を横切っていく侵入者に目もくれず、私を見据えることに集中……というより、癸達から意識をそらそうとしているようにも見えた。

「あら、発達を妨害しないのですね。随分と気にしているようですが」

「余所見《よそみ》をしたら末喜ちゃんが何をするか分かったものじゃないもの。その手には乗らないわぁ」

「それはまた随分と高く評価してくれますね」

もはやこれ以上余計な言葉は不要、とばかりに双方黙って対峙する。相手が何を仕掛けるか一挙動たりとも見逃さないよう意識を集中。しばしの間私達は一歩も動かず、けれどただ相手を牽制《けんせい》し合っただけじゃなくて、相手を意のままに操り惑わそうと幻術や妖術を仕掛けたりもした。

しびれを切らしたのは私の方が先で、突風を起こして彼女を巻き上げようと試みる。それに対する妲己は大地に手を突いて地面を隆起させて壁を形成、風から身を守った。それに留まることなく私は次々と物理現象を起こす術で攻撃を仕掛け、妲己もそれに応戦。二人の戦いは段々と白熱していく。

その余波で吹き荒れた風が、飛び散った火の粉が、降り注ぐ水が、女の園を崩壊させていく。あんなに美しかった庭園も、葉や枝を整えられた木々も、豪奢《ごうしゃ》な建造物も、見るも無惨に荒らされていく。かつての栄華は決して戻りやしない。

それでいい。こんな悲しみと苦しみを生むばかりの世界なんて消えてしまえ。

「発雷——」

「呪縛！」

妲己が雷を発生させる前に私がばらまいた札が襲いかかる。それらの札は妲己の四肢や首、胴に張り付き、更には彼女を壁に叩きつけて縫うように動きを束縛した。いくらもがいたって札の拘束からは逃れられない。ようやく見えてきた決着に私は顎の汗を拭《ぬぐ》って妲己を見据える。ところが絶体絶命の危機なのに妲己は焦るどころか抵抗する素振りすら見せなかった。

「ふっ、ふふっ、あっはははっ！」

何を企《たくら》んでいようが構わない。後は炎を吹いて妲己を焼き殺せばそれでおしまい。私が思いっきり空気を吸い込んでいたら、妲己は急に高笑いし出す。しまった、と私が阻止すべく術を練っている隙に妲己は身体を震わせて、やがて彼女の身体から何かが抜け出るように蒸気が発せられ……なかった。

借体の術により人の身体を乗っ取っている妲己はいざとなれば肉体を捨てることが

出来る。拘束されて追い詰められた彼女はその正体、全身は金色、面は白く、九つの尾がある、白面金毛九尾の狐の姿を見せると思った。けれど彼女の様子を見る限り、どうも上手くいかないらしい。羽衣を脱ぐのと同じ感覚だ、と昔語っていた覚えがあるのだけれど。

そんな妲己の身体にうっすらと文様が浮かんでくる。それはまるで妲己の体中をきつく縛っている縄のようで、捕らえた獲物を逃がさないと言わんばかり……神すら封じ込めるほどの大術だろうと判断したものの、あの妲己の身体に誰がいつそんな強力な術式を施したか、見当もつかなかった。

「これは、封神の術⁉　いつの間に、しかも全身くまなくなんて……！」

こんな真似は決して人の領域では無い。仙人ですら無理。それこそ私達のような神でやっとの難易度でしょうね。となれば私や妲己を除けば褒姒ぐらいしか出来ないはずだけれど、彼女がどうやって……

「成程、褒姒が吊るした餌にまんまと食いついたってわけですか」

「っ⁉　まさか……あの女奴隷達！」

昨日のやりとりを思い出して納得した。とどのつまり、妲己は昨晩早速褒姒が貢いだ女奴隷達を弄《もてあそ》んだのだ。その際、妲己は女奴隷達に自分の身体を触らせたんでしょう。その油断を褒姒の刺客が見逃すはずも無く、妲己はまんまと術にかかったってわけだ。

「肉の檻に閉じ込められた気分はどうですか？」

「そんな、こんなはずじゃあ……！」

なので、妲己は乗っ取った体が壊れない限りは脱出出来ない。つまり、彼女は役目を終えたからと天に帰ることは許されず、犯した罪を償わなきゃいけなくなった。そう、夏国を混乱させた寵姫、傾国の女狐として、ね。

口で三日月を描いて見下ろす私、狼狽《ろうばい》して青ざめる妲己。

神と神の戦いは私の勝利で決した。

■■■

癸は何も最初から両親を諦めてはいなかった。幼い頃は母親に愛されて父親から褒められるよう自分なりに頑張ってきた。勉強にしろ武術にしろ人一倍に努力を積み重ねたし、それに見合う実力も身につけた。己の立場も弁《わきま》えていたから過度には出しゃばらずに王太子たる兄や王妃を敬い、けれど着実に成果を重ねていった。

だが、大王である父親からの愛は早々に諦めた。父親は己の欲求を満たすための行為のついでに王子や王女を誕生させるだけで、極端な話、出来が良かろうが悪かろうがどうでもよかったのだ。なので癸の異母兄弟にあたる王子が何者かに暗殺された際も事務的に葬式を開くだけで、一切悲しみはしなかった。自分の邪魔にさえならなければいい、との考えが透けて見えてからは期待するのは止めた。

末喜に語ったら間違いなく信じてもらえないだろうから黙っているが、癸は妲己からは愛されて育った。子育ても乳母任せにせずに手を出したそうだし、教育の面倒も見ていた。彼女の我儘《わがまま》で浪費されていく夏国に疑問を呈した際も彼だけにはそれなりに耳を貸してくれた。

「妾が間違っていると思うなら華の地がどうあるべきかを考えなさい。そうすればいずれ自分の役目が分かるはずだわぁ」

母が息子に与えたその言葉は今も脳に焼き付いている。その言葉からは癸がただ搾《さく》取《しゅ》されるだけの存在に甘んじることはおろか、流されるだけの凡人であることも許さない、という明確な意思を感じた。

確かに妲己の行いは決して許されない。それは末喜を通じて彼女の真意が分かっても変わりはしない。しかし、単に天命を果たすなら自分を今こうして実の父親を追い落とす決断をするまで育てる必要はなかったはずだ。先程、妲己は愛玩動物を愛でるようだと表現したが、癸はそんな戯言《ざれごと》を全く信じていない。彼が今この場にいることこそ、妲己もまた人の愛を学んだことの裏返しなのだから。

「寝床から引きずり出せ」

「御意」

妲己の屋敷内に突入した癸達は一直線に寝床まで移動する。王太子の命令に従って近衛兵達は土足で踏み入り、いびきをかいていた大王の身体は乱暴に引っ張られ、癸の前に跪《ひざまず》かされた。若い頃に長槍を軽快に振り回していた屈強な肉体の面影《おもかげ》は残されておらず、その様子はあたかも肉の塊が無様に転がったようだった。

さすがの大王も乱暴な扱いを受けてすぐさま目を覚まし、狼藉《ろうぜき》を働いた者共を怒鳴りちらそうとして……己の身に降りかかった異常事態に気付いた。大王である自分が近衛兵に取り押さえられ、それを王子が冷たく見下ろしていることに。

「こ、これは一体なんの真似だ⁉」

「説明するのも面倒なので単刀直入に言わせていただきますと、謀反《むほん》を起こしました」

「な、なんだと⁉　貴様、余に刃向かおうと申すのか⁉」

「ええ。貴方には今日をもって退位していただく」

近衛兵達は罵《ののし》る大王を無視して家探しを始めた。そして目的の物を見つけると癸へ献上する。大王は青ざめてつばを吐きながら返すように喚《わめ》くが、癸はそれが本物かをじっくりと確かめてから自分の懐《ふところ》へとしまい込んだ。

「伝国璽《でんこくじ》、確かに頂戴した。これで俺が今日から夏国大王だ」

伝国璽《でんこくじ》。大王が下す勅命等国にとって重要な文章の承認の際に使われる判子。これを手にすることは即《すなわ》ち天子としての権威を得たも同然だ。他の取るに足らぬ者に盗まれたならいかようにもごまかせただろうが、王族に奪われたとなればそうもいかない。

「ふざけるな！　誰が貴様なんぞを認めるか！　者共、こやつを早く――！」

「誰も聞きませんよ。そうなる絶好の機会でしたからね」

大王はここでやっと本来自分を守るべき禁軍兵士達が癸に従っていることに気付く。大王がいくら怒鳴り散らそうとも彼らは動こうとしない。命令を果たそうとする者もいたが、隣の同僚が阻《はば》む始末だった。

「最近貴方は夜がご無沙汰だったらしいですね。おかげで今日まで延命出来たことが幸か不幸だったかは後の世の評価に委《ゆだ》ねるとしましょう。よほどとある妃との一夜が強烈すぎましたか？」

「な、貴様、どこでそれを――！」

末喜の奸計《かんけい》によって昇天しかけた経験をした大王は……機能不全になってしまった。妲己ほどの極上の女が相手ならまだしも、他の妃が相手では肝心な箇所が反応しなくなったのだ。それでもと行為に及んでも、いつあの時のように精魂全て解き放ってしまうか、との不安に襲われて全く楽しめなくなってしまったのだ。

そのため、これまで毎晩後宮に通っていた生活は見直され、妲己とすら寝ない夜も増えてきたほどだった。ようやく復調し出した頃に貢ぎ物が贈られてきたので、今晩は愛する寵姫と共に淫《みだ》らにただれた夜を謳歌《おうか》して寝ていたわけだが……そこを癸達に強襲されて今に至る。

「あの女狐がいなければ怖くはありません。何せ、決心をして乗り込んだ兵士達が瞬《また》く間に惑わされて矛先をこちらに向けかねませんでしたから」

妲己がいたからこれまでこのような強硬策には出られなかった。彼女の誘惑の影響下に入れば禁軍兵士達は命を捨ててでも大王を守護しただろうし、近衛兵達も正義を忘れて傾国の女狐の奴隷と化していたに違いない。その妲己は癸にとってかけがえのない女性が押さえ込んでくれている。

この絶好の機会、決して無駄には出来ない。

「おのれ……！　余は夏国の大王であり天の代理人であるぞ！」

「それを今更貴方と議論したところで埒《らち》が明かないのは明白です。出来れば問答にてケリをつけたかったが、時代の流れが急すぎて許されませんでした」

「何を言っている⁉　ええい、くそ、無礼者共が、離せ！」

「もう二度とお会いしません。さらばです、父上」

別れを告げた癸は引っ立てるよう兵士達に命じ、大王は大声を張り上げながら退場していった。癸の視界から消えるまで大王は天子である自分に無礼を働くな、すぐに解放しろ云々《うんぬん》と繰り返し、改めて醜悪な様を見せつけてきた。しかし大王に同情を示す者は誰もいない。知人友人が謂《いわ》れ無き罪に問われて処罰された者、家族を失った者、重税で明日の食事にも困る者など、恨みばかり買っていたから。外から万歳《ばんざい》をする声が聞こえてきたのにも癸はなんの疑問も抱かず、当然だと受け止める。

「終わりましたな」

「いや、終わりが始まったばかりだ」

暗君の姿が見えなくなったところで呟いた龍逢を癸がたしなめる。

現に何も終わっていない。大王を強制退位させたところでこれ以上状況が悪化しなくなっただけで何一つ改善されていない。先の気苦労を思うとため息ばかり漏れそうだが、今日が大切な区切りになるのは間違いないだろう。

「後世には夏国の最後の大王は潔《いさぎよ》かった、と語り継がれたいものだな」

「それはそれは。歴史の編纂作業でとても忙しくなりそうですね」

ひとまず自分の大仕事を片付けた癸は入り口の方角へと視線を向けた。

今まさに妲己と対峙しているだろう末喜のことを思いながら。

□□□

大王を捕らえた癸はその足ですぐさま宮廷へと戻って全体を掌握《しょうあく》。癸の指示のもと、今まで大王の言うがままだった者や妲己に魅了された者、そして陰で民を苦しめ私腹を肥やしていた者を次々と捕らえていった。事前に練習でもしたんじゃないかってぐらい手際よく奸臣共を引っ立てていくけれど、観念して大人しく従う者はごく少数で、そのほとんどが抵抗していたらしい。

「我らはこれまで大王様や妃様に尽くしてきたのだ！」

「命令されて仕方がなかったんだ！」

「天命の下に従事した我らが罰せられる謂《いわ》れなど無い！」

とか酷い言い訳を並べる様はみっともないったらありゃしないわよね。

後に彼らは自分達が見なかったことにした妲己の残忍な処刑法によって罰せられた。最後まで彼らは助命を願ったり許しを請うたりしたけれど、我が身可愛さから出た上辺だけの言葉になんの価値も無いでしょう。聞くに値しなかったので私も詳細は覚えていないし、記録にも残さなかったと聞く。

無論、罰せられなかった者の中にも現状に甘んじた事なかれ主義もいるし、汚職に手を染めなかっただけでなおも妲己を信望する者もいる。しかし彼らまで罪状を問うてしまうともはや政《まつりごと》が成り立たなくなってしまう。少なくとも祖国に戻った湯が褒姒と共に王都まで帰ってくるまでは、たとえ死に体《したい》でも国を保っておかなきゃいけない。じゃなければ華の地に何百と存在する各国が群雄割拠する戦国の世に突入してしまう。これ以上多くの民が苦しむ真似はしたくないもの。

そのため、暗君を退《しりぞ》けて癸への王位継承が正式に行われたと内外に示すこととなった。癸王子の謀反《むほん》から数日後、粗方《あらかた》の逆臣を片付け終えたところで彼は宮廷内で働く役人一同を広場に集める。癸の評判を知る者はようやく嵐が過ぎて雲間から太陽が出てきたかと期待に胸を膨らませ、王族そのものに愛想を尽かした輩《やから》はあくびを噛み殺したり憮然《ぶぜん》としたりと散々な反応だった。特に妲己信者は彼女を退《しりぞ》けた癸に恨みを抱いているようで、怒りを堪《こら》えた表情だった、と後から報告を聞いた。

そういった様々な反応を示していた面々は、新たな大王となった癸に続いて現れた私を見るなり言葉を失うことになる。

妲己を退治してもなお私は小娘の姿に戻らずに白ずくめを維持している。これなら見栄えは妲己に勝るとも劣らないと自負しているし、夏国から妲己の残り香を少しでも減らせるでしょうからね。

「天に代わって華の地を統治する偉大なる大王様にご挨拶申し上げます」

私は玉座に腰を落ち着けた癸へと傅《かしず》く。

「許す。面《おもて》を上げよ」

許しを得てから優雅な仕草を心がけて癸を見据える。青年、若者といった印象がどうしても拭《ぬぐ》えなかった癸は見違えるほど堂々としていた。貫禄すら感じられて未熟さはなりを潜《ひそ》めている。加えて若々しさは損なわれていないことが人々に希望を抱かせる役目を果たしていた。

「恐れ多くも先の大王様を惑わし、民を苦しめ、国を疲弊《ひへい》させ、世を混乱させた傾国の女狐めはこの私が成敗いたしましたので、ご報告いたします」

「うむ。大義だった」

「捕らえられたあの者が獄中でどのように弁明しようと、例えば天からの使いであったなどと世迷い言を語ろうが、耳を傾けてはなりません。彼女の処遇は夏国の法に則《のっと》り、人として罰することを進言いたします」

「俺もその考えだ。適切に罪を償わせることを約束しよう」

これまで好き勝手していた妲己が捕らえられた現状では、もはや癸を阻《はば》める者は誰もいない。ようやく彼が望む展開に向けて大きく舵《かじ》を切っていけるようになる。けれどその本懐《ほんかい》を知る者はごく少数でいい。彼の助けとなる彼の身近な者だけで。

「末喜よ、こちらへ」

「はい、大王様」

癸に促された私は立ち上がると彼の元へと歩み寄った。堂々とした佇まいを心がけたおかげで誰も何も言えず、終古や龍逢すら目を奪われているようね。それほど本来の私の存在感は凄まじいのでしょう。

私はこれまで妲己が我が物顔で座っていた王妃の玉座に腰を下ろした。これをもって癸、そして私の立ち位置を敵味方問わず皆に思い知らせる。

一同は自然とその場に跪《ひざまず》いて頭《こうべ》を垂れる。新たなる大王の誕生を受けて。

「我が父、発王は妃である妲己と共謀して当時の王太子ならびに王妃陛下を陥れ、圧政を続け、華の地を苦しめ続けた！　よってこの俺とこの末喜が天に代わって彼らを退《しりぞ》けた！　たった今から俺が夏国の大王だ！」

異議を唱えたり文句を言ったりする者は誰一人としていなかった。理由は様々だけど、あえて二つ要因を挙げるなら、癸の賛同者や現在の政《まつりごと》に思うところがあった者は歓迎し、大王のやりたい放題に適応していた輩《やから》はもはや自分達の行く末に絶望したから。

「立て直しには莫大な時間と労力、そして資金が必要となってくるだろう。国そのものの存続に関わってくるかもしれない。それでも俺に力を貸し、付いてきてもらいたい。以上だ」

こうして宮廷、ひいては夏国そのものを揺るがした王位簒奪《さんだつ》は終わった。

少なくとも宮廷にいた者はようやく見えてきた光明に思いを馳せつつも目の前に立ち塞がる先王の後始末の大変さに気が滅入《めい》っており、癸や私すら「明日になんなきゃいいのに」と思うほどだった。

けれど……事態は予想もしていなかった方向へと転がっていく。

「母は反省や後悔の意を示すと思うか？」

「その可能性を考えるだけでも無意味です。妲己は人の感情や価値観は理解していません。いえ、正確にはしているのですが、それはあくまで知識としてであって、いかような罰を与えても彼女が罪悪感を覚えることはまず無いでしょう。何故なら彼女は人ではないのですから」

長い一日を終えた夜。私は癸の晩酌に付き合っていた。既に晩餐《ばんさん》を終えて食器の類《たぐい》は片付けられてしまい、癸の部屋で二人きり。両親を蹴落とした癸は現実の非情さから逃れようと盃に注がれた酒を次々と飲み干していく。心配になった私は密かに酒瓶に水を注ぎ足す。充分に酔った癸は酒が薄くなったことにも気付かないようね。いえ、あえて私の気配りを黙って受け入れてくれているだけかもしれないけれど。

「癸は妲己に何か思うところがあるようですが、甘いです。旬の果物よりも甘すぎます。そうした甘さが彼女を増長させたんですから。彼女は彼女なりに仕事を果たした、ただそれだけの話ですよ」

「人に生まれ変わった女狐も人に化けた女狐も愛を覚えたのだ。人の身体を借りた女狐だって愛を知ったところでおかしくはないだろう」

「少なくとも私が知る妲己の在り方からはかけ離れています。もし人の心が分かっているなら、なおさらあんな非道な真似をしたことは許されないと思うのですが」

「……！」

癸は手を滑らせて盃を落とす。そしてそれを取ろうと前かがみになった私の手を取って自分の方へと引き寄せると、そのまま抱き締めてきた。あまりに不意だったものだから軽く悲鳴を上げかけたけれど、振りほどかずに受け入れる。排除されるべき存在だったとしても彼が追い落としたのは実の両親。寂しさもあったのかもしれない。人の温もりが欲しいなら私が与えましょう。

「もう、俺には末喜しかいない」

「何を仰《おっしゃ》りますか。癸を慕う者達がいるでしょう。ほら、終古様や龍逢様とか、気心知れたご友人だって」

「友や部下では心の隙間は埋められない。あんな人達でも実の親だったんだ。ずっと愛されたかった」

「……心中お察しします」

私も癸の背中へと手を回して彼を抱き締め返した。静かに泣く癸をあやすようにその背を優しく叩く。そして彼を安心させるように「これまで充分頑張りましたね」等の声をかける。

落ち着いた癸は顔を上げて私を見つめてくる。私も彼から視線を逸らさずに見つめ返した。私達の間にもう言葉は要らない。お互いに僅かに呼吸を荒くして頬を紅色に染めて、次第に顔を近づけていき……

「大王様、大変です！」

突然の乱入者にすぐさま距離を置いた。あーんもう、せっかくいい雰囲気だったのにぃ。末代まで恨んでやるんだからっ。

癸はごまかすように咳をして乱入者の龍逢を恨みがましく睨んだけれど、当の本人は邪魔したことに気付く様子も無く、それどころか今まで見たことが無いぐらい焦っていた。彼は部屋に入ってからも自分の腕をつねっている。多分痛みで正気を保っているんでしょう。そのただならぬ様子を癸も感じ取り、表情を引き締めた。

「何があった？　俺を気に入らぬ者が騒ぎを起こしたか？」

「いえ、そうではなく……直《ただ》ちに見ていただきたいものが」

「今でないと駄目なのか？」

「はい」

私と癸は顔を見合わせて、酔い冷ましに傍らに置いた温めの白湯《さゆ》を飲み干してから立ち上がった。癸の足取りが若干ふらついていたから私が支える。お、重い！　自分に強化の術を施してなんとか踏ん張り、案内する龍逢に続く。

前大王を追い落としてまだ日が経っていないとはいえ、宮廷内は異常な空気に包まれている。怯える者、祈る者、許しを請う者など様々で、誰一人としてまともではなかった。それも使用人や文官、そして衛兵問わずに。

「で、何があった？」

「アレをご覧いただければ分かります」

それなりに歩いた先では終古と禁軍兵数名が物陰から何かを眺めていた。それも対象をつぶさに観察しているんじゃなくて、ほんの僅かに鏡越しに様子を窺ったかと思ったらすぐさま引っ込むのを繰り返している。

一体何があるのか、と癸が覗き……彼の想像を遥かに超えていたのか、その場で固まってしまった。そして次にはまるでこの世の終わりを味わったかのように愕然《がくぜん》とした。

そんな大げさな、と呆れながら私も様子を窺って、思わず驚愕の声を上げそうになった。

彼女……いや、そもそもあの存在は女性どころか人間とも言えない。とにかく彼女を表現する言葉は見当たらない。黄金のようにも白金のようにも見えたし、虹のようにも感じられる。太陽のようだ、が一番適しているかしら。

絶世の美女だった妲己すら霞《かす》んでしまう存在感を放つ彼女は、私が捕まえて牢屋に叩き込んだはずの妲己の身体を軽々と抱えていた。彼女が進む先にいた者達は残らず彼女に道を譲り、彼女はそれが当然とばかりに通り過ぎていく。

「アレは、一体なんだ……？」

彼女が視界から消えた途端、誰もが大量の汗を流す。そして皆の心情は癸が代表して口にしてくれた。まるで自分達が取るに足らない存在だと思い知らされんばかりの存在の到来に皆が一様に背筋を震わせる。

そうね。魂魄《こんぱく》を見る癸はあの存在が何者なのかを偽りなく目の当《ま》たり《あ》にしてしまったものね。気を失わなかっただけでも褒め称えたいぐらいよ。それでも珍しく大量の汗を流して歯を震わせる彼もまた好ましい、だなんて場違いな感想を頭の片隅で抱く。けれど、そんなお花畑な頭の中を塗り潰すように、私は困惑と怒りで理性を吹っ飛ばしていた。

「何を、やっているんですか……！」

私は駆け出した。たった今太陽のような女が去っていった方に向かって。

それを見てようやく我に返った癸も私に続いたようね。癸や龍逢が何か問いかけてきたけれど右の耳から左の耳に抜けてしまった。ただ「何故」という言葉が私の頭の中で響く。

ようやく妲己達の姿を再び捉えたのは宮廷内で最も堅固な場所、罪人の王族が一時的に収容される牢屋の前でだった。捕らえたばかりの前大王が中にいる場所だ。

さすがの前大王もこの一帯を支配する異常な雰囲気に目を覚ましたのか、突然の来訪者と彼女が床に放り投げた妲己の身体を食い入るように見つめていた。前大王は何やら叫んだが太陽のような女は全く聞く様子も無く、うつ伏せになった妲己の髪を引っ張って面《おもて》を上げさせる。

「美しくない……実に醜い。これがお前の作品か、妲己」

「お……お許しくださいませ……」

癸達は心臓が口から飛び出そうになるほどの驚きをあらわにした。

これまで大王を意のままに操り、多くの民を弄《もてあそ》んで苦しませて、己の愉悦を満たした傾国の女狐。そんな妲己が心底怯えている光景が信じられなかったのだろう。そして妲己の正体を知る癸だけが太陽のような女が何者なのかに思い至ったのか、突然口元を押さえて言葉だか叫びだかを呑み込んだ。

その正体の答え合わせをするように私はこの方の名を紡《つむ》ぐ。

「我が主……女媧様！」

媧皇《ワファン》、女媧、女希氏《ニウシィシイ》、などなど。我が主の呼び方は多々あるけれど、彼女が人を創った創造母神であるとされる点は華の地において共通の認識でしょう。そして、大王や諸侯王といった時の権力者達はあくまで彼女の代理人として国を治めているに過ぎない、とも。けれどこの場にいる者達はそんな天上の存在が自分達に見える形で姿を現したことが信じられないに違いない。ある程度事情を知る癸ですらそうなのだから、龍逢達その他の人間は一体何が起こっているのか理解出来ずにいるはずだ。かくいう私だって困惑しっぱなしだけれどね。

「私はお前に言ったな。地上に行き、現在華の地を治める国を滅ぼしてこい、と」

「はい……そのご命令に従って妾は――」

「色欲の強い夏国大王を誑《たぶら》かして政《まつりごと》を乱し、この国を崩壊へと導いた。ああ、お前は確かに私の言った通りに仕事をこなしたよ」

「では、どうしてこのような仕打ちを……！」

「だがその過程を私が気に入るかどうか、お前は考えなかったのか？」

「そんな……方法は妾に一任してくださったはずじゃあ……！」

私達を気にする様子もなく、我が主が静かな怒りを湛《たた》えて妲己に前大王――妲己がもたらした混沌《こんとん》の賜物《たまもの》を突きつける。こんなにも怒る我が主は私も初めてなものだから、自分が叱られているわけでもないのに恐怖を覚えてしまう。

「華の地に住む人間、生き物は全て我が子だ。我が子を苦しめる輩《やから》は誰であろうと、それこそ有能な我が女狐であっても許さん」

「殺生な！　でしたら初めから言ってくだされば妾だって配慮したものを……！」

「多少の犠牲なら目を瞑るつもりだったのだがな。お前、途中から己の愉悦を満たすために我が子らを苦しめていただろう？」

「……！　そ、それは……」

妲己は我が主の指摘に反論出来ない。言い淀み、瞳をせわしなく動かすばかり。

もっともらしい理屈を並べたところで我が主はお見通し。彼女は恐怖と絶望で歯を鳴らすのが精一杯のようね。そんな無様な有様でさえ美貌が損なわれずにむしろ助けてやりたい衝動に駆られるのだから、つくづく妲己は人を魅了する才能に長《た》けていると感じる。

「せっかく人の器を操って好き放題やったんだ。最後まで堪能しろ」

「お、お許しくださいませ……」

「遠慮するな。褒姒により封神の術を施されたのは都合がいい。その身体が朽ち果てて魄《はく》が肉体との結びつきを保てなくなるまで、戻ることは許さん」

「お慈悲を、どうかお慈悲を……!」

「駄目だ。お前のせいで私は残る二人の女狐を派遣せざるを得なくなった」

我が主は妲己を片手で持ち上げて、牢屋の柵に叩きつけた。悲鳴すら上げられない妲己の身体が崩れ落ちる前に、我が主は腰に装備していた剣を抜いてそのまま一気に妲己の心臓めがけて突き刺し……はしなかった。代わりに我が主はようやくこちらへと視線を向けてくる。

その先では癸が剣を我が主に向けていた。

ちょっと何をやっているのよ！　よりによって我が主に剣を向けるなんて！　天に唾すれば自分に降りかかるのと同じで、地上の民がどうあがこうと我が主には傷一つつけられやしない。それほど我が主は人と存在の格が違うのに。

「人間。なんのつもりだ？」

「母達を派遣した天そのもの、とお見受けする。いかに？」

慌てて癸を守ろうと彼の前に出ようとするも、彼は片手で私を押しのけてしまう。

抑揚の無い声でなんの表情も浮かべず見据えてくる我が主に怯《ひる》むことなく、癸は突然の来訪者に対峙し続ける。

「そうと分かっていながら私に刃を向けるとは理解出来ない」

「母の悪行は地上の問題。これ以上の天からの介入は不要だ。お引き取り願おう」

「ほう」

ここで初めて我が主は癸に興味を持ったのか、僅かに口角を吊り上げた。それから彼の側に私がいることにようやく気付いたらしく、顔だけでなく身体も癸へと向ける。

龍逢達その他一同は怯《ひる》んだり腰を抜かしたりする者ばかりで全く使い物にならない。私だけが彼を支えている状況なんだけれど。

どうしよう。我が主に逆らいたくない。天の命令に従うことが従属神たる私の存在意義。人の姿に化けたってそれは変わらない。妲己達だってこの点は一緒。手段や過程はどうであれ目的はきちんと遂行することこそ使命。我が主の意に背く妲己の企《くわだ》てを阻《はば》むために地上に派遣された私が、そのお仕置きを阻《はば》もうとする癸の肩を持つのは間違っている。

けれど、癸に頑張れって言いたい。地上に生きる人として言いたいことはきちんと言わなきゃ、いつまで経っても天の采配《さいはい》に左右されっぱなしになっちゃう。……いや、そんな建前《たてまえ》はどうでもいい。私はただ癸が勇気を振り絞って我が主に立ち向かう姿が格好いいと思っただけの話よ。

「勇ましいことを申すが、嫌だと言ったらどうするつもりだ?」

「末喜に免じて俺達の意を汲んでもらうことは?」

「質問に質問で返すな。育ちの程度が知れるぞ。親の顔が見てみたいものだな。妲己もそうは思わないか?」

我が主もお人が悪い。分かっていながら仰《おつしや》るんですもの。話を振られた妲己は顔を引きつらせるだけで返事はしなかった。

妲己を侮辱されたと受け取ったのか、癸の顔が怒りで僅かに歪《ゆが》む。けれどすぐに冷静さを取り戻して真剣な面持ちで我が主を見据える。挑発に乗って強硬手段に訴えなかったのを褒めたいぐらいだ。

「夏国王子よ、私の質問に答えてもらおう。この状況をどう打破するつもりだ？」

「それは、こうするつもりだ！」

刺突。癸は一歩踏み込んで我が主を自分の間合いに捉えると、その心臓めがけて剣を突き出した。私を含めたこの場の者全員が驚く暇も無い。不意打ちに反応出来たのもごく少数だったでしょう。癸の剣はそのまま吸い込まれるように我が主へと向かっていき……

「が……！」

――我が主が盾にした妲己の心臓に突き刺さった。

夥《おびただ》しい量の血が流れ出る。とても苦しくて痛いのか、妲己は自分の胸元を掴むように手を動かすも、すぐに力を失って肩からぶら下がるだけになる。我が主は念力の術を解除して妲己を解放し、彼女の身体はその場に倒れ伏した。

癸は妲己の側でしゃがみ、息も絶え絶えな彼女の身体を抱きかかえる。癸と妲己の親子の瞳には互いしか映っておらず、もはや私や我が主は蚊帳《かや》の外にいるような錯覚を抱いた。

「大きく、なったわぁ……珠《たま》のように可愛い子、だったのに」

その証拠に、今にも命の灯火が消えかけているはずの妲己は、満足そうに微笑みながら自分の息子の頬を撫でた。衝撃が走ったと同時に納得がいった。癸が妲己に抱いていた想い、そして妲己から感じていたという愛情が実感として分かった。そして羨《うらや》ましい、悔しいとも思った。私では妲己のような愛を癸にはあげられないもの。それは妲己……いいえ、子を産んだ母親の特権だ。

私が間違っていた。妲己もまた人だったんだ。人になっていたんだ。

この胸の中で複雑に渦巻くどす黒い感情。人はこれを嫉妬《しっと》と呼ぶのかもしれない。

「これが望みだったのか?」

「そう。癸は好き放題し、た妾を退、場させる役。女媧様でも末喜ちゃんでもなく、人が自ら傾国、の女狐を討ち果たすこと、で妾の仕事は完遂す、る……うぅっ!」

「もう喋らないでくれ。大体は分かってるから」

「……もし、やり直したとし、ても、妾は同じように最短、の道を選ぶわぁ。それが天の意思を遂行、する従属神の使命、なのだから」

一つ誤算を挙げるなら、と呟いた妲己の手から力が抜けた。癸の頬から滑り落ちた手は地面にぶつかる。

「貴方を産んで、抱いた瞬間に愛してしまった。愛おしくて、可愛くて、成長するのが嬉しかった。まさかこの妾が人の想いに、引きずられるなんて……！」

妲己の葛藤はどれほどだったのかしら。母性に目覚めたなら後はそれをとっかかりにして他の感情を身につけていてもおかしくない。役目は果たさなければならない、しかし我が子をただの駒としては見られない。実の母である自分に引導を渡す役目を押しつけるのだって相当悩んだ、のかもしれない。

「後悔しているのか？　俺なんていない方が良かった、って」

「……馬鹿ね。何度、繰り返したって、必ず貴方を誕生させるわぁ」

妲己の声がか細くなっていく。呼吸も段々と浅くなっていく。封神の術を施された妲己は肉体の死から逃れられず、人としての死を味わうことになる。地上に住む生命を超越した従属神にとっても死は穢《けが》れであり、受ける傷は計り知れない。もしかしたら今後ずっと復活は叶わないかもしれない。なのに妲己からは一片たりとも悔いは感じられず、癸が少しでも心の傷を負わないよう穏やかな表情であり続けていることが伝わってきた。

「産まれてくれてありがとう。幸せに、生きなさい――」

「……分かったよ、母さん」

それが妲己との今生の別れとなり、彼女が天からの使命を果たした瞬間だった。

静寂が辺りを包み込む。遠くで風が木の葉を撫でる音がうるさいぐらいだった。この状況で誰も何も言えやしない。癸が妲己の遺体を静かに横にして、龍逢達はその場にたたずむばかり。そしてこの結果をもたらした元凶たる我が主は一連のやりとりを見届けてから「ふむ」と唸る。

「素晴らしい。それでこそ人を創造した甲斐《かい》があったというものだ」

偉そうにぬかす、いえ実際に偉いのだけれど。その物言いに頭にきた私は我が主を睨んだ。愛玩動物がじゃれてきた程度にしか我が主は感じないかもしれないけれど、そうせずにはいられなかった。我が主は子飼いの下僕こと私の反感を抱きとめるように受け止め、僅かに頬を緩ませる。

「これが我が主が望んだ結末ですか?」

「いちいち説明するのも面倒だ。自分で考えろ……と言い残して帰ってもいいんだが、勤勉な女狐達に報いよう。その通りだ」

「妲己を盾にしたのは彼女への罰ではありませんね？」

「ああ。私は別に妲己を人による司法に委《ゆだ》ねても構わなかったが、当の妲己がそれを望んではいなさそうだったからな」

癸が我が主に異議申し立てをするのも妲己が息子の手で幕を下ろしたかったのも計算に入れた上での行動なのね。夏国を振り回しまくった妲己も我が主にかかればちょっと生意気な子狐に過ぎないってわけか。

「癸が妲己の願いを叶えなかったらどうするつもりだったのですか？」

「お前と妲己が愛する人間なんだろう？　その可能性は最初から考えてない」

しれっと言ってくれちゃって。でもぐうの音《ね》も出ないのが悔しい。

「さて、もう帰る。後は任せる」

「はあ⁉　これだけ引っ掻《か》き回しておいて後始末は私に押し付けですか⁉」

次の瞬間、我が主の身体は光の粒子となって霧散《むさん》した。

私の非難は空《くう》を切った。いくら不満をぶちまけたってむなしくこだまするばかりだけど、言わずにはいられない。天に向かって恨み言を叫びまくってやる。主に待遇改善や報酬上乗せ、この際忙しい業務への恨みとか追加の休暇の要求とかもしちゃえ。

「大王様……」

「皆まで言うな。口にせずとも大体は分かる」

癸は徐《おもむ》ろに立ち上がる。仰々《ぎょうぎょう》しい出来事こそあったものの、結果だけを切り取るなら妲己が癸の手で亡くなった、ってだけだもの。事態は単純明快でしょう。

「前大王は明日公開処刑する。予定に変更は無い。そうすることで民にこの世の地獄がひとまず終わったことを知らしめなければならない」

「しかし、その……大王様の母君がお亡くなりに……」

本来、妲己は王都の広場で大々的に処刑を執り行う予定だったたって聞いている。それが夏国を堕落させ衰退させた傾国の女狐に与える罰のはずだったのに、我が主の介入で全部台無しよ。妲己や癸個人にとってはこの今生の別れは良かったのかもしれないけれど、王位を簒奪《さんだつ》した王太子が正当性を訴えるこれ以上無い機会は失われてしまった。

「致し方ない。既に刑を執行したものとして、遺体を晒《さら》すことにしよう」

「御意に」

龍逢は兵士達に妲己の遺体を片付けるよう命じる。ようやく我に返った兵士達は慌てて彼女の身体を持ち上げてその場を後にする。それに続いて龍逢もまた頭《こうべ》を垂れて去っていった。

癸は父である前大王を見つめる。牢屋に閉じ込められた時は大いに暴れたらしいのだけれど、今の彼はまるで魂が抜けたかのようだった。うわ言のように妲己の名を呟くばかりで、目の前の息子を視界に捉えていても認識していないのは明白だった。最初会った時からは想像も出来ない憔悴《しょうすい》ぶりよね。

妲己に魅了され、妲己に全てを捧げ、妲己を愛した、しかし最後まで妲己から愛されなかった哀れな男の末路に相応《ふさわ》しい。

「母に向けた愛情の一欠片でもいいから民に向けてくれれば良かったものを……」

嘆いた癸は踵《きびす》を返し、牢屋へと続く門は改めて固く閉ざされる。

夜は再び静寂を取り戻す。天そのものの降臨や女狐の処刑など、うたかたの夢だったかのよう。けれど瞼に焼き付いた妲己の鮮血が先程の出来事が現実だと私達に教えてくれる。配下の者が消えてこの広大な宮廷の中に二人きりとなった私達は自然と寄り添うように距離を縮めた。

「私、癸に謝らなければなりません」

「別に謝ってもらうようなことはしていない」

「いいえ、私は貴方様の大切な母親をこれっぽっちも信用していなかった。私は地上に降りてからの彼女を一切知らないのに」

「無理もない。俺とてまさか母から本当に愛されていたなんて驚きものだ」

彼女が迎えた最期を羨《うらや》ましい、そして美しいと感じた。世を乱した妖狐の末路としては落第点だけれど、あれこそ傾国の女狐の最期としては理想なのかもしれない。愛を知り、愛を振り切って使命に殉《じゅん》じる。そして愛する者の腕の中で天に召される。息絶える直前の彼女は従属神でも悪女でもなく、一人の母親だったのだから。息子に向けた笑みを美しいと言わずになんとするか。

「いや、確かにそんな素振りを見せたこともあったが、全て俺を惑わす演技とばかり考えていた。どこまで母が俺に素を見せてくれていたかなんて、分からなかったからな……」

けれど癸はそんな母親を討ち取った。彼が己の道を突き進むには立ちはだかる彼女にはどいてもらわなきゃいけなかったから。そしてそんな彼を後押ししたのは他ならぬこの私。私は彼から両親を奪ってしまった。更にはこの後、彼には夏国を穏やかに滅亡に導いてもらわなきゃいけない。私は彼から祖国まで取り上げてしまう。何もかも無くした彼を私が独占してしまう。そしてそれを嬉しいと感じる浅ましい私がいる。

こんな私に彼の側にいる資格があるのだろうか？

「馬鹿なことを考えていただろう。分かるよ」

「……！　気付かれましたか」

癸は私の腰に腕を回し、自分へと抱き寄せた。私が寄りかかっても彼はびくともせずに受け止めてくれる。その胸元はとても温かい。

「これから忙しくなるが、離れないでくれ」

「勿論ですとも。私達は一蓮托生を超えてもはや一心同体。たとえ地獄の果てでもお供いたしましょう」

「違う。俺が言っているのは全てが終わってからだ」

「その後、ですか？」

「ああ、全部片付いたら色々としよう」

「あっ……！」

全て、それは癸が夏国を滅亡させて天子の座を明け渡すこと。それが乱れた世に王子として生を享《う》けた彼の悲願。そしてその助力が私の仕事。しかしそれらが終わった後、新体制の正当性を知らしめるために旧体制の象徴、即《すなわ》ち王族などの権力者は根こそぎ排除されねばならない。捕らえられて一族もろとも処刑される末路があってしかるべきだ。

だから私はある一つの覚悟を抱いている。だってそれではいくらなんでも癸が可哀想だもの。もっと彼は生まれに左右されない自由で穏やかな人生を送るべきでしょう。彼が望まなくても私は彼のために尽くそうと思っている。

けれど、彼は私に語ってくれた夢物語を、希望的な未来を諦めちゃいなかった。

「なんのために湯と結託してると思ってるんだ? 無難な政《まつりごと》をしつつ商国との戦で負けを繰り返し、大人しく天子の座を明け渡せば、俺個人はそこまで罪に問われない。追放や幽閉の類《たぐい》にしてもらうよう約束している」

癸は遠く東に広がる海を見たいと目を輝かせた。遥か南西に連なる山の頂《いただき》からは雲を見下ろす絶景が見られるだろうと心躍らせた。北で生活する遊牧民族と親交を深めるのも面白そうだと期待を膨らませた。そのどれもが私の発想を飛び抜けていた。だって彼の語る楽しみとやらは華の地の外に向いている。それは我が主、華の地全ての母である女媧様の手から離れることを意味する。

「憂鬱な仕事を手早く終わらせて面倒な後処理は湯達に全部押しつけてしまえばいい。俺達は早々と引退し、全く知らない世界を見て回らないか？」

「世界……」

不安だ。大海原に投げ出されるようだ、と海に面する土地に住む人は比喩するらしいけれど、まさにそんな感覚に陥る。けれど同時に今までに無いぐらい面白そうだと思わずにはいられなかった。

「わくわくしますね」

「だろう？　楽しみが出来たならやる気が出るというものだ。それで、地上に留まる気になってくれたか？」

「大いに揺れ動いたのは認めますよ。あともう一息ってところです」

「厳しいな、末喜は。終わりまでには絶対天に戻りたくなくしてやろう」

癸は求めるように私の手を握った。私もまた腕ごと絡めて手を握り返す。二人は顔を見合わせ、自然と頬をほころばせ、そのままで寝室に戻って、一緒に布団に潜《もぐ》り込み、互いを感じながら眠りについた。

□□□

次の日、前の大王は八つ裂きの刑に処された。大衆は恨みと憎しみから石や泥を投げつけたが、妲己を目の前で失った前大王は廃人になったかのように反応を示さなかったらしい。それでも身体が引き裂かれた際の悲鳴には観衆は大盛り上がりとなったようで何よりだこと。前大王の遺体は王族の墓に埋葬されず、見せしめのためにそこらに打ち捨てられた。民はここぞとばかりに物言わぬ身体を殴って蹴って叩く。その怒りがとりあえず収まった頃には原型を留めない肉塊へと成り果てた。

妲己の亡骸は斬首刑を終えた体《てい》で広場に晒《さら》されたそうだ。アレほどまでに大勢を惑わせた絶世の美女は死してもなお美しかったけれど……時が経つに連れて段々と腐り落ちていく。そうして両者の遺体は王都の外に捨てられた挙げ句に鳥や獣に食い荒らされ、最終的には骨だけが転がるばかり。それもやがては大地へと還り、彼女達が生きたという証はどこにも残らなかった。

「母は……天に召されたのか？」

「ええ。罰を受け終わったので我が主の下へと帰還したことでしょう」

「母はまた地上に戻ってくるのか？」

封神の術で肉体の檻に閉じ込められた妲己はその器が朽ち果てるまで魂魄《こんぱく》が解放されなかった。人の死を味わい続けた彼女が受けた傷は計り知れず、癸が生きているうちはまず再起出来ないでしょう。更に妲己として活動を再開したとしても、肉体に引きずられた感情は不純物として処理される。再び我が主に命じられて地上に降りてきた時、妲己は再び人の心を知らない傾国の女狐として人々を苦しめるに違いない。そして、それは癸が知らなくてもいい事柄よ。

「癸の母親は死にました。もう二度と戻ってきませんよ」

だから、癸を産んで癸を母として愛してしまった彼女はもういない。そんな解釈が正しいのでしょうね、きっと。

「……そうか」

癸は寂しそうに呟いて、これ以降は生涯妲己について聞いてくることはなかった。

こうして諸悪の根源がいなくなった夏国だけれど、文官達宮廷勤めの者達が期待したほど王都の民は盛り上がらなかった。確かに少しは恨みが晴れたようだったけれど、それよりも一定のやるせなさを彼らから敏感に感じ取る。

「もう……遅いよ」

誰かが発した諦めの声が全てを物語っていたわね。

いかに新たな大王になった癸が宮廷内で大粛清《だいしゅくせい》を敢行《かんこう》して国を蝕《むしば》む輩《やから》を処分しても、蔵を開け放って飢えた民に食料を支給しても、地方から労働力として連れ去られてきた奴隷達を自由の身にしても。もはや取り返しはつかない。

妲己が散財したために各種政策を実施する予算が壊滅的に足りなかった。奴隷の解放すら前大王が蓄えていた財宝を売り払ってようやく捻出《ねんしゅつ》したほど。夏国全体が持ち直すような財力はもはや残されていない。加えて、政治を司《つかさど》る大王の手足となる文官の数も足りなかった。忠臣は前大王が粛清《しゅくせい》済みで叛臣は癸が粛清《しゅくせい》した。人手が無いためにどんな政策を執り行うにも時間がかかるので、癸はやりたいこともままならない有様だった。

既に労働力を奪われた地方の多くの村が衰退し、滅んでしまっている。奴隷狩りに派遣していた中央の軍勢は統制を失って野盗へと成り下がり、地方諸侯に討伐されていった。

夏国は着実に終わりへと向かってひた走り続けていた。

大王になった癸は私を新たな王妃に任命した。

私から妲己に近い雰囲気を感じ取った数少ない忠臣達は処罰を覚悟で異議申し立てをしたものの、癸は頑《かたく》なに聞き入れなかった。例えば私が有能でこれから皆の疑念を払拭《ふっしょく》していくだろう、とでも説明すればまだ受け入れられたかもしれないけれど、そんな口弁すら無かった。

癸は私のことを共犯だ、と語った。即《すなわ》ち夏国を滅亡に追いやる愚かな君主とその妃の汚名をかぶり、歴史にその名を悪名として刻む相手。だから取り繕おうとは思わなかったらしい。

「さしあたってはまず父や母に加担して夏国を蝕《むしば》んだ叛臣共の処罰をどのようにしようか……何か良い考えはあるか？」

「彼らは妲己に加担して前王妃一派や王太子一派を粛清《しゅくせい》したんですから、相応の報いを受けるべきかと」

「そうだな。だが人数が多すぎる。斬首で淡々と処理してしまうか」

「いえ、妲己が考案した残虐な処刑法を再活用するのがいいでしょう。私共が本気だと皆に知らしめなければ始まりません」

といったわけで妲己にごますりしてた寄生虫共は妲己が己の趣味というか愉悦を満たすために行った無駄に凝《こ》った処刑法で罪を償った。炮烙《ほうらく》もそうだけど蠆盆《たいぼん》なんて処刑までは至らない罪人をこき使って別のところにまた準備するぐらい手間をかけた。

おかげで癸もまた前大王のように残虐で容赦無いとの評判が広まり、恐怖政治の再来だと皆を恐怖のどん底に叩き落とした。そしてその裏で大王を唆《そそのか》している絶世の美女、つまりこの私が妲己に代わって国を傾かせる女狐として現れたと噂されるのにそう時間は要らなかった。

「して、大王となったからには世継ぎのことも考えねばなりませんが……後宮はどうしましょうか？」

「分かってて言っているのだろう？　夏国は俺の代で終わりだ。先のことを考えなくていいのだから、世継ぎを誕生させる場である後宮はもう不要だ」

「では閉鎖、でよろしいですね？　前王妃様も妲己もいませんし、私が仕切っても？」

「可能な限り便宜は図ってくれ。……半分以上は父の犠牲者だからな」

そして、癸は側室を娶《めと》らないことを正式に表明した。

それは夏国に未来が無いことと同義だと皆薄々察したようだった。

後宮、女の園。

かつて栄華を誇っていた花園が無用の長物となり、夢の跡と化した瞬間だった。

歴代の妃達はこの終焉を知ったらどう思うのかしら……？

「お待ちしておりました、王妃陛下」

久しぶりに後宮に足を運んだ私を出迎えてくれたのはかつて私の主だった琰と、同僚だった琬だった。二人共妃や下女としてじゃなくて後宮女官の服飾に身を包んでいて、王妃になって戻ってきた私に頭《こうべ》を垂れる。立場が逆転してしまったのもあって、違和感しか覚えない。

「あー、成り行き上この立場になりましたので。そんな畏《かしこ》まらないでくださいまし」

「そう仰《おっしゃ》られても困ります。王妃陛下が舐められては大王様の名誉に傷をつけることに結びつきますので」

「成程。割り切るしかない、と」

「その通りでございます」

「じゃあ命令です。今まで通りの態度で」

「……分かったわ。降参よ降参」

普段なら大王の妃になった女は次代の王になってもよほどのことが無い限りは女官や側仕えとして引き続き後宮または離宮で生涯を過ごす。これは万が一大王の子を身ごもっていた場合に余計な王位継承争いを起こさないための措置《そち》……って建前《たてまえ》の、歴代大王の横暴だ。

けれど私は前大王の妃を解放することにした。これは望んで妃になった女、家の命令で後宮入りした娘、無理矢理連れてこられた女子問わず、全員だ。前大王は過去の存在であり、妃達はこれから自由に生きるべき、と癸が考えたから。

「それで、頼んでた妲己のお宝の売却は上手くいったの?」

「はい。他の妃の助力もあってそのほとんどを手放せました。価格はこれぐらいです」

「……充分ですね。これで帰るに帰れない妃に路銀を渡せます」

妲己退治の時に私が正門を打ち壊したおかげで、人質同然に捕まっていた地方諸侯の家族だった者達はほどなく救出された。そして自由を喜んで自分の足で出ていった妃や使用人達も追わずにおいた。けれど、中には田舎《いなか》の村から誘拐同然に連れてこられた娘もいる。遠くの故郷に帰れと言われたって一人じゃ到底無理に決まっていた。せめて地方都市まで安全に連れていくのが最低限の罪滅ぼしってやつでしょう。

「それでも聞いた話では王都に残る妃もいるそうだけれど……」

「……家に帰るに帰れないって子も少なくないみたいね」

「え、と。自分が帰って食い扶持《ぶち》を増やして家を圧迫するわけにはいかないって思ってるみたいです」

「貰い手が現れてくれたらいいのだけれど、そう上手くもいかないですか」

ただ、奪ってしまったかつての日常はもう取り戻せない。壊れた過去はどうしようもないからせめて未来は茨の道じゃないようにしたいものだ。その助けになるようお金をばらまくのは間違ってないはず。

後宮内を練り歩く。そこはもはや昔が嘘のように寂しい限りで、建物や庭は豪華なのに活気が感じられない。行き交う人々も簡素な衣服に身を包んでせわしなく動いたり、重い荷物を背負って後宮から去ろうとしたりしている人ばかりだった。私の姿を視界に収めると大抵の者は恭《うやうや》しく頭《こうべ》を垂れてくる。なんであれ今の私は王妃だから傅《かしず》くのは当然なのだけれど、下っ端に過ぎなかった私がつい先日まで敬っていた相手からそうされるとかなり複雑な心境になる。

「アンタのせいよ！　アンタが余計な真似をしたから……！」

中には現実を受け止められずに私を非難する妃もいた。妲己におべっかを使って自分も贅沢《ぜいたく》に暮らす。そんな美味しい思いをしていた生活を私が叩き壊したんだもの。

そういう文句ばかり言う輩《やから》は問答無用で後宮から叩き出してやった。正門を壊したとはいえ門番には守らせている。そこから放り出された無防備な娘の末路は推して知るべし。媚《こ》びを売るしか能のない娘が放り出されてどう生きていくかまでは私の管轄外よ。そこまで善人じゃありゃしませんので。

「ありがとうございます。これでやっと……家に帰れます」

逆に私に感謝の意を示した妃もいた。彼女は涙ながらに私の手を取って何度も頭を下げてきた。嗚咽《おえつ》するので手巾を貸して拭いてあげた。帰っても受け入れてもらえるか分からないけれど、それでも生まれ故郷にまた戻りたいって彼女は語ってくれた。そんな彼女には少しばかり多くお金を持たせた。多少でも再出発しやすいように、と。

前王妃の住まいは薹盆《たいぼん》の跡地として更地のままだった。そんな有様でも既に雑草が生え始めていて、人の業なんて自然にとっては小さいんだと思い知らされる。その辺りを散策していたら綺麗に石が積まれているのを見つけた。なんでも密かに前王妃を慕っていた妃が後宮を去る前にお墓として作ったらしい。私は墓前で手を合わせ、妲己に操られて生涯を終えた彼女の冥福を祈った。

「いやあ、ものの見事に綺麗さっぱりになってますねえ」

妲己の宮にやって来る。彼女のいた痕跡は建物自体を除けば全部処分されていたので、殺風景極まりない。かつてはここで毎日のように宴が開かれていた。妲己のことだから賑やかで派手で愉快な会だったことでしょう。けれど彼女のご機嫌を取るために一体どれほどの者が血と汗と涙を流したことか。意外なことに彼女へ恨みを抱く者は少なからずおれど、それにも増していまだ恐怖が支配しているらしい。なので彼女ゆかりの宮に八つ当たりをする輩《やから》は現れなかったとのこと。

こんな寂しい有様から傾国の女狐が夏国全体を食い物にしていただなんて誰が想像出来るかしらね。

「一応定期的に掃除はしているようだけれど、続けさせる？」

「いいえ、もういいでしょう。妃と使用人が全員出払ったら後宮全体を放棄しますので」

「勿体ないですね。せっかくこんな立派な建物ばかりなのに」

「住む者がいないんですもの。役目を終えました」

この後も各妃の宮や庭、女官や下女の居住区等、隅々まで探索した。後宮で過ごした期間は従属神である私からすれば瞬《まばた》きする間と同じに思えるぐらい短かったけれど、それでも琬や琰、その他の同僚達と楽しくやれたのを鮮烈に覚えている。

ある妃は庭先で歌を歌っていたっけ。ある妃は花を愛でていた。確かあそこではおっちょこちょいな女官がけつまずいて夕食を廊下にぶちまけてたっけ。私も琬達と庭に出て夜空を眺めた日もあったなぁ。

それも終わりだ。

私が終わらせた。後宮の栄華を、歴史を、役目を。

この重みを癸には背負わせられない。私が抱えていくつもりだ。

「琬も琰も、考えは改めませんか?」

「うん。もうわたしは散々前の大王に好き勝手されたから。今更故郷に戻っても居場所なんて無いに決まってる」

「それに妹は上手く畳めるようにここでまだ頑張るんでしょう? わたし達ばっか先

には帰れないよ」

「だからといって私の世話係を名乗り出るなんて……」

琬や琰は故郷にはまだ戻らないと宣言した。これから破滅に向けて没落していくだけの王都に留まって私を手助けするんだそうだ。一度は断ったけれど彼女達の意思は固く、最後は押し切られて認めてしまった。

だって嬉しかった。たとえ地獄に引きずり込むと分かっていても私のためにと言ってくれた彼女達を突き放せなかった。きっとこの姿をしていなかったらこんな心に振り回されたりはしなかったのに。これもまた人の思いってやつなのね。

「……今までお勤め、ご苦労様でした」

後宮から出た私は後宮に向けて深々とお辞儀をした。夕日に照らされて茜色に染まった後宮は正門から覗き見られる範囲だけでもとても美しく、まるで最後の輝きを放っているかのようだった。

その数日後、最後の妃が出発して後宮には誰もいなくなった。こうして夏国の後宮は長い歴史に幕を下ろしたのだった。

□□□

「ところで王妃陛下。そろそろ挙式をしたら？」

「は？　挙式ですか？」

「そ。せっかく王妃になったんだから祝うべきでしょう」

後宮を閉鎖し終えてようやく落ち着いた頃、琰がそんなことを言い出した。

宮廷に住む私の身の回りの世話係は琰や琬を始めとして、そのほとんどが後宮にいた者ばかり。誰もが志願して私のもとに残ってくれた。当然ながら後宮での贅沢《ぜいたく》が忘れられない輩《やから》は弾いているので、皆勤勉に動いてくれる。

今の私は大王の妃として臣下に侮《あなど》られないようにそれなりに豪奢《ごうしゃ》な衣服を身にまとっているけれど、そう何着もあるわけじゃない。豪遊もしないし酒も嗜《たしな》む程度。歴代の王妃と比べたら質素な生活を送っている。

なもので、後宮の華やかさを忘れられない気持ちは私も分かる。勿論そんな盛大に催すお金なんて無いのだけれど、せめて式だけでも執り行えたら業務のやる気が出る、とかなんとか力説された。

「大丈夫。別に外の連中に知らしめる行事じゃなくて単純に二人が添い遂げるのを祝うだけだもの。ささやかに、けれど好き放題やっちゃえばいいじゃない」

「……成程」

「みんなでおめでとう、って言える場があればいいと思うんです。どうでしょうか？」

「……それは、素敵ですね」

琰と琬の説得もあってすっかりその気になった私は癸に打ち明けてみる。

「――といったわけで、お祝いしませんか？」

「慣例に従わずに慎ましく、か。中々いい案だな」

「でしょう？　せっかく言ってくれましたし、執り行いましょう」

「分かった。他のみんなとも相談してみる」

こうして癸の了解も得たので、私と癸の披露宴が催されることになった。

とはいえ、新たに準備するのは二人の正装だけね。飾り付けは倉庫で埃《ほこり》をかぶっていた過去の遺物を使い回す方向に決まり、もうボロボロで役に立たないものは修繕したり交換したりしてなんとか仕立てた。「もしよろしければこちらを」と何人も寄付してくれて純粋に嬉しかったものよ。

段取りは私を祝いたい宮廷内の者達が率先してやってくれた。皆口々に「このところ後ろ向きなことばかりでしたから」「せっかくですので幸せな両陛下を見たいんです」と言ってくれる。嬉しくて涙がこぼれたのは内緒にしておく。

地方の諸侯などは当然ながら、臣下達も招待はしない。完全に参加したい人だけ参加する宴になった。おかげで会場はそれほど広くは要らず、食事もそこまで豪華なものにせずに済んだ。

「あの」

「はい、なんでしょうか?」

「これ、ちょっと私には勿体なくありませんか?」

「駄目です。大王様がこればかりは妥協出来ないと仰《おっしゃ》りまして、私財を切り崩して費用を捻出《ねんしゅつ》しています」

そんな私は主賓だからとお手伝いを禁止され、琰や琬ら世話係にされるがままになっている。特に花嫁衣装は歴代の王妃に見劣りしない見事な出来栄えに仕上げられ、これを私が身にまとうのかと思うと嬉しさがこみ上げてきた。

第一印象は純白。

それはまるで私の妖狐としての正体、癸と初めて出会った時の姿を彷彿《ほうふつ》とさせた。

そこまで私は癸に強烈な印象を与えていたのか……と思ったのは自惚《うぬぼ》れかしら？

そして迎えた当日、私は純白の衣装に身を包み、目尻と唇に紅を入れる。琬達が感嘆の声を上げるほどの出来栄えで、私も鏡の向こうにいた自分に満足する。自分の美しさにじゃなく、この自分を癸に見てもらえると思うと心がはしゃいだ。

「……綺麗だ」

いざ会場へと向かおうとして、部屋の出口付近で私を迎えに来た癸にばったり遭遇した。

彼も純白の花婿衣装に身を包んでいて、いつにもまして凛々《りり》しくて、頼もしくて、格好良く見えた。しばし見惚《みと》れた後で我に返って彼を観察すると、癸もまた私に目が釘付けになったようね。

で、呟いた台詞《せりふ》がコレだった。

「あ、りがとうございます……」

普段の、もしくは以前の私だったら軽口で茶化してたところだけれど、今のポンコツになった私は恥ずかしさと喜びのあまり礼を述べるのが精一杯だった。その時の様子は琬曰《いわ》く、「初々《ういうい》しかった」そうな。

「あの、もしかしてわざわざ迎えに来てくださったんですか？」

「当然だ。俺は少しでも早く我が愛する嫁をこの目で見たかったのだから」

「お、お嫁さん⁉　いえ、確かにそうですけれど……」

「想像以上だった。これは挙式をするよう進言してくれた琰や琬に感謝しなければな」

「あら、感謝は早いかと存じ上げますが。まだまだこれからでしょう」

「……ああ、そうだったな」

癸は私に手を差し伸べ、私はその手を取る。

二人はそのまま会場入りした。

式は堅苦しい挨拶とか儀式とかは全部省《はぶ》いた。単に癸と私がこれから末永くお互いを愛することを天に誓う。これで私も寿退社かーとか考えてたら「それはさすがに許さん」と頭の中で我が主に告げられた。そんな殺生な。

なお、癸がいかに私を愛していてこれからどういった家庭を築きたいかを語っている最中の私の様子は、琰曰《いわ》く、「気持ち悪いぐらいにまにましてた」らしい。私ったたらどれだけ幸せを噛み締めてたんだって話だ。

「ではこれぐらいにして、今日はみんなで楽しく騒いでくれ！」

癸の許しを得て式は終了、会場は宴会へと様変わりした。皆各々《おのおの》好き勝手に語り合い、飲み食いして、少し落ち着いてきたら芸を披露する。そうして日々の忙しさを発散させるように楽しく騒いだ。

「まさかあの大王様が女にうつつを抜かすなんて思いもしませんでしたよ。兄君達が亡くなり、王太子の座に据えられて、その使命感に押し潰されそうでしたからね」

「そうそう。悪い見本がいたから女は要らん、とか言いながらこれですよ。全く、これで王妃陛下があの女狐みたいに悪女だったらどうしてたんだって話ですって」

酔いが回って皆遠慮が無くなってきた。絡んできた龍逢と終古は思いの丈をぶっちゃける。妲己にうつつを抜かす前大王を軽蔑してたのに私にぞっこんになった辺り、血は争えないんだなー、と言った終古は癸に頭をはたかれていた。

「本当に綺麗でした。おめでとうございます」

「いいなー。わたしもこんな風に結婚を祝われたかったなー」

琬と琰も酔って遠慮が無くなってきたわね。琬はいつもとあまり変わらないけど、琰は少し愚痴《ぐち》っぽくなった。私も私で酔いを術で覚ます無粋《ぶすい》な真似はしなかったから、容赦なく色々と語り合う。

宴もたけなわなところで宴はお開きになった。

私と癸は二次会へのお誘いを断って居住区に戻ることにした。ふらふらする私の身体を癸が支えながら寝室へと向かう。

「ありがとうございます。ちょっと足元がおぼつかなくなってまして……」

「いつにも増して飲んでいたな。妹にしては珍しかったな」

「つい楽しくて飲みすぎちゃいました。これが酔うって感覚ですか……楽しいですね」

「そこを通り過ぎると地獄を見るからほどほどにな」

身体が重いのに浮遊感があって、かつ眠気もある。だから人は酒を飲むのかーと妙に納得した。

……あれ、私の寝室を横切った？　それで癸の寝室に私を連れ込んだ？　女官達によって私は花嫁衣装を脱がされて寝間着に着替えさせられた。癸もまた寝間着に着替えて、私の肩を抱いて自分の寝室へと誘う。寝具が一つしか無いその部屋に。

「あの、これは一体……？」

「苦労したんだぞ。皆が遠慮なく酒を飲んでる中でほろ酔いに抑えるのは」

「なんか、ちょっと怖いんですけれど？」

「とても綺麗だった。神秘的で、美麗で、そんな妹が俺のものになるかと思ったら、こう、こみ上げてくるものがあってな」

私は寝具の上で癸に押し倒された。そして酔いが回って自由に動けないのをいいことに、せっかく着替えさせてくれた寝間着を脱がされていく。癸もまた自分で寝間着を脱いでから私を愛おしそうに抱きしめる。肌と肌が触れ合って、彼の温かさを直《じか》に感じる。

「無性に俺一色に染めたくなった」

「発言が卑猥《ひわい》ですね」

「嫌か？」

「……いえ、不思議と嫌では。むしろ口上はいいから早くしろって急《せ》かしちゃいます」

「ははっ。さすがだ」

癸は少し身体を離して私を見つめる。私も癸を見つめ返す。

もう互いに相手しか見えない。

そして相手を欲しいとしか思えない。

「愛している、妹」

「愛していますよ、癸」

こうして私達は契りを結んだ。

ただ、残念ながら今の段階で褥《しとね》を共にしようがなんの成果もない。何故なら私はあくまで変化の術で人間に成りすましているだけでその本質は従属神。求め合っても魂は結びつかず、子宝にも恵まれやしない。

ただ、これで条件は整った。

私は今までの自分を捨てる覚悟を固めた。

けれどまだだ。まだ人になる機じゃない。

その時が来たら、私は……

□□□

商国決起する、との報告が届いたのは前大王の処罰が終わってそう日を置かない時期だった。

間者からの報告によれば湯王子が商国に帰還してすぐに王位継承が行われたらしい。あの前大王や妲己を相手にして五体満足で、しかも囚われの身になっていた王女を奪還しての帰国に商国は大いに沸き、商国王も即日譲位する意向を示したんだそうだ。その上で湯より語られた夏国の状況からもはや夏国の立て直しは不可能と判断され、ついに立ち上がったんだとかなんとか。

ちなみにその夜、湯は褒姒に愛の告白をした。回りくどかったりキザったらしかったり言葉は並べず、素直に自分の想いを伝えたそうな。「結婚しよう。ずっと一緒にいてよ」を始めとして、なんとか了承を得ようと頑張る湯について緩んだ顔かつ乙女脳全開で披露する褒姒の話を聞く私の身にもなってほしいわよ。

新たに商王になった湯はまず近隣諸国をその勢力下に組み入れた。商国の評判は他の国にも充分に伝わっていて、夏国に不満を抱いていた国々からは特に反感を買っていない、と聞いている。また、なおも前大王や妲己の影響を色濃く残した隣国は強襲され、瞬《またた》く間に攻め滅ぼされてしまった。

それを聞いた癸は「そうか」と淡白な返事をした。

「あまり驚かないんですね」

「あの国は父と同じように圧政を敷いていた。同情の余地など無い」

癸の言う通り隣国の葛《かつ》国は前大王同様に民衆を苦しめていた。前大王が民を王都に連れていく政策にも反対せずにどうぞどうぞと差し出す始末。それでいて商国を始めとする近隣からの救援物資を着服していたのだから、同情の余地は無い。

湯が葛国を滅ぼしても葛国の人民は侵略者を決して恨まず、進んで商国に帰順したそうな。しかも近隣の諸侯も非難するどころか葛王は死んで当然だったとか報いを受けたとか口々に言うほど。この占領は正当なものだったと評価され、湯の名声が更に高まる結果につながった。

「むしろこれぐらいで驚いていては身がもたないだろう」

「妲己《こ》に媚びへつらってたばかりの国は同じような末路を迎えそうですねぇ」

「さて、問題はこのまま指を咥えて待つか、少しでも抵抗する素振りを見せるか、だが……」

「え、と。商国からはまだ朝貢はあるんですよね？　ではまだ正式に夏国に逆らったわけではありませんから、討伐しないように指示してはいかがですか？」

「俺もそれがいいと考えていたところだ。そうしよう」

もともと商国は得専征伐とかいう夏国に代わって華の地を乱す輩《やから》を討伐する権限が与えられていた。葛国を滅ぼしたのもその範囲内だと主張されたら強く出られない。商国が夏国傘下から離脱すると公式の場で宣言したことはとうの昔に報告があがっているけれど、正式な書面で夏国に突きつけてきたわけじゃない。義理を通さない決起は賊となんら変わりないもの。だから一応商国は現時点でも夏国の一部って扱いではある。

「にしてもどうして商国はそんなに慎重なんでしょうかね？　既に多くの諸侯は夏国から心が離れていますから、正式に表明すればよろしいのに」

「まだ夏国の影響力が侮《あなど》れないからだろうな。商は先王時代、朝貢をせずにこちらの出方を窺う真似をしてきたが、派遣された討伐軍に恐れおののき、すぐさま商王自ら王都まで来て土下座したらしい」

「ぷっ、それは情けないですねぇ」

「ちなみにその時の討伐軍の主力戦力だった部族からは『もう夏国に従うのはうんざりだ』と前もって言われている」

そんなわけで癸は商国に新たな戦を起こさないよう命じると共に、商国には手出しするなとの命を諸国に下したのだけれど、そんなの知るか商国は生意気だと息巻く諸侯王の一人が勝手に挙兵して商国を攻めた。そして、その増長が己の国に破滅をもたらした。程なく逆侵攻により都は火に包まれたそうだ。

もはや商国の勢いは火を見るより明らか。夏の王都にすら諦めの雰囲気が漂っている以上、地方がどう思っているかなんて調べるまでもない。民衆にとっては政《まつりごと》が安定してこそだから、一度信頼を失った頭が挿《す》げ替えられようが構いやしないでしょう。

「昆吾《こんご》が滅亡したと報告があった。土地と人民は商国に属したそうだ」

「あらら。もっと賛同者が現れるとでも甘く見積もっていたんでしょうかね」

「何にせよ、夏国に刃を向けた事実に変わりはない。これで討伐号令を出す大義名分が出来たわけだけが……その前にやらなければならないことがある」

「ほう？　それはなんでしょうか？」

もう何度目になるか把握出来ない商国勝利の報告を受けた翌日、謁見の間に現れたのは癸の側近である終古と龍逢だった。二人共この人手不足の中で難局をどうにか切り抜けようと、それこそ寝る間も惜しんで一生懸命働いてくれている。おかげで久しぶりに顔を合わせた二人の目の下にはくまが浮かび、頬が少しこけていた。

「お呼びでしょうか、大王様」

「呼んだのは他でもない。二人共今日をもって解雇する」

「「は？」」

　さすがの二人でも耳を疑ったようで、聞き返してきた。他の臣下がいたならその態度は注意されたでしょうけれど、あいにく謁見の間には私達四人を除けば僅かな衛兵しかいないし、癸だって気分を害したりはしない。

「知っての通り夏国は既に修復不可能なほどに民や地方諸侯から支持されていない。俺が即位して多少は改善されたのだが、これ以上四苦八苦しようと事態は上向かないだろう」

「……恐れながら申し上げれば、王妃陛下の存在も悪評に一役買っているようで」

　知ってる。その上で私は癸の側に居続けているもの。

　癸は即位後、王都の皆にも自分の存在を知らしめようと一般参賀を行った。事前に税を軽くしたり蔵から食料を分け与えたりと救済策を取ったから概《おおむ》ね好評だったもののの、民が私に向ける視線はどれも恨み、そしてそれにも勝る恐れに彩《いろど》られていた。

皆、不安なんでしょう。私がいつ癸を誑《たぶら》かして、骨抜きにして、思うがままに操って、民を苦しめるかって。また民衆を奴隷としてこき使い、逆らう者は容赦なく処刑して、臣下を傀儡《くぐつ》とするかもしれない、ってね。現に前大王や妲己の支持者共を処刑した結果、「私が現大王にそうさせた」だなんて噂が広まったぐらいだもの。今は大人しくてもいずれは新たなる傾国の女狐としての本性を現すのでは、との危惧は当然よね。

「だから、二人共これ以上沈みゆく船に乗せたままにするわけにはいかない。二人共優秀だからすぐにどこかで雇用されるだろうし、今のうちに手放したい」

「大王様、今更水臭いですよ。夜逃げでもして何もかも放り捨てない限りは店じまいするのだって大変なのに、一人に背負い込ませるなんて出来ませんね」

「その発言は想定内だ。だが、もう一つ理由がある」

「……伺いましょう」

癸が王太子になる前から付き従ってきた側近が彼を見限って離れる、または処罰されることで夏国大王は求心力を失っていると見なされるだろうと踏んでいる。それを好機と商国に捉えてもらい、勢いを加速させたいそうだ。

終古と龍逢は癸の許しを得て内緒話を始め、やがて二人は深々と頭《こうべ》を垂れた。

「ご命令とあらばやむを得ません。大王様、これまでお世話になりました」

「分かってくれたか。内密にだが餞別《せんべつ》を渡せるよう図っておこう」

「いえ、大王様のご希望は分かりましたので叶えましょう。しかし、大人しく解雇されるわけにはいきませんね」

「……は？　待て、それはどういう意味だ？」

　終古と龍逢は二人して面《おもて》を上げ、悪い笑顔を見せてくれた。

　それは終古と龍逢が癸と一緒に王都の市街を回っている時に気兼ねなく見せていた、裏表のないものと同じだった。

「そうですね。まず私は大王様や王妃陛下の我儘《わがまま》を諫《いさ》めたために逆鱗《げきりん》に触れて処刑された、という体《てい》で別人になりすましますか。こうすれば大王様もまた忠臣を処刑する暴君であったと見なされるでしょう」

「僕のことは卜占《ぼくせん》の凶兆の結果を提出したけれど全く信じてくれなかったから失望した、ってことにして、弟を僕になりすまさせて商国に亡命させせますよ。これで大王様は天からも見放されたって民から見なされるんじゃないですか？」

　その申し出は事実上、妲己成敗の際に後宮で癸が口にした「地獄の果てまで付き合ってもらう」を叶えるものだった。それぐらいの覚悟を持って共に謀反《むほん》を起こすぞ、という意気込みだったのかもしれないけれど、側近両名にとっては改めて忠誠を誓った形になったのか。

「お前達……それでいいのか？」

「構いません。共に華の地を良くしようと言い合った仲ではありませんか」

癸はしばらく天を仰いで考え込む。きっと彼の脳裏によぎったのはこれまで二人の友と送った時間でしょうね。私はその一端しか知らないけれど、そこからだけでも三人の仲がとても親密なのは感じ取れた。

癸は朋友を案じて突き放そうとしたけれど、二人共彼から離れなかった。大王として命じれば強制的にでもそう出来たけれど、癸の様子からしてそうまではしたくなかったらしい。結局彼は深くため息を漏らし、こめかみの辺りを強く押さえた。

「そうか……そうか。もういい、好きにするがいい」

「ありがたき幸せ」

「誠心誠意、最後まで務めを果たしますよ」

三人の言葉がこの関係の全てを物語っていた。

そうして表向きは賢臣の龍逢は処刑されて、太史令の終古は商国に亡命したことになった。湯は終古ほどの人物が夏国を離れたことに喜び、待ち望んだ時機が来たと判断したのか、夏国を滅ぼすべく挙兵の準備を更に早めた。

そして、商国の湯王はついに夏国がこれまで犯してきた度重なる罪を皆の前で読み上げ、正式に挙兵し、夏国へと進軍を開始したのだった。

□□□

さて、商国が挙兵したのはいいのだけれど、夏国に攻めてくるまでの間どうしようか？　という話になった。癸が危惧した通りこの期《ご》に及んでもなお夏国の影響下にある諸国は少なくない。商国はまず夏国の影響を削《そ》ぐためにそうした国々を攻め滅ぼして回っていた。それに各々《おのおの》の諸侯は自分達で対処しなければならず、抵抗するすべも無く無血開城したり、慌てて頭《こうべ》を垂れたり、後手に回っていると聞く。

問題は夏国本体がどう動くべきか、に尽きた。

「王都に迫ってくるまで放置しておくか？」

「いえ。一度は軍を差し向けて大敗するべきでしょうね。その情けなさから静観を決め込んでいた諸侯も商国になびくかと」

「父に便乗して民を虐《しいた》げていた諸侯王共が湯に成敗された方がいいのだがな。だがそのような上辺の対応で動員される兵士達の血が流れるのは可能な限り避けたい」

「劣勢になったら降参すればよろしいかと。無駄に抵抗すれば犠牲が増すだけですし」

「成程、そうしよう」

こんな感じに商国への対応をどうするかは癸と私とで勝手に決めた。宮廷内でも意見が二分されていたから、癸の一声で夏国の方針は定まった。

そうして組織された討伐軍は数だけ見ると進軍してくる商国連合軍に勝っていた。それだけ妲己の影響が色濃く残っているのか、と思ったのだけれど、どうも単に変革を嫌う者や賃金を稼ぐために働いているだけの者も少なからずいるらしい。奴隷や農民を動員して頭数を揃えたものだから、烏合《うごう》の衆《しゅう》と呼ぶのも贅沢《ぜいたく》な状況だった。後は軍を指揮する司令官の腕次第なんだけれど、あいにくその辺りは私はとんと疎《うと》くて。癸も武官の推薦にもとづいて派遣する将軍を指名したから似たような感じらしい。

夏国が無惨に負ける工作をするのは簡単だけれど、これから華の地を統《す》べる王者にそんなお膳立ては不要ね。むしろ多少の障害は跳ね除けてもらわなきゃ困る。ましてやあっちには褒姒が付いているんだから、情けをくれてやる必要はこれっぽっちもないわ。

「あと一つ。大王様御自ら出陣なされば効果は絶大です」

「命が惜しくなり逃げる大王を目の当《まあ》たりにしたら、風見鶏な諸侯王もいよいよ夏国を見限る、か」

「ええ。後ろでふんぞり返っているだけのお偉いさんは否応なく軍の足を引っ張るだけですから、そうなさるのがよろしいかと」

「成程。早速実行に移すとしよう」

そんなわけで討伐軍は癸自らが総大将になって出陣した。ついでに私も付いていくことで更に自軍の邪魔になる二段構え。これから反逆者を成敗しに行く、じゃあなくてもはや新婚旅行気分と洒落《しゃれ》込んでいた。

そして夏商両軍は対峙する。

さすがの癸も鎧兜に身を包んで武装。私は動きやすいように髪を後ろでまとめ上げるだけで妃の衣のままという場違いさ。それで二人して軍の本陣で戦いの行く末を見守るだけの楽な仕事に取り掛かった。

いざ開戦。互いの軍勢が激しくぶつかり合う。

兵士達の咆哮《ほうこう》が遠い本陣にまで轟《とどろ》いてくる。距離があって蟻《あり》の群れに見えてくる兵士達が剣や槍を振るい、一斉に弓矢が飛び交う様子に、この場が命と命がぶつかり合う戦場であることをまざまざと思い知らされた。軍略なんてちんぷんかんぷんな私に、癸がどんな陣形で攻めた部隊をどんな陣形で迎え撃ったか、今部隊が動いたのはこんな意図だろう、と細かく教えてくれた。多分明日には忘れるような無駄な知識ばかりだったけれど、一つだけ明白な点があった。

「あの、私の気のせいかもしれませんが」

「奇遇だな。多分俺も同じことを考えている」

「こちらの軍勢の士気が妙に高くないですか？」

「随分とこちらが商軍を押しているな」

私はてっきり大義に燃える商軍が勢いそのままに夏軍を蹴散らすかと思ってたのに、蓋を開けてみたら商軍が押されているように見える。

「湯王ったら、何をもたもたしているんですか」

思った通りの展開にならなくて私は若干苛立った。

ここで商国に快勝してもらわないと私達の計画は破綻してしまう。この戦でもし夏国が討伐に成功して反逆の首謀者である商国王を捕らえれば、商国は求心力を失って反乱は失敗に終わる。それは夏国の継続を意味するため、華の地に変革は訪れやしない。

「失望しましたよ褒姒。期待に応えないのでしたら……」

別に私が癸と一緒に夏国を立て直してもいいんでしょう？

■■■

戦いが始まる前、商国側は湯が士気を鼓舞するために商軍と援軍の諸侯、そして対峙する夏の軍勢に向けて夏討伐の誓詞を読み上げた。後に湯誓と歴史に記されるものだったが、味方の士気向上には成功したものの、夏軍には効果が無かった。

そしていざ開戦すると、なんと夏軍は商軍を押しているではないか。

届けられる報告からして、商軍も援軍の諸侯軍も決して夏国に見劣りしない練度がある。この日のために血のにじむ鍛錬を繰り返してきた。連携を重視し、数々の死地をくぐり抜け、自分達は世界を変えられるとの自信を得た、と聞く。

懸案材料があるとしたら、大義は自分達にあると些《いささ》か増長している傾向が見られるところか。散々自分達を虐《しいた》げてきた夏国の兵士の士気は低いと思い込む将軍もいるとかで、数では劣勢でも勝負は商側に傾く、と楽観視しているとの報告を耳にした。

無論、癸が頭を抱えたのは言うまでもない。

「それを差し引いてもこの商軍の弱さは異常だ。湯は入念に準備を進めていたはずだが、一体何をやっているんだ？」

華の地に再び安寧を、との意欲に燃える商軍は劣勢だった。最大の要因は夏軍の兵士達が死地に臨《のぞ》む覚悟で斬られようが突かれようがなおも戦闘を続行して襲いかかってくるためだった。仲間の死体を踏み越えて、徐々に夏軍が敵を押し込んでいく。これには軍を率いていた当の癸本人が驚くほかなかった。

「ははははっ！　商国恐るるに足らず！　やはり我ら夏国こそが盟主に相応《ふさわ》しい！」

「これほどまでの士気は我々の想像以上です。これも大王様、そして王妃様のご威光によるものでしょう」

「いや各々《おのおの》一旦冷静になれ。あの勢いを維持し続けるのは難しいだろう。商国めが体力切れの隙を突いて反転攻勢を仕掛けてくる前に次の手を打たねば」

「怖《お》じ気付いたか貴公！　天に唾する不届き者共などこのまま蹂躙《じゅうりん》すればいいのだ！」

丘の上に構えた本陣の中で、武官や将軍達が興奮を隠し切れない様子で己の意見を口にする。理由の分析を最初から捨てた者や怪しむ者など多少の違いは見られたものの、予想以上の快進撃である事実は誰もが認めていた。

そんな中、癸は末喜の顔を覗き込む。静かに戦場に眼差しを送る最愛の妃は癸の視線に気付き、瞳だけを夫たる大王へと向けた。末喜の取り繕わない凍てつくような冷たい表情に癸は軽く背筋を震わせる。一番衝撃的だったのは、今の末喜から母の妲己を連想してしまったことだった。

「我が軍の異常な快進撃は妹の仕業か？」

「ええ。なんの苦労もなく勝つばかりでは華の地を治める頃には民に横暴を働くまでに堕ちるかもしれませんので。試練のようなものです」

「理由は分かった。しかしどうやって？　明らかに訓練や身体作りどころか明日の食事にも困っていた兵士ばかりの軍の強さではないな」

「やっていることは妲己と一緒ですよ。ちょいと理性を取っ払っただけです」

妲己の誘惑は大王ばかりでなく宮廷、ひいては王都の隅々まではびこった。文官はおろか武官も篭絡《ろうらく》されて妲己の信望者と化した。更には王都市民や周辺農村部の農民、つまり夏軍を司《つかさど》る兵士の大半が強弱の程度はあれ妲己の虜《とりこ》になってしまったのだ。妲己が処刑されて高級武官は粛清《しゅくせい》されたものの、末端の兵士達までは罰せられなかった。それでも妲己の残り香に惑わされることこそあれ、その影響は徐々に消えていく……はずだった。末喜が妲己を彷彿《ほうふつ》とさせる姿と雰囲気をまとわせて王妃とならなければ。末喜が妲己という心の支えを失った愚者達の受け皿となるのにそう時間は要らなかった。

故に、末喜自ら戦場に姿を見せている夏軍はいわば半数以上の兵士が末喜の傀儡《くぐつ》も同然。湯の掲《かか》げる大義名分程度で怯《ひる》む道理もなく、全ては末喜のためにただ目の前の敵を斬り捨てていく。それこそ自分の怪我や仲間の犠牲などお構いなしに。その異様さが敵味方問わず狂気に支配されたと映るのは当たり前だった。

湯が、商国が万全の準備を整えて挑んでもこの有様なのだ。もし勇み足で妲己が健在なうちに反乱を起こしていたら、女狐に心酔して死を恐れずに襲いかかる狂戦士の軍勢を相手にしなければならなかっただろう。つくづく母は規格外だったな、と癸は苦笑するのが精一杯だった。

「失望しましたよ褒姒。期待に応えないのでしたら……」

しかし、そんな夏国優勢の状況は末喜にとって不快だったようで、端整な顔が徐々に苛立ちで歪《ゆが》んでいく。やがて夏国の将軍達が歓喜に沸き出した辺りで突然彼女は立ち上がり、徐《おもむ》ろに手を前方へとかざした。一体何を、と癸は問いただそうとしたが、あまりの迫力に気圧されて言葉を引っ込める。代わりに彼女の動作を観察し、どうやら彼女の視界からはかざした手が戦場全体を包んでいるのだろう、と解釈した。

「誘惑」

末喜はかざした手を握りしめる。そして文字通りに眼下の戦場を掌握《しょうあく》した。戦場を覆っていた空気を一変させたのだ。

具体的には、兵士達は極上の女に抱き締められた感覚に陥った。甘い匂いが鼻をくすぐり、耳元で猫撫で声で囁《ささや》かれ、柔らかな身体が絡みつくようで、理性が瞬《また》く間に溶けていく。末喜の傍らにいる癸すらそんな甘美な体験をしたほどだから、術の対象とした死闘を繰り広げる兵士達は幻惑の虜《とりこ》になってしまうだろう。

影響はすぐさま眼下に及んだ。なんと夏軍と果敢に戦っていた商軍の兵士達が反転して自軍へと攻め込むではないか。その造反は広がりを見せ、同士討ちによる大混乱が巻き起こる。その間も夏国の攻勢は衰えず、末喜の援護により更に理性を失って暴走状態に陥ったのか、破竹の勢いで商軍を食い破っていく。

「妲己ほどではありませんが私にもこの程度なら造作も無いこと。いっそこれを機に反乱分子を根絶やしにして、私共で安寧をもたらすのも有りでしょう」

「あいにく、そう思い通りにはいかないようだな」

もはや商国軍は風前の灯火か、と思われた次の瞬間だった。果敢にも馬を駆って戦地へと飛び込んでいく者がいた。商国にとって重要人物なのか、諸侯王や将軍だろう立派な装備を身につける者達が慌てながら彼の後を追っている。その中の一人に女性らしき小柄で華奢《きゃしゃ》な体躯の者も見られた。末喜の目には彼女、褒姒が歓喜に打ち震えているのが分かった。

「ええそうそう。それでこそ湯、あたしの見初《みそ》めた次の天子よ！」

飛び出した者、湯は自軍の部隊をくぐり抜けて戦線に到着、末喜の誘惑で正気を失った兵士達を横切って夏軍兵士に斬りかかる。末喜に近づくに連れて甘い誘いに頭がぐらついたようだったが、直後に顔を振って正気を取り戻す。

「聞け勇敢なる商国の兵士達よ！　傾国の女狐が再来したところで何を惑わされるか⁉　あのような存在こそが民を虐《しいた》げて華の地を混乱させた元凶だ！　今こそ諸悪の根源を打倒し、平和を取り戻すのだ！」

　そして湯は両軍の隅々まで届かんばかりに声を張り上げた。勿論丘の上に陣取った夏国本陣まで聞こえるわけもないため、末喜は癸にだけ湯が何を叫んだかを伝える。

癸は目を見開いた後、「あいつめ」と楽しそうに独りごちて席に座り直した。

　するとどうだろうか、商軍の兵士達は自分達の理想を思い出したのか、末喜の術を跳ね除けて再び闘志を燃やしたではないか。それだけではなく、夏軍の兵士達は湯の堂々たる風格に気圧され、妲己により麻痺《まひ》させられていた恐怖心や罪悪感を取り戻し、戦意を失っていく。そしてそれを境に戦局は徐々に商軍が盛り返していき、両軍は丸一日戦い続けた。その結果、夏軍は次第に追い詰められていき、兵士達が指揮官の命令に背いて敗走を始めたり商軍に投降したりし始めた。もはや夏軍の統制は失われていた。

「何故だ！　序盤は我らが優勢だったはずだ！」

「ええい兵士共は何をしているのだ、情けない！」

「まだだ、全軍に突撃命令を出せば盛り返せる！」

大混乱に陥る夏国本陣の様子はまさに喜劇。楽しさ半分呆れ半分で眺める癸を尻目に末喜は鼻歌を歌いながら帰り支度をする始末だった。癸も彼女に同調して撤収準備に入る。この戦一回きりで夏国と商国の雌雄を決するわけにはいかない。癸にはまだやることがあるため、ここで首を差し出したり自暴自棄な捨て身をしたりするわけにはいかないのだ。

「俺は一旦退く。お前達も全軍に退却命令を出し、速やかにこの戦場を離脱しろ」

「承服いたしかねます！　商国ごときに背を見せるなど恥さらしもいいところです！」

「どうかしばしお待ちくださいませ、必ずやあの商王めの首を届けてまいります！」

「もう一度だけ言う。全軍撤退だ。王たる俺の命令に逆らい、これ以上民に無駄な犠牲を強《し》いるつもりか？」

「っ……！　承知いたしました」

大王と王妃は戦場から逃げるように去っていった。夏国軍は大王の方針に従う将軍と戦闘続行を唱える将軍で意見が分かれたものの、勇ましく突撃した将軍達は瞬《また》く間に討ち取られていった。商王を迎え撃った夏国総大将もまた敗れ、とうとう戦線は完全に崩壊。もはや命あっての物種とばかりに兵士達は無様に敗走を始める。

この大勝負は商軍の勝利で終わったのだった。

「勝鬨《かちどき》を上げよ！」

遥か彼方になった戦場の方から勝鬨《かちどき》が耳に入り、癸は湯の勝利宣言を聞いた気がした。

□□□

「いやあ、負けちゃいましたねえ」

「きちんと負けたから良かったものの……」

「だってあまりにもだらしないんですもの。活を入れたくもなりますって」

それなりの規模の敗残兵と共に敗走した私達はまだ夏国に与《くみ》している諸侯に保護を求めた。彼らが私達を裏切って身柄を商国に差し出す場合も想定していたけれど、そんな心配は杞憂《きゆう》とばかりに彼らは諸手を挙げて私達を歓迎した。彼らが言うには天に選ばれし夏国に刃向かうのは天に唾するのと同じ、ですって。

「私めは今は亡き先代様と妃殿下に忠誠を誓っております。命を賭《と》してあの逆賊めを討ち果たしてみせましょうぞ」

なおこの諸侯、前大王と妲己のご機嫌取りに終始し、酒池肉林の席では思う存分酒と肉と女を堪能しようとした奸臣だったりする。さすがに各々《おのおの》の領土に戻っていた諸侯は罰せられなかったので放置しているけれど、それにしたって妲己の影響を排除する姿勢の癸に過去を反省する素振りすら見せないのはどうよと思う。

呆れ果てたのは癸も一緒で、私に「このような者の世話になる必要など無いな。すぐに出よう」と目で語りかけてきた。私は「強行軍で兵士達も疲れています。今日ばかりは世話になって明日朝一に出発しましょう」と促しておく。つまらない誇りなんて犬に食わせてしまえばいいもの。

その日の夜は久しぶりに思う存分飲み食いして湯を浴びてぐっすりと寝た。さすがの癸も泥のように眠り、いびきが煩《うるさ》くてつい自分の耳を手で塞いだのは内緒。次の日の朝までには万全とは言えずともそれなりに英気は養えた。

「では、予定通りにこの国には商国の矢面《やおもて》に立ってもらうとしよう」

「ええ。夏国大王を擁護する、って大義が欲しいんでしょうし、あの者に相応《ふさわ》しい主を与えてやればよろしいでしょう」

「他の諸侯のように代替わりして心を入れ替えていたら、こんな真似などせずに済んだのにな」

「外圧でしか変われないほど強固な体制もありますよ。必要経費と割り切りましょう」

私は癸や敗残兵に見立てた泥人形をこしらえた。簡単な受け答えだったらこなせる優れもの。この泥人形に身代わりになってもらい、私や癸達は密かに愚かなる諸侯の庇護下から逃れることに成功する。

商国がその地域に攻め入り、諸侯軍を打ち破って諸侯を処刑したとの報告が入ったのは次の諸侯に保護を求めた辺りの時期だった。

こんな感じに時勢を読めない諸侯を渡り歩くこと三度。その度《たび》に諸侯王と問答をした上で「コイツはもう駄目だ」と見限って脱出し、程なく商国が攻め入って滅ぼされる、を繰り返した。その頃には進軍する商国も犠牲より加勢の方が多くなり、勢いは増すばかりだった。

私達が王都まで落ち延びた頃には、もう夏国は商国単体とすら正面からぶつかれないほど弱体化していた。

「疲れた。予想以上に疲れた」

「お疲れ様でした」

癸は玉座でぐったりと脱力する。私も彼を労《ねぎら》いはしたけれどさすがに疲れがたまっていて、思いっきり猫背になってもたれかかった。迎えてくれた臣下達は取り繕ってはいたものの、迫り来る滅亡への悲愴感を漂わせていて、否応なしに夏国の終わりが近づいていることを感じ取れた。

王都の民達も皆同様だった。癸の政策で若干生活環境が改善されたものの地方の離反で物流が滞《とどこお》りがちになったためか、人々の間に不安が渦巻いている。敗退してきた大王を目の当《ま》《あ》たりにして絶望して膝から崩れる者や、今まで自分達を苦しめた罰だとばかりに石を投げてくる輩《やから》もいたぐらいだった。

「それで、商国はいつ頃王都に攻め込んでくる見込みなんですか？」

「一ヶ月もしないうちと予測している。だが、それぐらい時間があるならいくらでもやりたいことは出来る」

「後は無血開城して天子の座を明け渡すだけでしょうよ」

癸の言い回しに妙な胸騒ぎを感じた私は思わず問い質《ただ》していた。癸は私に視線を向けずに真剣な面持ちで前方を眺め続ける。

癸が手を僅かに上げると、それを合図として武装した近衛兵が参上してきた。

「前も言っただろう。俺は数多《あまた》の民を苦しめて悲しませた夏国王族の末裔だ。その責任は果たさなければいけない」

「裏取引を当てにしているなら、甘いと言わざるを得ません。商王本人の意向はともかく他の者達が許さないでしょう。替え玉を用意して自決を装《よそお》い、名も立場も捨てて逃げ落ちるのがよろしいかと」

「湯の目はごまかせない。素直に降伏して命乞いをするのが最善だ。もし湯が俺との約束を違《たが》えるつもりなら……それに妹を付き合わせるつもりは無い」

「癸！　そんな身勝手な真似が許されると……！」

思わず立ち上がって大声を張り上げた私に近衛兵の集団が近づいてきて、退場を促してきた。拒絶すると近衛兵は癸に無言でお伺いを立て、癸が頷くと彼らは私の腕と肩を掴んで強制的に連れていこうとする。

「もう終古と龍逢には王都から離れて身を隠すように伝えてある。琬や琰も乱暴な目に遭わないようあいつ等と同行させた。最後まで残った文官達は有能だから、大人しく降伏すれば湯も無下には扱わないだろ」

「だからって私まで癸から離れろと仰《おっしゃ》るんですか⁉」

「当然だ。母のような傾国の女狐は憂《うれ》いを断つためにこの世から排除する。新たな天子ならそう考えるのが普通だ。妹が酷い目に遭うのは俺が耐えられない」

「何を言ってるんですか……！　私達は夫婦ではないですか！　ならば地獄が待ち受けようとも一蓮托生でしょうよ！」

「……すまない」

癸は悲痛な面持ちで私に頭を下げてきた。

あまりに身勝手なものだから私はとうとう頭にきた。

へーそうですかそうですか。癸はそんなことをするんですね。あれだけ散々私と一緒にいたいとか言いながら、泣き縋《すが》る私を振りほどいて危険に身をさらすんですね。

だったら私にだって考えはある。

「さあ私の傀儡《くぐつ》達。大王を捕らえなさい」

私はわざとらしく甘い、しかし威厳を伴った声で私を連行する近衛兵達に命じた。

すると先程まで真面目な表情で私を捕まえていたはずの彼らは、途端にまどろんだような目つきをして私を手離し、逆に癸へと襲いかかった。あまりに突然のことだったので癸は何も反応出来ずに囚われの身となる。

「な、何をする⁉　離せ……！」

「惚れた女のために命を捨てて運命に立ち向かう覚悟、とても立派です。ですがこの私、ますます貴方様を死なせたくなくなりました」

「妹、まさか、この者達に……！」

「ええ、もはや彼らは誘惑の術で私の言いなりです。この間戦場でお見せした通り、私だって国を傾かせるぐらいには皆を誑《たぶら》かせられるんですよ」

私はもがいて抵抗する癸の両頬に手を添えて自分の方へ顔を向けさせた。最後のあがきとばかりに瞳を明後日《あさって》の方へ向けていたけれど、私が顔を近づけるとさすがの彼も私から目を離せなくなる。

「やめろ妹、やめてくれ……！」

「いいえ、やめません。しばしおさらばです」

私は癸と唇を重ね、舌で彼の歯をこじ開け、彼の頭を掴みつつ吐息を彼に吹き込んだ。癸は目を見開きながら私の肩を掴んで引き剥《は》がそうとするも、やがて身体を痙攣《けいれん》させ、次第に力が抜けていき、最後には呆けた顔になり朦朧《もうろう》となったようだ。

私は近衛兵達に下がるように命じて、玉座に力なく座り込む癸に満足しつつ隣の座に腰を落ち着けた。もはや謁見の間には私達を守る兵士や国政を司《つかさど》る文官、世話をする使用人もいない。がらんどうの空間で私達二人だけだ。

「私は夏国を滅ぼす傾国の女狐、末喜。さあ来るがいい、新たな天子になる者達」

私はめくるめく未来のために危険な賭けに打って出た。

□□□

ついに夏国王都にまで軍を進めた商国軍は王都につながる街道を封鎖し、王都を完全に包囲する。王都に残る兵士の数や士気はもはやどん底。命を賭《と》して防衛せよと命令を下したところで一体何人が従うことやら。むしろいかに監視の目を掻《か》い潜《くぐ》って商国に降伏するかばかりを考える始末で、王都の陥落はもはや時間の問題と化していた。

このまま籠城してまだ夏国に与《くみ》している諸侯が援軍に来るのを待つ策もあるけれど、

もう充分に妲己の影響は削《そ》いだから、これ以上の抵抗はもはや無意味。采配《さいはい》を待つ軍師に向けて、もはや私の操り人形と化した癸を介して正門の開放を命じた。

招き入れた商国軍の者達は王都内で暴れることなく大通りを一直線に進み、宮廷を取り囲んだ。そして商王は精鋭を引き連れて入城を果たす。報告によれば王都市民が飢餓《きが》に苦しんでいることを想定して結構な量の支給品を用意していたらしいのだけれど、無駄な準備お疲れ様。大王になった癸が最後まで頑張っていたからそれなりに生活環境は改善されているわよ。

宮廷で出迎えた文官、武官は湯達に跪《ひざまず》き、いかなる罰も受けるがもし許されるなら新たな国のために働きたい、と事前に癸が申し渡した台詞《せりふ》をそのまま吐き出した。湯もまた前大王に与《くみ》していた奸臣は裁かれていることを知っていたので、彼らを快《こころよ》く迎え入れた。これ、商国の連中はなんと我らが王は懐《ふところ》が深いことか、とか感銘を受けたかもしれないけれど、全部癸と仕組んだ茶番だと知ったらどう思うのかしらね。

そして、湯達商国ご一行が謁見の間に足を踏み入れる。新たな天子になろうとする商国王と現体制の頂点である夏国大王との対峙の始まりだ。

湯は素早く周囲の様子を見回し、罠や伏兵の類《たぐい》が無いことを確認する。その上で彼らは遠慮なくこちらに向けて歩み始めて、途中で褒姒に肩を掴まれて引き止められてしまった。湯が褒姒の方に顔を向けると、彼女は深刻な面持ちで私を睨みつけてくるじゃないの。あら褒姒、妲己にならともかく私にそんな警戒心を表に出した顔をするなんて初めてじゃないかしら。褒姒のただならぬ雰囲気に湯もまた気を引き締めて私を睨んできた。

「ようこそ、天より新たなる天子に選ばれし王者よ。我は夏国大王の妃、末喜である」

埒《らち》が明かなかったので私は事前に決めていた口上を並べた。出来る限り透き通った、艶《なま》めかしく、しかし鋭い声で、来訪者共の脳髄に強烈な印象を残すように。これじゃあまるで妲己のようね、と内心で苦笑してしまったのは内緒だ。

湯の側近達は想定外の事態だったのか、面白いぐらいに怯《ひる》んでいる。まだ気丈にも私に敵意を向けてくるのは湯と褒姒だけだった。このまま遊んじゃおうかな、と魔が差したけれど、なんとか自重する。

「王妃。もう夏国は終わりだ。潔《いさぎよ》くその座を明け渡し、退いてもらおうか」

「何を言い出すかと思えば戯言《ざれごと》を。この我が大人しく貴様の言うことを聞くとでも?」

「どかぬと言うなら力ずくでも引きずり下ろすまでだ。貴女にはもはやその資格は無い！」

　湯は剣を鞘から抜き放って剣先を私へと向ける。勇ましい商王の姿は我が主が望む華の地の平和をもたらす天子に相応《ふさわ》しく、思わず笑みがこぼれてしまった。すぐさま自分に活を入れてから鈴を転がすように笑ってやった。その仕草に湯の護衛の兵士共は顔をだらしなくさせ、伊尹とかいった男は顔を思いっきり振って邪念を振り払い、湯は逆に気分を害したのか顔をしかめた。

「ははっ！　この我が貴様なんぞに跪《ひざまず》くとでも思っていたのか？　まさか！　籠城で無駄な血を流さなかったのも、貴様をここに招き入れたのも……いや、貴様の決起そのものが我の手の内だったというのにな」

「なん、だって……⁉」

「華の地に安寧をもたらす時の天子とてほぉ～ら、こんな具合に意のままだ」

　湯の反応を満足気に見つめた私は徐《おもむ》ろに立ち上がり、玉座に座る癸へと歩み寄る。そして私はうつろな目をして反応の無い夫の顎に手を添えて軽く持ち上げ、口を大きく開けて舌を伸ばし、顎から頬、目尻の辺りまでを一筋に舐めたのだった。

　どうよこの悪女っぷりは。どうやって湯や褒姒をもてなそうか必死になって考えたんだから。湯はあまりのおぞましさに口元を押さえ、褒姒は拳を固く握りしめながら私を睨んできたから、その苦労も報われるというものだ。

ただなぁ、私が一番見たかったのは癸の反応だったのだけれど。彼が正気のままだったら顔を真っ赤にしてうろたえたのかな、それとも反撃だと私の顔を舐め返してくるかな。しかし残念、今の癸……いえ、夏国大王はなんの反応も示さずに前方を眺めるばかりだった。心ここにあらず、まるで魂を抜き取られたかのように。それが私には寂しくて、申し訳なくて、胸が締め付けられてとても痛い。

「そしてこれが商王、そなたの明日でもあるのだ」

そう、それこそ私が王都を無血開城して彼らを招き入れた理由。この場で湯を私の虜《とりこ》にして大王の前に跪《ひざまず》かせれば、商国そのものが夏国に屈するのと同義。夏国や湯に賛同して従軍した諸侯共も黙って同調するしかない。商国の決起失敗によって夏国の統治は揺るぎないものになって、華の地に平穏がもたらされる、って算段だ。

「……！　まさか、僕に術をかけて言いなりにするつもりか⁉」

「そう！　商王よ、先代大王と妲己めが残した影響を削《そ》ぐ使命、大義であった。これからも末永く夏国と大王様に忠誠を誓うが良いぞ。くっくくっ」

そしてこの私が、我が主の使いである従属神が、傾国の女狐が湯を屈服させる手段なんて決まっているでしょう。私以外考えられないように魅了してしまえ。私の下僕にして金輪際《こんりんざい》癸に刃向かえないように誓わせるんだ。そして彼の右腕として死ぬまでこき使ってやる。今度はお前が女狐の先兵になるのよ……！

「さあ商王。夏国大王の前に跪《ひざまず》き、頭《こうべ》を垂れよ」

私の命令を受けて湯は自然と剣を取り落とし、その場で膝を曲げ、頭《こうべ》を——

「駄目よ湯。あの女の傀儡《くぐつ》になるつもりなの？」

——垂れる前に、褒姒に腕を抱きかかえられてしまった。

褒姒が必死に引っ張ることで湯はようやく我に返る。

「そうやって末喜や妲己は時の大王を誑《たぶら》かして多くの人達を苦しませてきたんだから。湯は華の地が女狐達の玩具にされたままでいいの？」

「……良くない」

「だったらしっかりして！　ここで湯が立ち上がらなかったらまた民衆が飢えに苦しんで、奴隷としてこき使われて、気まぐれに殺されるんだよ」

「……ああ、そうだったね」

湯は褒姒に微笑んでから床に転がる自分の剣を取る。褒姒は私に向けてはにかみ、私は逆に顔を歪《ゆが》めて褒姒を睨みつける。しかしすぐさま、まだ優位性は揺るがないことの演出として歯が見えるほどに笑みをこぼしてやった。そして湯を見据えたのだけれど、その様子は後に褒姒曰《いわ》く、極上の獲物を捉えた獣のように鋭く輝いていたそうな。

「王妃。僕はお前の誘いなんかには乗らない。残念だったな」

「その減らず口、どこまで叩けるか見ものだなぁ」

私は堂々と湯へと歩んでいく。一体何を、と身構える湯の耳元で褒姒が「気をつけて。直接触れて術を施そうとしてるみたい」と警告するのが耳に入ってきた。気を引き締め直した湯は未だに女狐に心奪われっぱなしの部下達に活を入れる。

「彼女を倒せばこの戦は僕達の勝利だ！　そうすればもう誰も悲しまなくて済む！皆の者、僕に続け！」

湯は私めがけて駆け出してきた。主の突撃を目の当《ま》たり《あ》にして彼の部下共もようやく夢心地から解放されて、己の武器を手に傾国の女狐たるこの私へと立ち向かってきたのだった。

「忌々《いまいま》しい……おとなしく我の言う通りにしておれば良いものを！」

さあ、来なさい。最後の締めとしてこの私が相手しましょう。私は舌打ちをして手を突き出し、自然現象に干渉する術で応戦する準備に入った。

湯達との戦い自体はそう長くは続かなかった。私が繰り出す術は褒姒が的確に対抗する術を用《もち》いて打ち消してきた。一方で王妃としての正装を身にまとうものだからとても動きづらく、次第に湯達からの矢や刃を防げなくなっていく。斬られて、貫かれて、痛い。せっかく癸が私のために用意してくれた正装がぼろぼろになっていく。可愛い、綺麗だと彼が言ってくれた私が傷ついていく。それも愛する彼の前で彼が見たくないと語った光景を見せてしまっている。それがとても申し訳なくて、彼と目を合わせられなかった。

やがて、痛みと吐き気と目眩《めまい》が私を襲い、術の精度が低くなってしまった。その隙を突いた任莱朱、だったっけ、が体当たりを仕掛けてきて、私の身体は蹴り玉のように跳ね飛ばされた。柱に叩きつけられて視界に星が散り、床に倒れ伏して一瞬意識を手放しかけた。すぐさま起き上がろうとするも、すかさず商国近衛兵共が私の四肢に剣や槍を突き立ててきた。

「お、のれ……！　よくもこの我に傷を！　絶対に許さんぞ貴様ら！　この恨み、末代まで祟《たた》ってくれようぞ！」

激痛と恐怖を必死に抑えて、出来る限り同情を買わないように呪詛をぶちまける。これでもかってぐらい顔を歪《ゆが》めて湯と褒姒を睨んでやろうと試みたけれど、傷を負いすぎたせいでもう頭がぐらぐらして集中出来ない。上手く出来たかしら？

「そこから先は天に帰ってから言うんだな」

最後まで悔い改めようとしない私の心臓めがけて、湯が剣を突き刺した。

痛い痛い痛い止めて止めて止めて嫌だ嫌だ死にたくない死にたくない！　もっと癸と一緒に語り合いたいし食い倒れしたいし色んな景色を見て回りたい！　もっともっと癸を愛したいし愛されたいし触れ合いたいし抱きつかれたいし頭を撫でられたい！　今からだって使命だの立場だの全てを捨てて二人してお互いだけになって私だけを見てもらいたい！

けれど、これは必要な儀式だ。新たな天子が巨悪を討ち滅ぼして新時代を築き上げるための。そして、王妃たる私が悪であれば悪であるほど、それこそ傾国の女狐になれば大王である癸は哀れな犠牲者として扱われ、命までは取られない可能性が高くなる。彼が私に傷ついてほしくないように、私だって癸には助かってもらいたいもの。

そうは言っても私は自分を犠牲にするつもりはさらさら無い。そこまで私が仕事に忠実なわけないでしょう。だからこの三文芝居を利用して私個人も本懐《ほんかい》を果たさせてもらうとしましょう。

そう、癸と共に歩む未来のために。

「これで、やっと終わった……」

「まだよ。死んだふりをしてるかもしれないから、首を刎《は》ねないと」

「そうか。念には念を入れるか」

褒姒から別の剣を受け取った湯は私の横に移動して、剣を大きく振りかざす。

私が癸に視線を向けたのは、向けてしまったのは最後を迎えて気が緩んだからか。

私の傀儡《くぐつ》と化したはずの彼は私が操る通りに危機的状況になっても玉座から動こうとしない。なのに、彼は僅かに身体を震わせて、悲痛な面持ちで涙を流す。そしてなんとか私を救おうと必死になって動こうとするものだから、残る気力を振り絞って彼を更に夢幻に包み込んであげた。もう癸には現状を認識出来やしないはずなのに、どうして悲しんでくれるの。おかげでこっちまで悲しくなってきちゃったじゃないの。

けれど、心配しないで。このお別れは永久じゃない。私は必ずや癸の下に帰るから。

それまでどうか私を信じて少しの間待っていて。

「また後でお会いしましょう癸、私の愛しの旦那様」

声にならなかった言葉を発した直後、私の意識は暗転した。

■■■

まどろみの中にいながらも癸は現実を認識出来ていた。それは彼の気力が末喜の術をしのいだからか、それとも天の采配《さいはい》によるものかは彼には分からない。しかしそのおかげで彼は正しく目の前で起こった出来事を把握した。愛する妻が悪役を演じて湯に立ちはだかり討たれたことも。けれど、末喜の真意は理解出来ても納得するかはまた別の話だ。だからこそ彼女は自分を案じて抵抗出来なくしたのだろうが。

刎《は》ねられた末喜の首が湯の手で高々とかざされる。出来ればこんな有様は癸に見せたくなかったのだろう。しかしこれもまた末喜が必要だと判断しての出来事。なら当事者である癸もまたしっかりとその目に刻まねばならない。心の悲鳴を押し殺しながら。

「これで暗黒の時代は終わった！　天も祝福することだろう！」

湯の宣言をもって商国と夏国の覇権をかけた戦争は商国の勝利に終わった。その一報はすぐさま宮廷、そして王都の内外に伝わっていき、華の地全体に伝わってゆくことだろう。湯の部下達もまた歓喜に沸き、新たな天子となった商王へと跪《ひざまず》く。

「おめでとうございます、大王様。この任莱朱、感服してございます」

「この伊尹もです。大王様の下できっとみんな笑顔で平穏な毎日を送れます」

「「大王様万歳《ばんざい》！　新たなる天子様万歳《ばんざい》！」」

それを受けて湯も段々と実感が湧いてきたのか、照れくさそうに自分の頬を掻《か》いた。けれどすぐさま顔を振って気を引き締め直す。何せ夏国を滅亡させて全てが終わるわけではなく、これから新たな時代を自分達の手で築かねばならないのだから。

「それで、その女狐めの遺体ですが、いかがいたしましょう？」

「皆に女狐が滅んだことを知らしめるかな。だったら広場で晒《さら》すべきだけど……」

湯は自分が手にしている末喜の首を眺めようとして……次の瞬間、末喜の首が光の粒子となって散っていく現象を目の当《ま》たりにした。それればかりか、横たわる末喜の胴体もまた光の粒子となって儚《はかな》く散ったではないか。

「は？　ちょっと待って、今のは……！」

「あー、成程。そう言えばそうもなるよねぇ」

驚愕に包まれる商国一同の中、褒姒だけが納得して頷く。

確か、操り人形と化して意識が朦朧《もうろう》とする中で、末喜が独り言のように癸に語っていた。自分は変化の術で人に成りすましているから肉体を持たない。傷つけられれば魂魄《こんぱく》そのものが損傷し、活動に限界が来たら姿を保てなくなり、光となって霧散《むさん》する、と。それほどの重傷を負うと数十年、下手したら数百年がかりで癒《い》やさないと回復はしない、と。

「けれどですね、従属神としての私がそこまで傷ついてこそ発動できる術があるのです」

それこそが自分達が望む未来につながる、と末喜は嬉しそうに説明した。癸が語った魅力的な余生は全部叶えましょう、とはにかんで、末喜は癸に抱きつく。動作を縛られた癸には末喜を抱き返せない、それがとてももどかしくて悲しかった。末喜もまた寂しさを覚えたのか、一筋の涙を流す。

「必ず戻りますから。この私がどのような姿で戻ろうと、どうかまた愛してくださいませ」

ああ勿論だ。ずっと待ち続けるとも。癸は心の中で誓ったのだった。

そんないつかのやりとりを思い出しながら、癸は自分を拘束する商国兵士にされるがままに引きずられる。末喜が死してもなお癸は彼女が施した術の影響が残っており、体の自由が利かない。力なく崩れ落ちようとする彼の体を兵士達は複数人で支える。

「大王様。それで、夏国大王の処遇についてはいかがいたしましょうか？」

「今代の夏王は先代と違ってそこまで華の地を苦しめていない。間者からもたらされた情報からもそれなりに善政を敷いていたようだから、追放で充分だろう。一生の監視付きって条件はあるけれど」

「御意に」

湯は引っ立てられて退場する癸に続いて踵《きびす》を返し、その場を後にしようとする。

彼の行動に褒姒以外が驚きの声を上げた。夏国の大王を追い落として新たな天子となることを宣言するのにこの謁見の間以上に相応《ふさわ》しい場所は無いというのに。伊尹が代表してそんな戸惑いを言葉にする。

「あ、あの、大王様は新しい天子としてあの玉座には座らないんですか？」

「ん？　ああ、あそこ？　商国の首都はここじゃない。こっちに移す予定もない。だからここは王都にならない。もうここの役目は終わったんだ」

「あぁ。ならアレは玉座にあらず、なんですね」

「そういうこと」

そうして古き天子と新たな天子は共に謁見の間から去っていった。もはやここには君臨する大王も、君主を支える王妃も、政《まつりごと》を司《つかさど》る文官も、国を守護する武官も、近衛兵や小間使いまでもがいない。誰も彼もが去り、そして今後は誰も訪ねては来ないだろう。

そんな未来を暗示させるように、謁見の間に風が吹き込み、主を失った天幕を虚《むな》しく揺らしたのだった。

こうして夏国は滅亡し、夏王朝は途絶えた。

夏国を討伐した商国は数百、数千もの諸侯の賛同もあって新たな君主国となった。

商王の湯が天子となり、その後内政に力を入れ、生産を奨励し、民は安心して過ごせるようになった。湯は可能な限り正確に事実を記録するよう命じたものの、後世では建国者である湯がいかに偉大だったか、そして夏国最後の君主だった履癸がいかに世を乱したかが語られるようになった。

いつしか妲己の悪行は最後の王妃であった末喜の所業となり、履癸が先代の不徳を背負う形となって歴史書に記された。その頃には真実を語れる者はとうの昔に亡くなっていたため、もはやその誤解が解かれることはないだろう。

そして、湯を公私共に支えた褒姒の名は、何故か一切記録されていない。

■■■

大王ではなくなった癸は追放された。手緩《てぬる》いと主張する者もいたが湯の意思は固く、最終的に天命だとして皆を黙らせた。癸は一切弁明せず湯の命令に従って表舞台から姿を消した。

癸は山奥で余生を過ごすこととなった。当然ながら使用人を雇うなど認められず、農作業や水汲みなど生きるための全てを自分一人でこなさなければならない。それでも癸は文句一つ言わずに黙々と生活を営《いとな》む。終古と龍逢は最初こそ癸に付いていくと申し出たものの、癸が拒絶した上で必死に説得したので折れる他無かった。今では新たな就職先を見つけ、その才能を遺憾《いかん》なく発揮することで華の地に貢献している。癸は末喜と親しかった琰と琬にも暇を言い渡したのだが、彼女らは勝手に癸の追放先近くの町に住むようになった。時折生活物資を買いに麓《ふもと》に降りてくる癸のために町人との間に立って彼を援助している。

「お邪魔する」

そんな癸のもとに湯が訪ねてきたのは夏国が滅亡してから季節が何回か移り変わった頃だった。

癸は新たな天子にすぐさま跪《ひざまず》いて頭《こうべ》を垂れようとしたが、湯に手で制される。

「かしこまらなくてもいい。今ここにいるのは君と僕、そして褒姒だけだ」

確かに湯を護衛するお供の姿すら見かけない。癸が家を出て周囲を窺うと、かろうじて視界に入る範囲に近衛兵らしき人影が確認出来た。これではもし癸が襲いかかったら対処出来ないだろうに。あまりに大胆な真似に癸はシワを寄せた眉間を指で揉んだ。

「いくらなんでも不用心すぎないか？」

「こう見えて結構鍛えてるんだ。癸に後《おく》れを取る僕じゃあない」

「それを差し引いてもよく連中が許してくれたものだ。御身が危ない、と言われただろう」

「お願いしたら快諾してくれた。な、褒姒」

「ええ、そうね」

　癸は湯と褒姒が何をして彼らを引き離したかをだいたい察して、もう何も言うまいと深くため息を漏らした。

「それで、いと貴き商国大王様におかれましては、落ちぶれたこの私めに何かご用なんでしょうかねえ？　暇なのか？」

「癸の様子を見に来ただけさ。たったそれだけなのに日程を調整するのが大変だったよ。地方視察って名目を作って無理やりねじ込んでようやく実現できた」

「そうか。言っておくがなんの持て成しも出来ないからな」

「初めから期待してない。酒と食材は持参してきたから、それなりには盛り上がるさ」

「三人分の寝床なんて無い」

「さすがに一晩をここで明かすつもりは無いよ。程よい時間には麓《ふもと》まで戻るさ」

癸はああ言えばこう言う湯を観察する。湯と褒姒の身なりはとても質素なもので、ご丁寧に肌や髪まで少し汚している徹底的な変装ぶりだった。湯が担いできた荷物の大きさからすると酒と食材以外は本当に日帰り出来る分のみと推察した。

渋々と癸は湯達二人を家屋に招き入れる。それから癸はお湯を沸かしてしばらく冷まし、二人に白湯《さゆ》を差し出した。麓《ふもと》から歩き続けて疲れた湯達はありがたく頂戴し、一気に白湯《さゆ》を飲み干す。

「で、どうして俺の様子を見に来たんだ？　部下を使って報告させればいいだろう」

「癸が普通に生活してるって聞いて驚いたからだ。だって君、あの時今にも死にそうだったじゃん」

あの時、それは湯達の手で末喜を討ち果たした歴史の節目。

癸は不満ごと呑み込むように白湯《さゆ》を一気に喉に流し込んだ。

「てっきり後を追うかとも心配してたんだけれど。何か生き続けるための生き甲斐《がい》でも見つけたのか、と聞きたかった」

「そうだな。もう俺は一生ここから離れられない身。後は朽ち果てるのを待つだけなのにどうしてなお生にしがみつくのか不思議だったんだろう」

「ご明察」

「畑を耕したり木を切ったり水を汲んだりこのボロ屋を補修したり、やることは腐るほどあるぞ。それなりに充実した毎日を送ってる」

「それが君を支えているとは到底思えない」

「……ごもっともな意見だ。相変わらず察しが良いな」

癸は立ち上がって湯達の横を通り過ぎると、太陽の輝く天を仰いだ。しかし眺める先は太陽でも連なる山脈でも麓《ふもと》の町でもない。ましてや空ですらない。癸が思い浮かべる存在がなんなのか、湯にも察しがついた。

「末喜。まさか彼女が戻ってくるのを待つつもり？」

「ああ」

「末喜は僕等が討ち果たした。君も見ていただろう、彼女が光になって消えるのを」

「それでも妹は死んではいない。妹は俺に言ったんだ、『しばしの別れだ』とな。俺はそれを気休めの嘘だとは思いたくはない」

癸は夏国が滅亡して囚われの身となった際、末喜の意を汲んで色々とあることないことを証言した。彼女の真の動機、目論見《もくろみ》までは明かしていない。当然、彼はどのように末喜が戻ってくるのか見当もついていないが、それでも愛しの妻の言葉を疑ってはいない。だから彼は待ち続ける。いつか帰ってくる彼女のために。

「大馬鹿だ、君は。一人きりのまま死ぬ間際の絶望が増すだけだろ」

「その時はその時で一番幸せだった時を思い出しながら天寿を全うするさ」

「はぁ。君みたいな堅物が女の子に心奪われるなんてね。今でも信じられないよ」

「俺はむしろそちらの彼女と一緒にいるお前の気持ちがようやく分かったのだがな」

その後、夕飯の支度を三人で進め、その間も昔話に花を咲かせた。癸は湯が褒姒も知らない幼少期にしでかしたいたずらを暴露し、湯はお返しとばかりに癸の悪い方面の武勇伝を喋り倒した。夕食を取り、酒が進むと癸も湯も口を滑らせやすくなり、癸は湯への不満をぶちまけるようになり、湯もまた癸へ文句を垂れる。性格の不一致だったり政策面の方向性だったり、挙げ句は末喜と褒姒のどちらが魅力的なのか、と、話題は尽きなかった。褒姒は呆れながらも楽しく聞き入った。天子になった湯にはもはや対等に語れる相手がいない。褒姒すら公《おおやけ》の場では湯を敬うほどだ。そんな湯が立場を忘れて気兼ねなく喋れる日が次はいつ来るだろうか、と考えると、終わってしまうのが勿体ないと思った。

「俺はそろそろ寝る。お前達も早く帰れ。まさか酒が回ったからここで寝かせてくれ、などと言わないだろうな？」

「言わないよ。どうしても駄目だったら配下の者に運んでもらうさ」

「えー、あたしが背負っていくのに。結構力持ちなんだよ」

「それは僕の誇りが許さないんで止めてくれ……」

夜も更けてくると酒も尽き、癸と湯の酔いも回ってきたので、ささやかな宴はお開きになった。足取りのおぼつかない湯の肩を取って褒姒が出口へと向かっていく。見送るために出口まで足を運んだ癸は、去りゆく二人に最後の言葉をかけた。二人もまた癸へと別れの言葉を送る。

「頑張れよ。これからが大変だぞ」

「心配要らないって。褒姒がいれば何も怖くなんて無いからさ」

「そっちも幸せにならなきゃ許さないんだからね」

褒姒の発言の意味を考え、理解した癸は顔をほころばせて戸締まりをした。

誰もいなくなった小屋の中で癸は布団に潜《もぐ》り込む。宮廷のものとは比べるまでもなく質素で薄くて固いものだったが、無いよりはマシだ。柔らかくしたいならいっそわらでも敷くか、と考えながら癸は段々と深い眠りへと落ちていく。

そうして月明かりが家屋に射し込むようになった深夜、突然癸が起き上がり、玄関戸を開けて外へと出ていく。物音がしたわけではない、暗闇を照らす光があったわけでもない。彼はただ直感に導かれるがままに夢の世界から戻ってきたのだ。

「美しい……」

それは一体誰の声だったか。

自分の声だと気付いた癸の見つめる前方にいたのは、月光に照らされて輝く絶世の美女。

純白の姿をした彼女と癸は会ったことがある。しかし記憶するどの姿の彼女の印象とも異なるし、何より彼が見通せる魂魄《こんぱく》の在り方が今までと全く違う。言うなればこれまで人に化けても隠しきれなかった神秘性がごっそり抜け落ちた、か。目の前にいるのはただの娘、しかし癸にとってはかけがえのない愛おしい相手だ。素朴《そぼく》な下女とも傾国の女狐とも異なる、彼女本来の魅力を癸は改めて知った。

「ただ今戻りました、旦那様」

彼女、末喜は優雅にお辞儀をしてきた。

□□□

やっと戻ってこられた。癸のもとに。

この日をどれだけ待ちわびたことか。

今すぐ彼の胸元に飛び込みたい衝動を堪《こら》え、彼に微笑むだけに留める。

「ああ……遅かったじゃないか妹、心配したんだぞ」

「これでも全力全開でしたので、堪忍してくださいまし」

「おかえり。妹をずっと待ってた」

「私も、ずっと癸に会いたかったです」

癸が両腕を広げてきたので私は遠慮なく彼に飛びついて、互いに抱き締め合った。

ああ、彼の温もりを感じる。いい匂いがする。心臓の鼓動も息遣いも愛おしい。

これを人は幸せって言うんでしょうね。

「好きだ妹、結婚しよう」

「大王や王妃でなくなっても私達は夫婦のままです」

「これからずっと一緒だ。狭いけど俺個人の家もあるんだ」

「んー、暇を見つけて少しずつ改築していきますか。二人の愛の巣ですものね」

「それと……なんだ？　出来れば俺は、その……妹との……」

「これからはその願いも果たせます。期待してくださいませ」

「妹……」

「癸……」

私達は互いを見つめ合い、互いしか見えなくなり、そして愛を確かめ合うように自然と口づけを交わした。唇が触れる程度では我慢しきれず、相手を求めるように激しく、情熱的に。もう一生この時間が続けばいいのにって思ってしまうほど甘美だった。

やっと戻ってこられた。本当に戻れるか不安で仕方がなかったけれど、私はとうとうやり遂げた。生き延びたこととかお役目を全うしたことより、私は癸とまた会えたことが何よりも嬉しかった。こうして再び彼に抱きしめられて、彼の温もりを感じて、彼から愛を囁《ささや》かれて、私はとても幸せよ。

「それで、どこで道草を食ってたんだ？」

「それはそれはもう語り出したらきりがない長い大冒険ですよ」

「追々聞かせてもらうとして、今は一つだけ聞きたい」

「はい、今はとても気分がいいのでなんでも答えちゃいますよ」

「従属神はやめたのか？」

「っ……そうですね、癸には分かってしまいますか」

受肉の術、それは妲己のように人の身体を乗っ取ったわけでもなく、褒姒のように母体に宿って人として生まれ変わったわけでもなく、己の存在そのものを人として変貌させて自らの肉体を得る秘術。発動条件は人としての生を得ることと従属神としての死を味わうこと。人としての生は癸から子種を頂いて達成、従属神としての死は女狐として成敗されて達成。死の淵を漂いながら術を発動させ、人の肉体を得るのに結構時間を要してしまったわ。その効果は不可逆的で、もう妖狐や従属神には戻れない。生涯を人として過ごし、この肉体は大地に還り、魂魄《こんぱく》は天に召される。ただ人に過ぎない私を我が主が拾い上げて再び従属神に任命するかはその時の気分次第でしょう。けれど、そうなってもその存在は人としての死を得た今の私じゃない、とだけは断言できる。

そう、私は癸と共に歩むために人として生きる道を選んだんだ。さようなら、今までの私。従属神としても充実した毎日を送れていたけれど、私は愛する人と歩んでいく道を選びたい。共に生き、共に笑い、支え合う日々を。

癸が驚いた様子で私を見つめてくるので、私は安心させるために微笑んでみせた。

「これでやっと私は癸と同じになれたんです。それとも幻滅しましたか?」

「馬鹿を言うな。妹は妹だ。俺の愛する素敵な女性に変わりはないだろう。天になど絶対に返すものか」

「人に嫁《とつ》いで天に帰れなくなっても良いかは存じませんが、まあ我が主なら許してくださるでしょう」

何せあのお方もああ見えて夫である伏羲《フウシイ》様には甘えたがりますからね。褒姒もしばらく地上に留まるし、妲己には一人で蓬莱《ほうらい》でのお仕事を頑張ってもらいましょう。地上で好き勝手しまくったんだからたまった業務はこなしてもらわないと。

私と癸は思う存分相手を確かめ合って満足したので、今は手を絡ませるだけだ。それでも自分の鼓動が聞こえるぐらい高鳴ってとてもうるさい。久しぶりだからもっともっと堪能したいのだけれど、さすがに夜も更けてきたので自重しないと。なんたって私達には明日も明後日《あさって》もそれから先もあるんだからね。

「ここで暮らすなら明日から色々と説明しなければな。何から何まで自分でやらないといけないから大変だぞ」

「効率よくこなして後の時間は怠惰《たいだ》を貪《むさぼ》りましょう。家でごろごろしたいです」

「駄目だ。自由な時間があったら俺は妹を愛でたい」

「えー、それじゃあ私ったらこれから一生ぐーたら出来ないじゃないですか」

「嫌か？」

「大歓迎ですけれどそれが何か？」

これからも苦労を重ねることでしょう。癸と喧嘩をする日だってあるかもしれない。それでも私は私が愛する、私を愛してくれる人と共に生きる。我が主が愛するこの大地で、一人の人間として。

二人して家屋に戻ろうとしたら、湯達が入る時には無かった紙が貼られていた。それには『勤めご苦労。幸せに』とだけ書かれていた。私は天の祝福を丁寧に折りたたんでから胸元にしまい、我が家へと入っていった。

追放された夏国最後の大王である履癸はその数年後に亡くなった。

しかし履癸の遺体を実際に見た者は誰一人としておらず、後に商国の役人が履癸の葬《ほうむ》られた墓を暴いて死亡を確認したほど。残された山小屋からは畑などを最後まで世話していたことが窺え、屋内も道具や衣服が散らばって生活感が溢れていたことから、履癸は確かに死んだのだと公式の記録にも記された。履癸を弔《とむら》った二人の娘も程なく麓《ふもと》の町から姿を消し、その後二度と見かけることはなかった。

こうして古き時代は幕を下ろし、新たな時代の始まり始まり。

そして、そんなのはもう私達には関係の無い話だ。

「海は実に広かったな！　水平線と言ったか。少したわんでなかったか？」

「案外この世界は真っ平らではなく、こう、球面なのかもしれませんね」

「では次の休みは雲も貫いて天まで届く山を登りに行くか」

「ええ。でもまずは新しい我が家に戻るとしましょう。愛しい我が子達も琬や琰も待っているでしょうし。あ、瞬移の術で移動する間、おみやげを落とさないでくださいね」

だってもう後はこう締めくくれるんだもの。ただの夫婦になった妹と癸は幸せに暮らしましたとさ、めでたしめでたし、って。

私を憎んでいた夫が
突然、デロ甘にっ!?

初恋の皇帝に嫁いだところ、彼に疎まれ毒殺されてしまった翠花。気が付くと、彼女は猫になっていた!　しかも、いたのは死んでから数年後の後宮。焦る翠花だったが、あっさり皇帝に見つかり彼に飼われることになる。幼い頃のあだ名である「スイ」という名前を付けられ、これでもかというほど甘やかされる日々。冷たかった彼の豹変に戸惑う翠花だったが、仕方なく近くにいるうちに彼が寂しげなことに気づく。どうやら皇帝のひどい態度には事情があり、彼は翠花を失ったことに傷ついているようで——

定価:726円(10%税込み)　ISBN 978-4-434-33361-3

イラスト:ノクシ

この作品に対する皆様のご意見・ご感想をお待ちしております。

おハガキ・お手紙は以下の宛先にお送りください。

【宛先】

〒150-6019 東京都渋谷区恵比寿 4-20-3 恵比寿ｶﾞｰﾃﾞﾝﾌﾟﾚｲｽﾀﾜｰ 19F
（株）アルファポリス　書籍感想係

メールフォームでのご意見・ご感想は右のＱＲコードから、
あるいは以下のワードで検索をかけてください。

アルファポリス　書籍の感想　検索

ご感想はこちらから

アルファポリス文庫

怠《なま》け狐《ぎつね》に傾国《けいこく》の美女《びじょ》とか無理《むり》ですから！　～妖狐《ようこ》後宮《こうきゅう》演義《えんぎ》～

福留しゅん（ふくとめ しゅん）

2024年 2月 25日初版発行

編　集－反田理美・森 順子
編集長－倉持真理
発行者－梶本雄介
発行所－株式会社アルファポリス
〒150-6019 東京都渋谷区恵比寿4-20-3 恵比寿ｶﾞｰﾃﾞﾝﾌﾟﾚｲｽﾀﾜｰ19F
TEL 03-6277-1601（営業）　03-6277-1602（編集）
URL https://www.alphapolis.co.jp/
発売元－株式会社星雲社（共同出版社・流通責任出版社）
〒112-0005 東京都文京区水道1-3-30
TEL 03-3868-3275
装丁イラスト－トミダトモミ
装丁デザイン－AFTERGLOW
印刷－中央精版印刷株式会社

価格はカバーに表示されてあります。

落丁乱丁の場合はアルファポリスまでご連絡ください。

送料は小社負担でお取り替えします。


ISBN978-4-434-33470-2 C0193